Jeanne-Marie Sauvage-Avit

Jeanne-Marie Sauvage-Avit habite dans les Bouches-du-Rhône. Elle est professeur d'histoire à la retraite.
Après *Le Printemps des femmes* (Éditions des Monts d'Auvergne, 2012), *Le vent souffle où il veut* (Éditions des Monts d'Auvergne, 2014), puis *Perline, Clémence, Lucille et les autres...* (Nouveaux Auteurs, 2014 ; lauréat du Prix *Femme Actuelle*), elle a publié aux éditions Charleston *Cueilleuse de thé* en 2017 – lauréat du Prix du Livre Romantique – et *Céleste, la fille de Perline* en 2019 – la suite de *Perline, Clémence, Lucille et les autres...* Son nouveau roman, *La Terre des loups*, a paru chez le même éditeur en 2020.

LA TERRE DES LOUPS

ÉGALEMENT CHEZ POCKET

PERLINE, CLÉMENCE, LUCILLE ET LES AUTRES…

CUEILLEUSE DE THÉ

CÉLESTE, LA FILLE DE PERLINE

LA TERRE DES LOUPS

JEANNE-MARIE SAUVAGE-AVIT

LA TERRE DES LOUPS

CHARLESTON

Ce roman est une œuvre de fiction. Les noms, les personnages, les lieux sont le fruit de mon imagination et ne peuvent en aucun cas être reliés à une réalité. Toute ressemblance avec des personnes et des faits réels serait une pure coïncidence.

FSC
www.fsc.org
MIXTE
Papier issu de sources responsables
FSC® C003309

L'éditeur de cet ouvrage s'engage dans une démarche de certification FSC® qui contribue à la préservation des forêts pour les générations futures.

Pour en savoir plus :
www.editis.com/engagement-rse/

ISBN : 978-2-266-32138-9
Dépôt légal : janvier 2022

PROLOGUE

Hiver 1944, Le Villaret, Haute-Savoie

On frappa à la porte.

D'un bond, Steffen Witzberg se dressa sur son lit. Il savait que tôt ou tard ce moment viendrait. Le cœur battant, il toucha le bras de Aysun près de lui. Geste inutile. Son épouse était déjà réveillée, elle aussi sur le qui-vive.

Le gitan poussa le vantail, entra dans la pièce, laissant la nuit dehors.

— Faut y aller. Les Allemands sont dans la vallée. Ils ont pris la route de la montagne. Ils perdront du temps à fouiller Monteloup mais après, ils seront vite ici.

Les sacs étaient prêts. Ils avaient toujours été prêts. Aysun s'habilla rapidement, s'affaira dans la cuisine en silence. Django l'aida à rassembler le pain, la charcuterie, les restes de la veille. Devant la porte, Steffen Witzberg chaussait ses brodequins.

— Le montagnard n'est pas remonté de la vallée.

— Son fils est là.

— Le gamin ? C'est lui qui va nous guider ?

— Il connaît la montagne.

Comme s'il avait entendu qu'on parlait de lui, un jeune garçon apparut dans l'entrée. Il portait un sac à dos couleur kaki sur une vareuse sombre. Il tenait un bâton de berger à la main. Un chien l'escortait.

— Il y a de la neige, là-haut ? l'interrogea Witzberg.

— Oui.

— Tu trouveras le passage ?

— Oui.

Intimidé, le gamin n'osait s'avancer. Du seuil, il observait les adultes, détaillait les bagages. Witzberg comprit le message.

— Aysun, donne-moi ce sac. Il est trop lourd pour toi !

Les yeux baissés, elle tirait sur les cordons. Elle paraissait encore plus fragile avec ses longs cheveux tombant sur ses frêles épaules. Ses mains tremblaient en nouant les liens. En dépit de la gravité de l'instant, une vague d'émotion lui serra la gorge.

— Laisse, ma chérie, je vais le prendre.

— Tu as déjà la valise.

— La valise reste là.

Witzberg l'ouvrit, en sortit un tableau, une huile de 40 × 50, qu'il parapha d'un geste nerveux avant de le glisser entre des toiles vierges et de claquer le couvercle.

— C'est pour toi, *kind*, j'ai payé ton père mais tu as droit à quelque chose toi aussi. Tu feras ce que tu voudras de la valise. Ce ne sont que des outils de peintre sans importance.

— Ça va vous manquer, remarqua le gitan qui avait assisté à la scène en silence.

Witzberg haussa les épaules.

— Je n'ai plus envie de peindre. Ne nous attardons pas. Il faut y aller.

Dans une heure, peut-être deux s'ils avaient de la chance, les soldats seraient là, fouilleraient le hameau, maison par maison. La gorge nouée, Witzberg ferma la porte de La Bergerie, leur refuge pendant moins d'une année.

Django s'engagea sur le sentier d'un air décidé. Le couple lui emboîta le pas.

— Où est le gamin ? demanda Witzberg.

— Il est allé cacher la valise chez lui.

Le chien fut le premier à les dépasser. Puis ce fut le gosse. En habitué de la montagne, il avançait en longues enjambées, en silence. Il prit rapidement la tête de la colonne. Django laissa passer Witzberg et sa femme devant lui, fermant la marche. La nuit les enveloppait. Après une heure de montée silencieuse, ils parvinrent à la cabane du berger. Witzberg jeta un regard douloureux au doux plateau. Il avait tant aimé ce lieu paisible où paissaient les bêtes. Chassant l'émotion, il s'inquiéta de sa femme. Aysun commençait à ralentir. Elle souffrait, tentait de garder le rythme en s'accrochant par moments au sac de son mari. Il entendait son souffle rauque, le choc de ses lourdes chaussures quand elle trébuchait. Derrière, le gitan la pressait.

Sur la crête, la neige les attendait. Aysun s'arrêta, épuisée.

— Je n'y arriverai pas, souffla-t-elle.

La vapeur s'échappait de sa gorge par saccades pour se dissoudre dans l'air glacé. Steffen lui prit la main.

— Si, tu vas y arriver. Aysun, regarde-moi ! Tu vas y arriver !

Le chien vint flairer leurs jambes comme pour les inciter à repartir, battant l'air de sa queue. C'était le seul à profiter de la marche et du froid, jouissant de cette escapade improvisée. Plus haut, le gamin s'arrêta pour les attendre.

— On va s'en sortir, ma chérie. On s'en est toujours sortis.

Il la prit par la taille, la soulevant à moitié, l'obligeant à avancer pas à pas, l'encourageant.

Tout était sa faute. Il n'aurait jamais dû faire ce portrait de Hitler. À cause de lui, de leurs opinions aussi, ses parents, son frère avaient été arrêtés, emmenés dans un camp. Il ne savait pas où. Probablement à Dachau. C'est là-bas qu'on enfermait les prisonniers politiques. Il ignorait ce qu'ils étaient devenus. La propriété et les terres avaient été confisquées, le château ancestral pillé par les nazis.

À quarante-quatre ans, il ne possédait plus rien à l'exception de son talent ; à condition que son envie de peindre veuille bien revenir. Il n'avait pas touché un pinceau depuis trois ans. Cette toile donnée au gamin remontait à l'année 1941. *Violence*, son dernier tableau. Vraiment remarquable. La mer à Bandol l'avait inspiré. L'espoir aussi. Depuis, il n'avait plus rien créé. *Avant Le Cri*, ce fameux portrait tant conspué par les nazis, avait été brûlé en place publique en 1936. Recherché par la Gestapo, il avait cru trouver refuge à Paris. Mais en juin 1940, il avait fallu partir à nouveau. Trois années dans le midi de la France, jusqu'à ce que les Allemands, ses compatriotes, franchissent la ligne de démarcation, envahissent la zone sud et se lancent une fois de plus à sa recherche. Sa fuite l'avait conduit au Villaret où ils venaient de retrouver sa trace.

Aysun ne lui avait jamais rien reproché. Elle fuyait avec lui. L'un et l'autre incapables de se séparer, attachés par cet indéfectible amour qui les unissait. Leurs sentiments avaient survécu à toutes les vicissitudes, mais pas son envie de peindre.

Le soleil se leva dans un ciel plus pur qu'au premier matin du monde. Les montagnes se teintèrent de bleu puis de jaune d'or. Majesté du mont Blanc dans la lumière glacée du matin. Neige étincelante, trop vive pour leurs yeux fatigués. Les bonnets de laine enfoncés jusqu'aux cils pour échapper à l'éblouissement, le visage, le dos ruisselant de sueur, ils parvinrent au sommet. Aysun s'écroula, en larmes.

Derrière le col, la Suisse.

CHAPITRE 1

Lyon, juin 2018

Les échos de la fête se répercutaient au-delà du parc, jusque dans la rue. Toutes les fenêtres du Grand Hôtel étaient brillamment éclairées et des flots de musique se déversaient sur la terrasse et les jardins. Des éclats de rire s'élevaient dans le soir tombant. Des couples se trémoussaient sur une piste de danse, d'autres prenaient le frais, le verre ou la cigarette à la main.

Le parking privé débordait dans les allées et Jessy tourna en rond avant de trouver une place entre les ifs et les hortensias. Elle prit le temps de vérifier son maquillage dans le rétroviseur, ébouriffa la masse de ses cheveux naturellement bouclés et se dirigea vers la réception. Une large banderole se déployait au-dessus du porche :

DIGITAL FRANCE ET OMNI RIAL
VOUS SOUHAITENT LA BIENVENUE

Elle eut un petit rire de dérision en présentant son carton d'invitation.

Les deux plus grandes agences de publicité de la ville l'invitaient à la fête de leur fusion alors qu'elle, Jessy Delmass, bras droit du P-DG, était mise à la porte.

Émile Rial, son patron ou plutôt son ex-patron, fut le premier à l'apercevoir. Elle se réjouit de lire l'étonnement sur son visage tandis qu'il fendait la foule pour s'avancer vers elle.

— Mademoiselle Delmass, Jacinthe, quelle surprise ! J'étais persuadé que vous ne viendriez pas. Croyez que je suis heureux de vous voir ici. Vous êtes absolument magnifique !

Il lui prit la main et la garda entre les siennes dans un geste chaleureux.

— Ce n'est pas parce que vous m'avez licenciée que je dois me priver de la soirée, répondit-elle en retirant sa main doucement.

— Je ne vous ai pas licenciée et vous le savez bien. Je vous ai même soutenue autant que j'ai pu. Pardonnez-moi si je n'ai pu faire mieux. On sait que je suis à quelques mois de la retraite et on ne m'écoute plus guère malgré l'importante participation d'Omni Rial dans cette union.

« On », c'était bien entendu Paul Tardy, l'autre patron, qui bataillait depuis des mois pour le rapprochement des deux sociétés. Émile Rial tourna instinctivement son regard vers le groupe d'invités au centre de la salle qui buvaient littéralement les paroles d'un homme au verbe haut, la cinquantaine, le front dégarni, les lèvres minces, se félicitant ouvertement du succès de l'entreprise. À le regarder lever son verre d'un geste sûr et arborer un sourire carnassier, chacun pouvait deviner sa satisfaction d'avoir mené à bien cette rude bataille.

— Tardy voulait voir son beau-frère à votre poste, déplora Émile Rial d'un ton las. Je crois que la survie de son couple en dépendait.

— Cela s'appelle du népotisme.

— D'un autre côté, il ne peut y avoir deux responsables aux projets artistiques. Admettez-le.

— Je l'admets mais vous savez très bien que je suis la plus compétente.

— J'en suis convaincu, mais Tardy s'en moque. Il va entourer son beau-frère d'une bonne équipe – la vôtre – et il sera là pour veiller à ce qu'il ne fasse pas d'erreurs. Franchement, Jacinthe, seriez-vous vraiment allée jusqu'aux prud'hommes ?

— Évidemment. Un contrat est un contrat. Et j'aurais gagné.

— Non, vous n'auriez rien gagné. Certes, vous auriez gardé votre emploi mais Tardy vous aurait sans cesse tenu la bride. Il vous aurait mené la vie dure jusqu'à ce que vous craquiez. Et à la première occasion, il vous aurait virée.

Jessy dut reconnaître qu'il avait raison. Un serveur passa près d'eux avec un plateau. Rial l'arrêta et prit deux flûtes de champagne, lui en tendit une. Ils trinquèrent en silence. Autour d'eux, les conversations mondaines flottaient comme des libellules autour d'un point d'eau.

— Finalement, vous vous en êtes bien sortie. Votre petit chantage au procès a conduit Tardy à desserrer les cordons de la bourse. Un véritable parachute doré.

Jessy esquissa un sourire qui aurait pu passer pour une grimace.

— N'exagérons pas. Un simple cerf-volant. C'est vous qui, l'an prochain, partirez avec un parachute doré. Tardy sera trop content de rester le seul patron de la boîte. Je reconnais que cette fusion est une bonne chose même si j'en paie les frais. Mais je ne me plains pas, mes indemnités de départ vont me permettre de tenir quelque temps sans avoir à me préoccuper de l'avenir.

— Vous avez des projets ?

— Peindre et peindre encore, jusqu'à l'ivresse. Ces derniers mois, vous nous avez tellement accaparées, mon équipe et moi, que j'en ai oublié comment on tient un pinceau. Et puis je déménage, je ne peux pas me permettre de payer un loyer en ville tout en étant propriétaire d'une résidence secondaire à la montagne. J'ai déjà donné mon préavis. Je vais m'installer au Villaret.

— Dans la bergerie de Witzberg ?

— Exactement.

— Ce peintre vous fascine.

— Pas le peintre, son œuvre, rectifia Jessy avec un mouvement d'épaule. Witzberg était le sujet de ma thèse d'histoire de l'art, une peinture très controversée.

— Pour moi, Witzberg est avant tout un des peintres les plus chers du moment. D'une part parce qu'il y a peu de ses toiles sur le marché, d'autre part parce qu'il a mis un coup d'arrêt à toutes ses œuvres picturales qui ne sont que le délire d'un cerveau tourmenté.

— Ne vous réjouissez pas trop vite. Il y aura toujours une peinture de thérapie mais on revient peu à peu à l'expression d'une émotion intérieure et d'une véritable beauté.

— J'en suis heureux…

Émile Rial allait ajouter quelque chose quand son téléphone vibra. Il jeta un coup d'œil à l'appareil.

— Ma femme. Elle doit me rejoindre. J'espère qu'elle n'a pas eu de contretemps. Excusez-moi, il faut que je réponde.

Jessy ne resta pas seule longtemps. Déjà un groupe l'entourait. Son équipe de travail, plus que des collaborateurs, des amis. Elle serra des mains, sourit, heureuse de les retrouver, heureuse surtout de ne pas être obligée de saluer le grand prêtre de cette cérémonie, Paul Tardy, l'homme qui l'avait licenciée mais à qui elle devait le chèque mirobolant de ses indemnités de départ.

***

Sa montre affichait deux heures quarante quand elle quitta le Grand Hôtel. La fatigue commençait à se faire sentir. En dépit de ses craintes, elle avait passé une agréable soirée, rencontré beaucoup de monde de Omni Rial mais aussi de Digital. La plupart des gens l'avaient abordée avec une mine de circonstance, de celle que l'on affiche quand on croise une collègue qui traverse une mauvaise passe. Mais sa sérénité et son optimisme avaient vite effacé l'apitoiement des visages et coupé court aux témoignages de compassion. Certains l'avaient encouragée dans sa recherche d'un nouveau travail, d'autres lui avaient souhaité bonne chance, tous l'avaient félicitée pour ses projets et la détermination avec laquelle elle envisageait l'avenir. Maintenant, elle n'aspirait plus qu'à une chose, prendre une douche et se glisser entre des bras amoureux.

La moto de Mathieu n'était pas devant chez elle. Elle fronça les sourcils, soudain contrariée.

Elle chercha ses clés, monta à l'étage, ouvrit la porte.

— Mathieu ?

Elle espérait encore un miracle : s'était-il garé ailleurs, son associé l'avait-il raccompagné en voiture ? Personne ne lui répondit. Elle dut se rendre à l'évidence, Mathieu n'était pas là. Un carton de pizza traînait sur la table, un verre et une assiette sales dans l'évier : il était venu et reparti. Elle soupira, plus accablée par son absence qu'exaspérée par son désordre. Le mot griffonné à la va-vite et glissé sous une bouteille de bière acheva de la déprimer. Une bijouterie venait d'être cambriolée. La société de gardiennage de Mathieu avait été sollicitée pour poster des vigiles devant la vitrine éclatée. Lui-même se rendait sur place. L'alarme, installée par ses soins, n'avait pas fonctionné. Et il voulait savoir pourquoi.

Il n'y aurait pas de bras amoureux pour la réchauffer.

Quatre ans plus tôt, avait débuté une véritable romance avec Mathieu ; mieux qu'une romance, une passion dévorante. Ils voulaient vivre ensemble, ne plus se quitter. Mais leurs obligations professionnelles les en avaient empêchés. Séparés, ils se téléphonaient vingt fois par jour. Réunis, leurs corps ne s'éloignaient jamais de plus de quelques mètres. Une union officielle devant M. le maire avait même été évoquée.

Surtout par elle.

C'est lui qui avait hésité. À cette époque, Mathieu venait juste de monter son entreprise avec Damien, un ami de la fac, et il avait jugé plus sage de patienter quelque temps. Mathieu avait gardé l'appartement hérité de ses parents, Damien acheté le local du rez-de-chaussée qu'ils avaient partagé en deux : le bureau dans la pièce principale avec table et chaises pour recevoir les clients et la boutique où étaient exposés boîtiers et appareils de surveillance les plus sophistiqués. Après plusieurs mois d'incertitude, les clients avaient commencé à s'intéresser à leur commerce et, petit à petit, la société de gardiennage était devenue rentable grâce à la grande disponibilité de ses dirigeants. Sans horaires précis, les deux associés acceptaient de travailler de jour comme de nuit. À cette époque, envisager une vie commune leur avait paru difficile. Et les habitudes s'étaient installées. Mathieu venait souvent dormir chez elle, abandonnait ses chaussettes sous le lit, laissait la machine à café déborder, oubliait la savonnette dans l'eau, sans parler du réfrigérateur qu'il vidait régulièrement ; toujours pressé, il vivait le téléphone à l'oreille, même pendant les week-ends, jonglant avec les horaires de Damien et ceux de leur équipe de veilleurs. Depuis les attentats, magasins, cinémas, manifestations sportives et culturelles recouraient de plus en plus à des vigiles pour fouiller les sacs et guetter les environs.

Jessy le houspillait pour son désordre. Il s'excusait, revenait les bras chargés de victuailles après avoir dévalisé la supérette du quartier. Pendant quelques jours, il faisait un effort pour participer au ménage avant de retomber dans ses travers, bousculé par les rendez-vous et les affaires à régler.

Un mois plus tôt, quand elle lui avait annoncé son licenciement et son obligation d'abandonner son appartement, elle espérait qu'il lui proposerait de venir s'installer chez lui. Il n'en fut rien.

« Prends-toi un petit studio », lui avait-il suggéré sans vraiment s'intéresser au problème.

Elle s'était sentie humiliée, furieuse.

« Un studio serait trop petit. J'ai besoin de place pour peindre.

— Et chez tes parents ? Tu ne m'avais pas dit qu'ils possédaient l'étage au-dessus de leur appartement ?

— Je ne vais pas retourner vivre chez mes parents. Maman se sentirait obligée de préparer mes repas, de s'occuper de moi... Elle est très fatiguée en ce moment et doit passer des examens médicaux. Non, je n'ai pas l'âme d'un Tanguy. Je vais m'installer à La Bergerie. »

Elle avait guetté sa réaction : colère, déception, supplications auxquelles elle n'aurait pu résister. Il l'avait regardée un moment en silence, puis avait lâché avec un détachement qui n'avait rien de factice :

« À moto, c'est à peine deux heures de route. Finalement, c'est une bonne idée. »

La seule à ses yeux. À la fin du mois, elle rendrait les clés à son propriétaire et quitterait la ville.

— Mathieu, Mathieu, gémit-elle en se démaquillant devant son miroir, j'ai l'impression qu'on va se voir de moins en moins souvent.

S'il avait été là, il aurait promené ses mains sur son cou, ôté son collier, fait glisser la fermeture Éclair de sa robe pour la laisser tomber sur le sol, caressé son dos et ses hanches avant de l'entraîner vers la chambre. Elle ravala vite les larmes qui menaçaient et s'enfouit sous le drap, cherchant le réconfort dans le sommeil.

***

Le Villaret se nichait à 1 600 mètres d'altitude dans ce qui avait été autrefois un cirque glaciaire. Le glacier avait disparu depuis longtemps ; restait un lac, émeraude ou turquoise en été, étendue givrée en hiver.

Jusqu'au milieu du XVIIIe siècle, cette terre appartenait aux loups. Les forêts giboyeuses, les versants peuplés de chamois, de bouquetins, de sangliers, avaient maintenu sur place un grand nombre de meutes peu à peu décimées par le roi de Sardaigne, Charles-Emmanuel, duc de Savoie, prince du Piémont et grand amateur de chasse, comme l'était son père et comme le fut son fils. Les loups avaient disparu ; restaient les appellations. Le lac se nommait le Lac-aux-Loups, la montagne qui protégeait le hameau des vents du nord, les Aiguilles-du-Loup, le col entre la Suisse et la France, le Saut-du-Loup. La commune dont dépendait Le Villaret n'échappait pas à la règle. Trois cents mètres plus bas, Monteloup s'enorgueillissait de son immense statue de bronze érigée sur la place du village représentant La Bête dans toute sa puissance.

Depuis quelques années, le loup regagnait du terrain, reprenait peu à peu ce qui avait été sa terre, menaçant la sécurité du lieu et obligeant les éleveurs à prendre des dispositions pour protéger leurs troupeaux. En dépit du danger, Monteloup se développait d'année en année. Été comme hiver, hôtels, constructions modernes, chalets refaits à neuf, accueillaient des milliers de touristes. Cette station de moyenne montagne, réputée pour son domaine skiable et ses incomparables hors-pistes, était desservie depuis la plaine par une large route rigoureusement entretenue jusqu'au parking de la télécabine.

« Après, c'est le Moyen Âge », ironisait Viviane Fourque, propriétaire du gîte rural à la sortie du Villaret.

Commentaire à peine exagéré si l'on considérait la voie étroite qui grimpait à flanc de montagne sur huit kilomètres, hachée de virages en épingle à cheveux, enjambant des lits de torrents impétueux sur de maigres passerelles et surplombant un à-pic vertigineux avec, pour seule protection, non pas la double rambarde métallique qu'elle était en droit d'exiger, mais un mince muret de pierres basses.

« C'est nous qui l'avons voulu », répliquait son mari.

Quand il disait « nous », il parlait des onze habitants permanents du Villaret, qui militaient depuis plusieurs années pour que le hameau, déjà site protégé, soit classé parmi les plus beaux villages de France, un titre qui empêcherait l'extension de la station de ski et l'implantation de nouvelles remontées mécaniques aussi nécessaires que disgracieuses. Leur idée, quoiqu'un peu hypothétique, avait le soutien des propriétaires des résidences secondaires et de plus de la moitié des administrés de Monteloup. Jacques Sauvignon, maire de la commune, s'était mis récemment de leur côté, voyant dans l'appellation « site classé » une distinction supplémentaire pour promouvoir sa commune et attirer encore plus de touristes.

Jacinthe Delmass serait désormais la douzième habitante de ce coin de paradis. Isolé dans la montagne, le hameau avait conservé son architecture traditionnelle : murs de pierres, balustres en bois et toits de lauzes. La Bergerie, dernière maison du Villaret, ne bénéficiait pas de la route goudronnée qui s'arrêtait devant le gîte rural des Fourque, face au refuge du Club alpin. Sa voiture devait parcourir les derniers mètres sur un chemin de terre vaguement empierré qui contournait le chalet avant de s'élever doucement jusqu'au lac. Au-delà, ce n'était plus qu'un sentier pour les randonneurs et les skieurs de fond.

Bien qu'aménagée et modernisée, l'ancienne bergerie n'avait rien de commun avec le plan habituel d'une habitation. Ce qui avait été la fromagerie servait désormais de garage, le fenil de chambre à coucher, le grenier de mezzanine où elle avait installé son ordinateur et sa bibliothèque. Quatre marches d'une échelle meunière permettaient d'accéder aux combles, que les anciens appelaient *mazot*. On n'y tenait pas debout et il fallait presque ramper pour en atteindre le fond. L'ancienne étable avait été transformée en une grande pièce regroupant tout à la fois séjour, cuisine et salle à manger. Au-dessus de l'entrée, se balançait un panneau de bois sculpté sur lequel étaient gravés les mots : LA BERGERIE.

Les déménageurs étaient repartis quelques jours plus tôt et Jessy achevait d'installer son atelier dans la pièce du fond agréablement éclairée par une porte-fenêtre s'ouvrant sur la terrasse de plain-pied. La vue sur les montagnes était magnifique et elle devinait que la tentation serait grande de se laisser aller à la contemplation plutôt qu'à la peinture. Cependant, elle ne doutait pas de sa capacité à se concentrer. Quand elle tenait un pinceau à la main, le monde extérieur s'éclipsait sur la pointe des pieds. En ville, les sonneries du téléphone, les bruits dans l'appartement du dessus, la musique d'une radio de voiture poussée à plein régime, rien ne la distrayait de la toile. Elle était alors sur une autre planète, dans une autre dimension. Qu'en serait-il ici avec le chant des oiseaux, le passage des troupeaux, le crissement des skis de fond sur la neige… ? Résisterait-elle à ces distractions combien plus attrayantes que ce qu'elle connaissait en ville ?

Elle reprit ses rangements, attendant un appel de Mathieu. Il lui avait promis deux fauteuils de son salon dont il voulait se débarrasser. Ici, elle ne manquait pas de place. Il lui avait dit qu'il en profiterait pour passer quelques jours avec elle.

L'été précédent, ils avaient vécu une semaine à La Bergerie. La seule et unique semaine ensemble depuis leur rencontre. Sept jours complets sans se quitter, sans courir après le temps, sans se préoccuper des affaires si ce n'est par l'intermédiaire de Damien. Sept jours de parfait bonheur, passés trop vite.

Elle espérait renouveler l'expérience. La météo était prometteuse. S'il venait, ils marcheraient jusqu'au glacier ou descendraient faire les magasins de sport à Monteloup. Le soir, ils iraient manger une fondue au gîte avant d'allumer une flambée dans la cheminée. Roucouler en regardant le feu s'éteindre…

L'air de la montagne la rendait romantique ; l'éloignement, amoureuse.

Elle s'apprêtait à repousser une table quand son portable sonna. Mathieu ? Elle se précipita. C'était Viviane Fourque, la propriétaire du gîte rural.

— Allô, Jessy ? Vous entendez comme la communication passe bien maintenant ? Ils ont renforcé le signal. Depuis le temps qu'on le réclamait. On veut bien être isolé mais pas coupé du monde. Je vous appelle pour ce soir. J'espère que vous n'aviez pas prévu de manger une raclette ? J'ai un groupe de randonneurs qui arrivent. D'habitude, les uns veulent une fondue, les autres de la tartiflette ou des grillades mais ce soir, c'est l'unanimité, ils ont tous commandé une raclette ! Gilles est déjà aux fourneaux pour préparer les pique-niques de demain… Non, non, venez comme prévu. Je sais ce que c'est quand on emménage. Simplement, je vais avoir besoin de tous mes appareils pour les rassasier.

— Soyez tranquille, je n'avais pas l'intention de manger une raclette.

— Ah, tant mieux. Je vous attends vers vingt heures. Nous prendrons le temps de bavarder un moment.

***

Le soleil s'était déjà caché derrière les montagnes mais il faisait encore jour quand Jessy poussa la porte du gîte. Elle fut immédiatement assaillie par l'odeur de fromage fondu et son appétit en fut agréablement stimulé. Dans la salle à manger, plusieurs tables avaient été rapprochées pour n'en faire qu'une et une quinzaine de convives finissaient leurs assiettes autour d'appareils à raclette encore en service. Les bavardages, les rires, les exclamations de joie couvraient le crépitement du feu dans la cheminée. Quelques têtes se retournèrent à son entrée.

— Je suis venue trop tôt, glissa-t-elle à Viviane qui s'avançait vers elle.

Viviane Fourque était une jeune femme à l'allure sportive et élégante à la fois, chaussures à talons plats et chemisier ivoire glissé dans un pantalon noir bien coupé.

— Non, c'est parfait. Ils ont pratiquement terminé. Après le dessert, ils iront s'installer dans le salon pour préparer leur rando. Vincent leur sert de guide et passera tout à l'heure donner ses dernières instructions. Le groupe part vers deux ou trois heures du matin pour admirer le lever du soleil depuis les crêtes. Installez-vous à cette table, Louise va vous servir.

Jessy commanda des crêpes au jambon et aux champignons qu'elle accompagna d'un verre de vin blanc de Savoie. Les randonneurs parlaient sacs à dos, bâtons de marche, comparaient les marques et les prix. Une bouffée d'air froid agita les flammes de la cheminée. Un homme de haute taille entra dans la pièce, trente-cinq ans, peut-être moins, le visage bruni de soleil, de fines ridules autour des yeux.

— Les guides de montagne ont toujours les cheveux longs, lança quelqu'un.

Une cascade de rires salua la réflexion.

Les fines ridules se plissèrent dans un mince sourire. Il s'avança vers Jessy, lui tendit la main. Les yeux gris-vert la scrutèrent. Elle associa son souvenir au nom évoqué par Viviane : Vincent, guide de montagne. Son frère Loïc, gardien du refuge. Elle ne les confondrait plus. Vincent, les cheveux mi-longs, Loïc, les cheveux courts.

— Bienvenue au Villaret, lui dit-il. Je voulais passer à La Bergerie mais puisque vous êtes là… Mes chiens arriveront la semaine prochaine. Loïc s'occupera des karts mais on n'a pas encore installé les box. Ce sera vite fait. Ils seront parqués dans le pré derrière chez vous. J'espère qu'ils ne vous dérangeront pas.

Les chiens, les karts, les box… Jessy atterrissait sur une autre planète. Elle acquiesça d'un signe de tête, s'efforçant de ne pas s'étrangler en avalant la dernière bouchée qu'elle fit glisser d'une gorgée de vin.

— Je ne sais pas ce que sont les karts.

— Des traîneaux à roues. L'hiver, on y fixe des patins. Ils sont rangés dans l'appentis derrière le refuge.

— Hum… Et les chiens… Ils sont gros ?

— Des malamutes. Ne vous inquiétez pas. Ils n'attaquent pas et sont bien élevés.

Elle ignorait ce qu'étaient des malamutes. Elle se doutait que ce n'étaient pas d'adorables bichons revenant d'un concours de beauté canine. Le nom évoquait plutôt quelque chose comme mammouth ou mastodonte. D'ordinaire, elle n'avait pas peur des chiens ; cependant elle s'interrogeait sur ce qui se cachait derrière l'expression « bien élevés ».

L'arrivée de Vincent coïncida avec la fin du repas pour le groupe qui se dirigea vers le salon.

Louise, une paysanne de la région, les hanches fortes, les joues roses, les gestes rapides et efficaces, vint débarrasser. Viviane s'approcha avec deux verres et une bouteille.

— Un petit génépi ? proposa-t-elle.

Sans attendre la réponse, elle posa le tout sur la table et s'assit en face de Jessy.

— Alors, bien installée ? Cette fois, ce n'est plus seulement pour les vacances ; c'est définitif.

— Oui, j'ai libéré mon appartement en ville.

— J'ai vu le camion de déménagement. Il a réussi à faire demi-tour entre nos deux maisons.

Dans la pièce à côté, les rires avaient repris, couvrant le bruit des chaises.

— Vous ne vous faites pas concurrence avec le refuge ? demanda Jessy.

— Non, ce n'est pas la même clientèle. Le refuge appartient au CAF, le Club alpin français. C'est plus, comment dire… plus jeune, plus rustique aussi. Dortoirs et lits superposés ; toilettes communes au fond du couloir… Chez moi, les clients sont en chambres de deux avec salle de bains. Mais il m'arrive de faire appel aux frères Jourdan quand j'ai un groupe trop nombreux et vice versa.

Le bouchon émit un bruit sympathique, Viviane remplit les verres.

— À votre santé et à votre avenir parmi nous !

Elles burent une gorgée. Viviane claqua la langue.

— Il est moins fort que l'an dernier ; moins sucré aussi.

— Il est très bon.

— Vous n'êtes pas trop déprimée par ce qui vous arrive ? Un licenciement, ce n'est pas rien.

— Je l'accepte comme une opportunité offerte par le destin. « Une porte se ferme, dix autres s'ouvrent », m'a souvent répété mon père. J'ai un projet en télétravail. Les musées utilisent de plus en plus d'audioguides, vous savez. J'ai mis une annonce dans des revues spécialisées pour proposer des textes sur des œuvres parfois peu connues mais qui mériteraient de l'être. Des lieux d'exposition en France, à Londres et Berlin, ont déjà pris contact avec moi. De toute façon, je n'avais pas l'intention de rester inactive.

— Mais vous peignez vous-même ?

— Oui, j'expose à Lyon, dans une galerie tenue par une amie. Nous avons fait nos études ensemble. Mais je n'ai pas beaucoup peint ces derniers temps. J'ai très envie de m'y remettre.

Elles parlèrent un moment peinture et œuvres d'art. Viviane regrettait de ne pas avoir assez de temps pour visiter les musées puis, sans transition, elle glissa sur un autre sujet :

— Vous vous souvenez de Mme Francellini, la dame qui vous a vendu La Bergerie ?

— Bien entendu. Une dame âgée. Elle avait fait le déplacement en taxi depuis Genève pour venir chez le notaire. Vu la distance, j'avais été surprise. Nous avions bavardé un moment dans la salle d'attente.

— Par le passé, les Francellini possédaient la moitié du hameau et des maisons à Monteloup. C'étaient de riches paysans avec des terres et du bétail. Mme Francellini était la dernière de la lignée. Pas mariée, pas d'enfant, pas d'héritiers ou trop lointains. Ce qui l'a poussée à vendre ses biens pour finir ses jours dans la meilleure maison de retraite de Suisse.

— Un véritable hôtel cinq étoiles au bord du lac, m'avait-elle dit.

— Elle n'en aura pas profité longtemps. Elle est décédée.

— Oh, je suis désolée !

— C'est Germain qui me l'a appris ce matin.

— Germain ?

— Germain Dôme, l'adjoint au maire. Il habite à l'entrée du Villaret, derrière la fontaine. Il s'est rendu aux obsèques. Mme Francellini était connue. Ses parents vivaient ici, dans cette grande maison, avant qu'on la rachète et l'aménage en gîte. C'étaient des gens bien. Pendant la guerre, ils hébergeaient des Juifs qui cherchaient à traverser la frontière par le Saut-du-Loup. Il y avait aussi un gitan poursuivi par la milice de Vichy. Il est resté longtemps à travailler pour eux avant de partir lui aussi en Suisse.

Jessy but une gorgée, hocha la tête.

— Je connais un peu son histoire. Il était avec Witzberg et son épouse quand ils se sont enfuis.

— Vous vous intéressez beaucoup à Witzberg, n'est-ce pas ? C'est pour cela que vous avez racheté La Bergerie.

Jessy sourit.

— Mon patron me disait la même chose l'autre jour. En fait, je ne m'intéresse pas particulièrement à Witzberg. D'autres s'en sont chargés. L'homme est probablement attachant mais moi, c'est sa peinture qui me passionne. Il y a quelque chose d'instinctif et de sauvage à la fois dans sa représentation de la vie.

— On a une reproduction dans notre salon : *Obstacle en hiver*. Magnifique ! Vous connaissez ?

— Oui, j'ai travaillé sur ce tableau. Tout l'art réside dans l'émotion qui s'en dégage. Cette toile est exposée à la Fondation Witzberg, en Poméranie. Après la réunification, le gouvernement allemand a réhabilité ce qui restait du château familial du peintre, pillé pendant la guerre par les nazis. Il abrite maintenant la Fondation. Les Witzberg ont payé cher leur opposition au fascisme. Ils sont aujourd'hui des héros en Allemagne. Je suis allée plusieurs fois à la Fondation. Ils ont douze toiles de Witzberg, toutes d'une extraordinaire vérité.

— Vous en parlez avec beaucoup de chaleur. C'est pour ça que vous l'avez choisi comme sujet de votre thèse ?

— Oui. Witzberg est le peintre de la vérité. « Cessons d'être tristes ou violents, disait-il, soyons vrais ! » Toute sa culture et son éducation étaient là, depuis son enfance. Witzberg était diplomate comme son père. La vérité n'allait pas toujours dans le sens de la diplomatie. Il s'est rattrapé avec la peinture. Il n'a jamais fait les Beaux-Arts, ni aucune école. Il peignait d'instinct et seulement quand l'inspiration lui venait. Ses contemporains le disaient paresseux car on ne compte qu'une trentaine de tableaux en tout. Peut-être un peu plus s'il s'en trouve dans des collections privées – on n'a jamais réussi à les recenser avec précision. La rareté explique la surenchère. Un Witzberg dépasse aujourd'hui largement les 3 millions d'euros.

Viviane poussa un cri de surprise.

— Il avait trente ans quand il a exposé pour la première fois dans une galerie de New York, reprit Jessy en faisant tourner son verre entre ses mains pour faire jouer la couleur dans la lumière du feu. Cinq ou six toiles, pas plus. Ce fut un succès. On était en 1930, en pleine crise économique. Les plus riches, les grands patrons, ne faisaient plus confiance à la Bourse, ni même à l'or. L'art restait le seul placement jugé à peu près sûr. En quelques mois, ses tableaux ont changé plusieurs fois de mains avec, à chaque transaction, des prix à la hausse.

— Il a dû faire fortune.

Jessy haussa les épaules.

— Il n'avait pas besoin de cela. Witzberg était issu d'une riche famille aristocratique de Prusse. Ses aïeux remontaient aux chevaliers Teutoniques, c'est vous dire… Son père avait un titre de noblesse avant d'en être dépossédé par le régime nazi. En 33, quand Hitler a été nommé chancelier, les Witzberg étaient en poste en Turquie. Ils ont regardé avec mépris cet Autrichien de basse extraction s'emparer du pouvoir et n'ont pas dissimulé leurs critiques. Limogés, rappelés en Allemagne, ils se sont retirés sur leurs terres, la tête haute, arrogants comme leurs ancêtres, persuadés que ce Reichsführer ne serait qu'une comète dans le ciel germanique. Ce fut leur plus grande erreur. Et puis, en 36, Witzberg a peint sa fameuse toile *Avant Le Cri*.

— Le portrait de Hitler. Je suis au courant. Vous l'avez déjà vu ?

— Des photos seulement. Il a été brûlé en place publique lors des grands autodafés qui ont marqué cette période.

— Il était vraiment effrayant ?

— Tout le génie de Witzberg est là. D'un orateur banal, il vous fait un monstre. Le visage, de face, occupe toute la toile. Le regard domine, fixe, halluciné. La bouche est noire, ouverte sur un flot de paroles inaudibles. Le halo de lumière qui l'entoure fait ressortir brutalement la noirceur intérieure de l'homme en plein discours. Il ne parle pas, il aboie. Ce n'est pas une caricature. Une caricature prête à rire. Ce portrait, lui, fait peur. Il est terrifiant. On voudrait échapper à ses vociférations en se bouchant les oreilles. Comme dans la toile de Munch, *Le Cri*. On ne peut pas comprendre le titre choisi par Witzberg si on ne connaît pas ce tableau. Witzberg était fasciné par Munch.

Jessy observa un silence, but une nouvelle gorgée de génépi. Dans la pièce à côté, des voix s'élevaient. Il était question de lampes frontales, de crampons…

— Ses parents, frères et sœurs ont été arrêtés et déportés à Dachau où ils sont morts. Leurs biens ont été saisis, les tableaux de Witzberg, mis à l'index, confisqués et brûlés. En réalité, on n'a brûlé que des copies. Ceux qui possédaient un Witzberg l'ont caché, peu enclins à s'en débarrasser. Ils les ont ressortis après la guerre. Sa cote avait doublé. Pendant ce temps-là, Witzberg avait réussi à s'enfuir avec sa femme : Paris, Bandol, puis la Savoie, ici, au Villaret. Plus tard, en Suisse, il s'est remis à la peinture, *Le Doute*, puis *Peur en Chemin*, et d'autres toiles encore. Des œuvres remarquables. Il écrivait lui-même le titre à côté de sa signature. Ce n'était jamais descriptif mais traduisait toujours une émotion. Il s'emportait contre les marchands d'art qui souhaitaient changer le nom de ses tableaux. « Pourquoi voulez-vous que j'appelle cette toile *Hiver en forêt* ? Tout le monde voit bien qu'il y a de la neige et des arbres ! »

Viviane leva une main pour l'arrêter et repoussa sa chaise. Elle disparut une minute et revint avec un grand livre sur la peinture contemporaine.

Jessy sourit.

— Je le connais.

— Oui, j'imagine, il y a même des extraits de votre thèse. Et justement quand vous parlez des titres…

Elle parcourut les pages rapidement pour lui montrer un article.

— Ça, c'est de vous, n'est-ce pas ?

— Exact.

— Plus loin, on dit qu'il est retourné dans son pays en 1970. Il est mort à Bonn. Il n'aura pas vu la réunification de l'Allemagne.

— Sa femme était de santé fragile. Il n'a pas pu surmonter sa mort et ne lui a survécu que quelques mois. Regardez à la fin du livre, il y a sa dernière toile : *L'Abattement.* Une biche tuée par des chasseurs. Voyez le regard de cette biche à terre. Le contraste des couleurs violentes saisit l'intensité du moment. Les touches sont vigoureuses. Le sang n'est pas rouge mais bleu, celui de la pureté qu'il voyait en elle. Et au loin, la douceur apaisante d'un horizon éclatant de lumière vers où s'échappe l'âme. C'est beau, n'est-ce pas ?

— Quand vous en parlez, c'est limpide, on comprend tout !

Jessy se sentit rougir.

— J'ai passé des années à l'étudier. Je crois que j'ai fini par le comprendre… L'intégrer… Avec le décès de Mme Francellini, c'est un maillon de la chaîne qui se casse, ajouta-t-elle d'un ton empreint de regret. Plus rien ne relie Le Villaret à Witzberg.

— Vous vous trompez. Et mon grand-père ?

Jessy ouvrit de grands yeux.

— Qui donc ?

La réunion était terminée et les randonneurs regagnaient leurs chambres en plaisantant sur la brièveté de leur nuit. Viviane interpella Vincent qui fermait la marche :

— Vincent ! Juste un mot avant que tu partes. Raymond Boissenet, ça te dit quelque chose ?

— Ton grand-père, bien sûr ! Il va bien, j'espère ?

— Oui, très bien, mais mademoiselle, ici présente, auteure d'une thèse sur Witzberg, ne connaît pas Raymond.

Les yeux gris-vert plongèrent dans ceux de Jessy, un rien moqueurs.

— Une lacune qu'il faut combler. Raymond Boissenet est le gamin qui a guidé les Witzberg et le gitan jusqu'au Saut-du-Loup en 44.

— C'est incroyable, c'est votre grand-père !

— Oui, le passeur, c'est lui.

— Mais quel âge avait-il ?

Vincent se tourna vers Viviane, lui laissant la réponse.

— Quatorze ans, dit-elle. Il est de 1930.

— Je croyais que le Montagnard était le passeur du village et qu'il était mort depuis longtemps ! s'exclama Jessy.

— Le Montagnard n'était pas chez lui ce soir-là, reprit Vincent. C'est son fils qui a pris sa place.

— Vous êtes sûr de vous ?

— Demandez-le-lui ! Il est à Monteloup en ce moment… Pardonnez-moi mais j'ai encore mon sac à préparer et on part tôt demain matin. Je vous laisse. Bonne soirée.

Vincent parti, Viviane se tourna vers Jessy, ravie d'avoir suscité son étonnement.

— Vous n'avez jamais rencontré mon grand-père parce qu'il n'était pas là quand vous veniez en vacances. C'est un vieil homme, en pleine forme, certes, mais comme beaucoup d'anciens, il a besoin d'être entouré. Ses repas, son linge, son ménage… Bref, quand j'ai des clients ici, je ne peux pas m'occuper de lui et il l'a bien compris. Alors, on a mis en place un arrangement : pendant la haute saison, il s'installe à Monteloup, au Foyer Sainte-Anne, et en basse saison, il revient chez lui. Six mois en bas, six mois ici.

— Au Villaret ?

— Là, derrière le gîte, ce vieux chalet noirci par les années, c'est le sien. C'est le père de ma mère. Elle vit au Canada avec son second mari. Ils viennent nous voir à peu près tous les deux ans.

Jessy, impatiente d'en savoir plus, revint à son sujet :

— Alors, en ce moment, il est à la maison de retraite de Monteloup ?

— Ce n'est pas vraiment une maison de retraite. C'est plus un foyer pour personnes âgées. Il y a plusieurs années, Charlotte et Serge Fabretti, tous les deux enfants uniques, avaient aménagé leur maison pour garder leurs parents auprès d'eux. À leur mort, ils ont continué et actuellement ils hébergent six pensionnaires. Sept, si on compte mon grand-père qui est résident à mi-temps. Ce sont des amis maintenant. Savez-vous qu'il y a de la demande ? Les vieux n'ont pas envie de quitter leur montagne. Pour aller où, en ville ? Dans le bruit et la pollution… Le foyer n'est pas très confortable, je l'avoue. Les lits grincent et les portes ferment mal. Mais il y a le service. Les Fabretti sont des gens adorables. Et puis je vais vous dire, Jessy, quand on est de la montagne, qu'on a dormi en altitude dans des bergeries aux planches disjointes, les bêtes en bas, les hommes au-dessus, sous un toit rafistolé de lauzes que le vent secoue à chaque rafale, le confort d'une maison de retraite n'a vraiment pas d'importance. Grand-père pourra vous le confirmer quand vous irez le voir. Un téléviseur dans la chambre, un bon gratin dauphinois sur la table, des gens et des sourires autour de lui, c'est tout ce dont il a besoin.

CHAPITRE 2

La camionnette ronchonna en franchissant les derniers mètres sur le chemin cabossé, quelques graviers giclèrent sous les roues, soulevant une poussière grise qui finit d'estomper les grosses lettres rouges annonçant la raison sociale du véhicule :

GARDIENNAGE
SURVEILLANCE ÉLECTRONIQUE
ALARMES

Jessy sortit sur le seuil et son sourire se figea aussitôt : Mathieu était sur le siège passager, Damien au volant.

— Je ne savais pas que vous seriez tous les deux, lança-t-elle, ravalant sa déception.

Elle parvint à bredouiller une parole de bienvenue, plaqua deux baisers sonores sur les joues de Damien et se laissa enlacer par Mathieu.

— On va installer un lit dans la mezzanine, poursuivit-elle avec une gaieté forcée. C'est un peu étroit mais…

— Non, ne te dérange pas pour nous, coupa Mathieu, on te livre les fauteuils et on repart.

Le dernier espoir s'envolait.

— Damien a besoin du véhicule demain.

— Vous pourriez partir à la première heure, tenta-t-elle encore.

— Laisse tomber, on aura plus vite fait en roulant le soir… Tu as quelque chose à grignoter ?

Elle haussa les épaules. Évidemment qu'elle avait quelque chose ! Le réfrigérateur était plein. Elle avait prévu que Mathieu resterait quelques jours et elle avait fait les courses en conséquence. En silence, elle commença à sortir le pain, la salade, la charcuterie… mit un morceau de beurre dans la poêle.

Dehors, Mathieu avait ouvert les portes arrière du fourgon. Les fauteuils étaient plus encombrants que lourds. Mais les deux amis eurent vite fait de les porter dans la grande salle.

— Laissez-les dans ce coin pour l'instant. Je m'en occuperai après votre départ, maugréa-t-elle d'une voix plus sèche qu'elle ne l'aurait voulu.

De la pièce du fond, un sifflement admiratif lui parvint, léger baume sur son cœur en miettes.

— Bon sang ! La vue !

Damien n'avait encore jamais mis les pieds au Villaret, peut-être même ne connaissait-il pas la montagne.

— Je n'ai jamais rien vu de pareil sauf au cinéma !

— Si tu étais resté plus longtemps, tu aurais pu contempler le paysage à loisir, grommela-t-elle avec un sourire crispé. Mais voilà ! Vous arrivez et vous partez, en coup de vent.

Mathieu réalisa sa déconvenue, s'approcha d'elle et la prit par les épaules.

— Ne sois pas fâchée ! Je vais m'arranger pour revenir la semaine prochaine. Tu vas me manquer, tu me manques déjà…

Jessy n'avait jamais pu résister à une parole douce ni à un geste tendre. Son chagrin s'atténua. Elle posa son visage contre son cou, il l'embrassa.

— Je prendrai mes affaires de montagne et on ira marcher.

Il se détacha d'elle doucement.

— Alors, qu'est-ce que tu nous as préparé de bon à manger ?

***

Jessy peignait.

Revêtue de sa grande blouse maculée de taches, le pinceau entre les doigts, Jessy peignait une silhouette de femme dans la lumière. D'autres tableaux attendaient sur des chevalets dressés dans l'atelier. Comme beaucoup de peintres, elle travaillait sur plusieurs toiles à la fois. Isolée dans son univers, elle pensait Courbet, mais c'était Botticelli qui s'imposait avant de disparaître à son tour, ne laissant que *Jessy Delmass* sur la toile, rompant avec le classicisme traditionnel des maîtres, n'imitant jamais, interprétant parfois, pour mieux exprimer son style personnel, rebelle et provocant à la fois. Concentrée sur l'harmonie des courbes, la cohérence des couleurs, elle s'abandonnait à l'écriture picturale. Ne plus exister que par le geste, se laisser glisser dans un monde à soi, intemporel, volupté que seuls les artistes connaissent.

Autour d'elle, la vie s'était effacée. Relégués au néant, la déception causée par Mathieu et l'espoir de sa prochaine visite qu'il avait une fois de plus repoussée aux calendes grecques. Depuis son installation, il n'était venu la voir que deux fois. Elle avait oublié qu'il n'était le plus souvent qu'un ventre à nourrir.

Oublié l'idée que la séparation briserait la routine, aiguiserait le désir des retrouvailles. Oublié surtout qu'il comptait trop pour elle, qu'il était beaucoup plus qu'une aventure, qu'elle avait fait avec lui ses premiers pas sur le chemin de l'amour et du romantisme, que les traces s'effaçaient parfois mais qu'elle espérait toujours retrouver la passion foudroyante des débuts. Elle y croyait encore, y penserait plus tard, quand l'émotion de la peinture s'évanouirait pour céder la place à d'autres sentiments, désillusion, tristesse, orgueil blessé…

Pour l'instant, face aux montagnes, Jessy peignait.

Le frissonnement des branches, le caquètement des poules, le bêlement d'un agneau resté à l'étable, elle ne les entendait pas. Ils avaient reculé jusqu'au tréfonds de son cerveau. Rien n'aurait pu la tirer de son monde intérieur jusqu'à cette explosion soudaine de bruits incongrus, ce tohu-bohu infernal surgi du néant, ce vacarme qui bouleversait le silence : grondement de moteur, claquement de portières, grincement de verrous métalliques… et, couronnant l'ensemble, concert d'aboiements sur une gamme variée allant du plus grave au plus aigu.

Les malamutes !

Jessy sortit sur la terrasse. Elle s'arrêta, stupéfaite. Échappés des cages, elle vit les chiens monter à l'assaut du pré dans une galopade festive, courir à l'abreuvoir, se bousculer pour se désaltérer, revenir vers leur maître en bondissant, avant de se jeter joyeusement les uns sur les autres, simulant attaques et morsures dans des combats aussi brefs que fougueux. Incarnation d'une force brutale et d'une violence contrôlée qui la laissaient béate.

— Grands dieux ! laissa-t-elle échapper. Et dire qu'ils sont bien élevés !

Vincent prit le temps de fermer la barrière, de vérifier la palissade autour de l'enclos, laissant les bêtes se dégourdir les pattes, folâtrer sans contrainte. L'apercevant, il leva une main dans sa direction. Elle répondit à son salut et le vit porter quelque chose à sa bouche. Aussitôt, la troupe se calma. Jessy n'avait rien entendu.

— Voulez-vous les voir de plus près ? lança-t-il. Ils ne vous feront aucun mal.

Jessy n'avait jamais eu peur des chiens mais elle devait admettre que ceux-ci étaient impressionnants par leur taille et leur impétuosité. Néanmoins, elle les trouvait sympathiques. Poussée par la curiosité, elle s'approcha de la barrière.

— Vous étiez en train de peindre, déclara-t-il en jetant un coup d'œil à sa blouse.

Elle acquiesça avant de lui demander :

— Comment avez-vous fait pour les calmer ?

— Avec un sifflet à ultrasons. Je ne m'en sers que rarement. Je préfère qu'ils reconnaissent ma voix. Mais c'est utile quand ils sont trop excités comme après ces heures de route. Venez, je vais vous les présenter. Vous allez être leur voisine, il faut qu'ils vous connaissent.

Vincent ouvrit la clôture. De près, ils étaient encore plus imposants, hauts sur pattes, fournis en poils, se bousculant pour mieux se presser autour d'eux, flairant leurs jambes, agitant la queue en signe d'amitié. Peu rassurée, Jessy hésita.

— Vous ne risquez rien. Vous pouvez même les toucher. Celui-ci, à la fourrure beige, c'est Gauvain. Juste à côté, Érec… Le plus timide, là-bas derrière, c'est Arthur… Et la tête blanche qui dépasse, c'est Lancelot. On finit par les reconnaître vous savez. J'ai sept mâles et trois femelles, Laudine, Morgane et Guenièvre qui est en train de boire. Celui que vous caressez, c'est Perceval…

— Et je suppose que le hangar dans lequel ils dorment s'appelle Kaamelott et qu'ils ont l'habitude de manger autour d'une table ronde.

Il éclata de rire, un rire chaleureux. Leurs regards se croisèrent.

— Une idée de ma femme, passionnée par la légende arthurienne.

Jessy ignorait qu'il était marié. Elle détourna les yeux, embarrassée sans raison.

— Ils rentrent du Jura, poursuivit Vincent. Un ami musher les entraîne quand je suis trop occupé. Il m'a signalé un problème, regardez !

Il appela :

— Galaad ! Viens, mon ours, viens ici.

Il s'accroupit près d'un chien resté en retrait, épaules fortes, yeux noirs en amande, longs poils roux et blancs où disparaissaient le cou et le plastron. La ressemblance avec l'ursidé était évidente. Vincent le fit asseoir, prit une de ses pattes avec précaution. L'animal poussa un grognement d'avertissement que Vincent apaisa d'un mot.

— Il s'est cassé une griffe au cours d'un exercice. C'est très douloureux et il boite. Je vais m'en occuper. Mais je crains qu'il ne puisse plus prendre part à de grandes courses.

— Ils ont des compétitions en ce moment ?

— Pour eux, c'est terminé. La quête du Graal, c'est l'hiver prochain : la Grande Odyssée Savoie-

Mont-Blanc. Ce qui n'empêche pas les entraînements réguliers.

Pendant ce temps, Loïc avait remisé les karts, rangé la remorque, conformément au règlement du hameau qui voulait qu'aucun véhicule ne stationnât dans les ruelles. Il les rejoignit, repoussa doucement les chiens qui lui faisaient la fête. Même taille élancée, même yeux gris-vert au regard direct, même bouche charnue, copie conforme de son frère à l'exception de la coupe de cheveux.

— Vous êtes jumeaux ?

— Quinze mois d'écart et le droit d'aînesse à Monsieur, déplora Loïc, cheveux courts, simulant un profond regret. Vincent a hérité de tous les talents du père montagnard. J'ai dû me contenter des restes, c'est-à-dire une obstination de mule pour convaincre les parents de me laisser passer mon diplôme de cuisinier, ce qui m'a permis d'être gardien de refuge. L'aîné règne sur les sommets et le cadet sur les casseroles.

— Cesse de jouer au malheureux, corrigea son frère d'un ton moqueur. Ce n'est quand même pas ma faute si tu as le vertige dès que tu montes sur un escabeau. Par ailleurs, tu adores ce que tu fais et pour rien au monde tu n'échangerais ta condition contre la mienne. Je signale tout de même à mademoiselle que tu es aussi moniteur de ski de fond au cas où elle souhaiterait prendre une leçon.

— J'essayais simplement d'attirer la sympathie de notre charmante voisine, avoua-t-il en se tournant vers Jessy. Demain, je descends à Monteloup faire le plein du congélateur. Ça vous tente de profiter de la voiture ?

— Excellente idée. Je dois justement rendre visite à Raymond Boissenet. Ça ne vous dérangera pas trop de me déposer au Foyer Sainte-Anne ? Quant aux leçons de ski de fond, je verrai plus tard.

***

Le Foyer Sainte-Anne était une solide bâtisse à soubassement de pierres et étage de bois à laquelle s'ajoutaient des bâtiments annexes plus modestes.

La veille, Jessy avait prévenu les Fabretti de son passage.

« Il sera heureux de répondre à vos questions, lui avait lancé le patron. Raymond est le plus âgé de nos résidents et, comme beaucoup de seniors, d'une grande susceptibilité. »

Le sous-entendu était manifeste, Jessy devait le ménager.

C'est Charlotte Fabretti qui vint lui ouvrir, petite femme bien en chair, sourire avenant, tablier à fleurs sur robe grise, collier et boucles de perles. Après quelques échanges de banalités sur la douceur de l'été, Charlotte lui fit traverser le corridor sur lequel donnaient les portes des chambres. La maison était plus vaste qu'elle ne le paraissait de l'extérieur. Elles passèrent devant l'escalier qui montait à l'étage et, au bout du couloir, débouchèrent dans la salle principale où se tenaient les pensionnaires. Quatre d'entre eux, deux hommes et deux femmes, jouaient aux cartes à l'extrémité d'une grande table rectangulaire recouverte d'une nappe à motifs géométriques fraîchement repassée. Un cinquième, les lunettes sur le nez, avait rapproché son fauteuil pour mieux suivre la partie. Les deux derniers somnolaient devant un téléviseur qui diffusait un film de guerre à en croire les rafales d'armes à feu échangées entre des combattants grimés de noir et au casque décoré de feuillage. Sur un rayonnage de la bibliothèque, s'empilaient en désordre revues, journaux et jeux de société. Les fenêtres habillées de dentelle ne laissaient pénétrer qu'une faible clarté réduite encore par le débordement de la toiture censée abriter des chutes de neige les abords immédiats de la maison. Charlotte appuya sur l'interrupteur ; la lumière repoussa la pénombre dans les coins.

— Raymond, tu as de la visite, lança-t-elle d'une voix forte laissant supposer des malentendants parmi les résidents.

Au même instant, un homme poussa du pied la porte battante de la cuisine, avec de grandes tasses et un pichet fumant en équilibre sur un plateau.

— Je vous dérange à l'heure de la tisane, s'excusa Jessy.

— La tisane ! Vous plaisantez ! s'exclama l'homme entre deux rires. Le vin chaud, oui ! Vous êtes en montagne ici…

Avec un empressement teinté de plaisir, tapis vert, cartes et jetons furent mis à l'écart sans déranger la bonne ordonnance du jeu. L'homme, de petite taille, la cinquantaine bien avancée et le visage empreint de bonhomie, se redressa pour tendre la main à Jessy. Un long tablier de toile bleue, fraîchement décoré de farine, enveloppait un ventre rebondi dont il soulignait encore les rondeurs.

— Serge, le patron de la cuisine, se présenta-t-il aimablement. Charlotte ma femme s'occupe surtout du ménage et des soins. Nous avons aussi un homme de main pour les gros travaux d'entretien… Ah ! C'est gentil d'avoir apporté des chocolats. Je vais les mettre de côté pour une prochaine occasion…

Un concert de protestations salua sa dernière remarque et ses yeux pétillèrent de malice.

— Je ne peux m'empêcher de les provoquer, glissa-t-il avec un sourire complice.

Il posa les chocolats sur la table et repartit en cuisine chercher une corbeille de brioches.

— Raymond, où veux-tu t'installer pour bavarder avec mademoiselle ? demanda Charlotte.

Un des joueurs de cartes se leva, les cheveux gris coupés court, les lèvres minces, la peau constellée de taches brunes, les épaules saillantes sous un gros pull de laine malgré la chaleur. Il tendit une main osseuse à Jessy avant de saisir sa canne, la dévisageant d'un air froid, s'étonnant qu'on puisse encore faire appel à ses souvenirs après tant d'années.

— Tu peux rester ici, lança la voix haut perchée d'une vieille femme au long châle gris. Au moins, on sera au courant de ce que tu vas dire.

— Mais on la connaît par cœur, son histoire avec le peintre.

— Il a peut-être encore des choses à révéler.

— Ça m'étonnerait. Bavard comme il est, il nous a déjà tout raconté. Même qu'il a dû en inventer des choses. Hein, Raymond, que tu inventes parfois ?

— Comme nous tous d'ailleurs, reprit la voix haut perchée. Toi, le premier. Et moi, j'aime bien l'entendre, son histoire avec les Allemands. En plus, on sera là pour lui rappeler les détails qu'il pourrait oublier.

— Oui, à son âge, on commence à perdre la mémoire.

— Mais vous allez la boucler ! s'écria Raymond en frappant le sol de sa canne. D'abord je ne perds pas la mémoire. Ensuite c'est à mademoiselle de décider si elle veut rester ici ou pas.

Indifférent aux chamailleries, Serge avait servi le vin chaud. Une odeur de cannelle et de vanille embaumait la pièce. Charlotte sortit du buffet un mug coloré, fit signe à Jessy de prendre place autour de la table, murmurant à son oreille :

— Installez-vous ici. Ils seraient trop déçus si vous vous mettiez à l'écart. Depuis hier, ils attendent tous ce moment.

Le téléviseur fut éteint, mettant fin à une guerre quelconque dans un autre monde. On rapprocha les chaises. Jessy s'installa en face de Raymond. Maintenant qu'il avait fait entendre raison à ses compagnons, son regard était plus engageant. D'une main tremblante, il rapprocha sa tasse dont il huma le parfum avec délectation.

— De quoi voulez-vous que je vous parle ?

— Prenez le temps de boire. Je ne suis pas pressée, j'ai deux heures devant moi. Après, vous me direz comment vous avez connu les Witzberg.

Boissenet réfléchit un moment, attaqua une brioche, but une gorgée, toussa, c'était trop chaud. Tous attendaient et il jubilait de sentir leur impatience. Enfin il se décida et commença à parler de sa vie de berger au Villaret avant l'arrivée des Allemands. Il donnait des détails. Peut-être s'éternisait-il un peu, car l'un d'eux leva les yeux au ciel.

— Parle-lui des réfugiés.

Boissenet le foudroya du regard.

— J'y viens mais si tu m'interromps, je quitte la pièce.

— Vas-y raconte, l'apaisa Charlotte.

— Les Witzberg sont arrivés à l'automne 43, heureux d'avoir trouvé un coin isolé. Pendant quelques mois, ils ont dû penser qu'ils étaient enfin en sécurité et ils ont passé l'hiver tranquilles. Mais devant l'échec des troupes de Vichy à démanteler le maquis des Glières, les Allemands ont décidé d'envoyer leurs chasseurs de montagne…

Dans la pièce, on n'entendait que le tic-tac de la grosse pendule sur le buffet et la voix de Boissenet. Il avait un parler lent, typique des anciens Savoyards avec des sons traînants et des syllabes accentuées en fin de phrase.

— C'est en avril 44 que les Allemands ont retrouvé leur trace. Il a fallu partir, et vite. Mon père était à Monteloup cette nuit-là. Il m'avait prévenu et je savais ce que je devais faire.

— Quel âge aviez-vous ? demanda Jessy.

— Quatorze ans.

— Vous étiez jeune et vous leur avez sauvé la vie !

— Probablement. La dame était de santé fragile. C'était l'épouse du peintre. Elle n'était pas allemande comme lui. Il l'avait rencontrée à l'ambassade, un genre de princesse turque qui n'avait jamais fait de sport. Elle a beaucoup souffert dans la montée, surtout quand on a atteint la neige. Mais je n'ai jamais vu personne d'aussi épuisé et d'aussi acharné à grimper, s'accrochant aux branches tant qu'on était en forêt, s'appuyant sur l'un ou sur l'autre. À la fin, ils la portaient presque, tous les deux : Witzberg et le gitan.

Boissenet marqua un silence comme s'il revivait la scène.

— Raconte à mademoiselle comment tu les as aidés dans la descente vers la Suisse ! chuchota la vieille dame au châle gris.

— Mais attends ! gronda-t-il en lui jetant un regard acerbe. Je vais y venir. Après le col, le passage vers la Suisse était incertain. Le brouillard gênait la visibilité et, recouvert de glace et de givre, le sentier était périlleux. Je les ai accompagnés à travers les rochers, jusqu'aux premières drailles. Les adieux ne se sont pas prolongés. Chaque minute comptait. La femme a pleuré en me serrant contre elle. Je suis reparti aussitôt car c'était moi désormais qui me mettais en danger.

De retour sur l'arête, le gamin les avait vus : cinq hommes encordés. Ils avaient probablement perdu du temps en forêt mais, dans la neige, les traces étaient bien lisibles et ils avançaient vite. Alors il avait renoncé à regagner le hameau par la même voie. Il était resté en altitude, avait contourné la barre rocheuse, suivi les crêtes avant de se rabattre sur le premier pâturage occupé par le troupeau d'un berger de Monteloup auquel il avait emprunté un agneau et il était arrivé au Villaret à l'opposé du col, par l'est de la vallée.

— J'ai dû faire au moins trente kilomètres, ce jour-là. Et en montagne, ce n'est pas rien. En bas, on m'attendait, Allemands et gendarmes réunis, encadrant mes parents qui venaient d'être arrêtés. De rares voisins étaient sortis ; les autres, dissimulés derrière leurs rideaux, ne perdaient rien du spectacle. Je n'ai pas eu le temps d'avoir peur. La colère de mon père a explosé contre moi. Je n'ai compris que plus tard qu'il transférait sa peur dans cette rage simulée. Quelle scène ! Ah, pour sûr, c'était un bon acteur. Pourtant, on n'avait pas répété. Un moment, j'ai même cru qu'il allait me frapper pour de vrai. Il s'est rué sur moi en m'injuriant. Il criait que l'agneau allait mourir par ma faute, que j'avais trop traîné en route, que je lui faisais honte, que je ne serais jamais qu'un bon à rien. Et le mouton dans mes bras qui bêlait à n'en plus finir. « File à l'étable lui trouver une mère, vaurien ! » Et se tournant vers les gendarmes : « Comment voulez-vous qu'il soit monté au col alors que mon troupeau se trouve de l'autre côté de la vallée ? » Ils ont fouillé mon sac. Je n'avais que les fromages que m'avait refilés le berger. C'est lui qui en avait eu l'idée. Il m'avait dit aussi de lui laisser les cordes. Les cordes auraient pu me trahir, c'est sûr. J'étais dans l'étable que j'entendais encore mon père vociférer contre moi et tenter de s'expliquer : « Bien sûr que vous avez retrouvé les traces mais ils sont partis tout seuls, vos fugitifs. Personne au village ne les aurait aidés. On a autre chose à faire avec nos bêtes… »

Il y eut un moment de silence pendant lequel Boissenet prit le pichet pour se servir à nouveau.

— Mais les Allemands ont quand même emmené ton père, souffla son voisin.

Raymond ne prit pas la peine de le rabrouer ; il était dans ses souvenirs et revivait le drame.

— Oui. Ils auraient pu le fusiller sur place mais ils ont décidé de l'emmener. Ils l'ont gardé à Monteloup. Pas longtemps. La tempête de la nuit a calmé tout le monde. Deux mètres de neige en quelques heures. Des congères plus hautes que les maisons. Et le vent, un véritable blizzard de Sibérie. Les Allemands ont vite plié bagage avant de rester coincés. Peu après, les gendarmes ont relâché mon père. J'étais content de le revoir. Ils l'avaient un peu malmené mais pas trop. Mon père avait la tête dure… Plus tard, je lui ai montré le tableau que m'avait laissé Witzberg.

— Witzberg vous a laissé un tableau ? coupa Jessy, interloquée.

— Oui, *Violence*, c'est comme ça qu'il l'a appelé, *Violence*, drôle de nom pour un tableau. Mon père ne l'a pas trouvé beau. Il l'a remis dans la valise en haussant les épaules.

— La valise ?

— Celle que le peintre n'avait pas pu emporter. J'ai ressorti la toile après la mort de mes parents. Moi, non plus, je ne l'aimais pas. Il me mettait mal à l'aise, ce tableau ! Ces vagues, ce ciel étrange, la mer en colère, le bateau en perdition… Puis, je me suis habitué à le regarder. Sans vraiment l'aimer. Vous savez, la mer, ici…

Il laissa sa phrase en suspens et ses lèvres se plissèrent en un rictus de dérision qui déclencha les rires autour de la table. Jessy n'en croyait pas ses oreilles.

— Et où est-il ce tableau ?

— Là-haut, chez moi !

— Vous avez un Witzberg chez vous ? Au Villaret ?

Il y avait un tel étonnement dans la voix de Jessy que Boissenet se méprit.

— Et pourquoi je n'aurais pas un Witzberg ?

— Pardonnez-moi ! Mais je croyais avoir réussi à les répertorier tous.

Boissenet haussa les épaules.

— Bah ! Je ne l'ai pas crié sur les toits. D'abord parce qu'il ne me plaisait pas. J'avais peur qu'on se moque de moi en disant que j'avais risqué ma vie et celle de mes parents pour un coloriage…

— Un coloriage ! Vous appelez un Witzberg un coloriage ?

Jessy se laissa aller contre son dossier, la tête en arrière pour mieux laisser le rire s'échapper de sa gorge.

— C'est ahurissant !

— Moi, je savais que tu avais un tableau du peintre, lança un vieux monsieur.

— Moi aussi.

Jessy se redressa, posa un regard indulgent presque maternel sur Boissenet.

— Avez-vous une idée de la valeur d'un Witzberg aujourd'hui ?

Le vieux berger ne répondit pas.

— Ça vaut cher ! souffla quelqu'un à voix basse, persuadé d'avoir tiré un secret de l'ombre.

— Ça ne vaut que si quelqu'un veut bien l'acheter, démentit un autre. S'il est trop laid et que personne n'en veut, on peut le laisser pourrir dans un grenier.

— Raymond ? Dites-moi qu'il n'est pas en train de pourrir dans un grenier, murmura Jessy, réalisant à la dernière minute qu'elle venait d'appeler le vieil homme par son prénom.

— Non. Mon gendre a fabriqué un cadre de bois autour du châssis et j'ai fini par l'accrocher au-dessus de la cheminée. Tous ceux qui viennent chez moi peuvent le voir.

— Ma fille l'a vu, affirma Charlotte Fabretti, jusque-là silencieuse.

— Et alors ? demanda Jessy en se tournant vers elle.

— Elle l'a trouvé intéressant mais n'a pas jugé utile de m'en dire plus.

Jessy revint au vieil homme.

— Vous avez fait installer une alarme, j'imagine.

Boissenet sursauta.

— Une alarme ? Pour quoi faire ?

Pris en faute pour n'avoir pas su apprécier un Witzberg, il reprenait le dessus avec l'alarme.

— Au Villaret, on n'a pas besoin d'alarme. Il n'y a jamais eu de cambriolage. Comme vous le savez, la circulation est interdite. Tout le monde laisse sa voiture en bas sur le parking, sauf les habitants qui doivent ranger leur véhicule à l'abri des regards dans un garage. Si on veut devenir le plus beau village de France, il faut en accepter les conditions.

Jessy acquiesça sans l'interrompre.

— Je vois mal quelqu'un monter à pied, traverser le hameau, forcer ma porte et repartir avec un cadre sous le bras.

Son regard fit le tour de la table, cherchant les rires sur les visages.

— Par ailleurs, comme chacun sait, Le Villaret est un cul-de-sac. Il n'y a qu'une route pour redescendre dans la vallée. Si par hasard, un cambrioleur – un imbécile – voulait commettre un forfait là-haut, il suffirait d'un coup de téléphone et, une heure plus tard, les gendarmes le cueilleraient à l'entrée de Monteloup. Voyez-vous, jeune fille, je pense que mon tableau ne risque rien. Et puis, comme dit ce vieux Lucien, il n'a de valeur que si quelqu'un veut bien l'acheter.

Il fit une pause.

— Or je ne vois pas qui ça pourrait intéresser…

Jessy se pencha en avant, les coudes sur la table.

— Raymond, votre tableau est un Witzberg. En 44, il ne valait peut-être pas grand-chose. De nos jours, c'est différent. Je vais même aller plus loin : peu importe ce qu'il y a sur la toile ; ce qui compte, c'est la signature. Ce n'est plus un objet d'art, c'est un placement… Savez-vous combien s'est vendu le dernier Witzberg l'an dernier ?

***

En fin d'après-midi, Jessy retrouva Loïc sur la place principale. Il finissait de ranger consciencieusement les cageots de légumes et de fruits entre les glacières et de les attacher par des courroies. Il ne s'agissait pas de voir les pommes ou les choux naviguer en liberté dans la cabine quand le véhicule atteindrait les premiers virages. Le soleil s'était déjà caché derrière les montagnes mais il faisait encore doux et elle déclina l'offre de se réfugier tout de suite dans le véhicule. Son regard tomba sur la statue en bronze qui trônait au centre de la place, entouré d'un parterre de fleurs.

— Vous ne trouvez pas que ce loup ressemble aux chiens de votre frère ?

— C'est peut-être la raison pour laquelle Vincent a choisi des malamutes pour tirer son traîneau. Si vous saviez comme on a pu jouer sur cette statue quand on était gosses !

Il se baissa pour attraper un sac de pommes de terre, le hissa sans problème dans le fourgon.

— Dès la sortie de l'école, tous les gamins se précipitaient ici pour le chevaucher. Les filles aussi. Mais c'était toujours Vincent qui arrivait le premier. Il avait l'honneur de choisir la belle qui pouvait monter derrière lui. Toujours la même, Cynthia Brévent, celle qui est devenue sa femme vingt ans plus tard. On est tous du coin, vous savez.

— Et vous ? Vous ne gagniez jamais à la course ?

— Si, quelquefois. Par curiosité, il me laissait arriver le premier rien que pour voir qui j'allais choisir. Car, contrairement à lui, je changeais souvent de fille. Je ne suis pas fidèle, admit-il avec un rire franc.

Était-ce un avertissement ou simplement une précaution pour qu'elle ne porte pas de jugement sur sa manière de vivre, maintenant qu'ils étaient voisins ?

— Ce loup est un jouet grandeur nature, poursuivit-il sans transition, beaucoup trop tentant pour les gamins que nous étions. C'était parfois la bagarre pour monter dessus. Alors, la mairie a décidé de planter un massif de fleurs tout autour et notre loup est devenu inaccessible.

Le chargement terminé, Loïc claqua le hayon arrière.

— Alors, votre visite au Foyer Sainte-Anne s'est bien passée ? Il est sympa notre vieux Raymond, un peu bougon, mais sympa.

— Et toujours l'esprit vif en dépit de ses difficultés à se déplacer.

— C'est le cas de bien des anciens paysans de nos montagnes. Ils ont le dos et les épaules cassés par les travaux. C'est le corps qui cède en premier, bien avant que la tête ne se déglingue.

Jessy monta dans la camionnette, Loïc se glissa derrière le volant.

— Les étés sont épuisants et les hivers encore plus, poursuivit-il en démarrant. Quand l'eau gelait à la source, il fallait quand même s'occuper des bêtes, traire, égoutter les fromages, charrier la neige avant de descendre au marché… Quelle vie ! Heureusement, ce temps-là est fini. Maintenant, on a les chasse-neige, l'eau chaude au robinet, un groupe électrogène en cas de panne de courant, des chaînes ou des pneus à clous pour la route…

— Mais comment faisaient-ils pour laver la vaisselle et rincer les faisselles si l'eau était gelée ?

Loïc lui jeta un regard de côté, mi-figue, mi-raisin. À l'arrière, les cageots bringuebalaient mais tenaient bon.

— Le chien.

— Le chien ?

— Oui, c'est un excellent lave-vaisselle.

Jessy poussa un cri étouffé.

— Vous êtes une citadine. Vous ignorez comment vivaient nos anciens dans ces montagnes reculées. Ils savaient composer avec le climat. Savez-vous que l'espace entre le toit et la charpente pouvait accueillir le défunt qui n'avait pas pu faire autrement que de quitter ce monde en plein hiver ? Le sol gelé, le curé qui ne pouvait pas monter, la famille coincée par la neige, l'enterrement était impossible. On laissait le mort se pétrifier de froid sous les combles jusqu'au dégel.

Trop occupé par la conduite sur la route en lacets, Loïc ne pouvait que deviner la consternation sur le visage de sa passagère.

— C'est aussi une bonne cachette. Vous devriez vérifier chez vous si votre peintre célèbre n'y a pas laissé un tableau qui pourrait vous apporter la fortune.

— Raymond Boissenet m'a dit qu'il ne l'avait jamais vu peindre. Ni même dessiner de croquis. Il n'a fait que confirmer ce que j'avais lu dans la biographie de Jean Sénéchal : pendant ses années de fuite, entre Paris, Bandol et Monteloup, Witzberg n'a pas sorti ses pinceaux. Il vivait dans l'angoisse. Sans nouvelles de ses parents, préoccupé par la santé de sa femme, recherché par les nazis et la police de Vichy, il était incapable de créer quoi que ce soit. À l'exception de cette toile qu'il lui a laissée en remerciement. Vous l'avez vue ?

— J'ai eu l'occasion d'y jeter un coup d'œil.

— Et alors ?

— Alors rien. Je n'ai pas d'opinion. Une mer en furie, un ciel apocalyptique. Quand j'étais au collège, on a fait un voyage à Paris et un prof nous a emmenés au musée. Je ne sais plus lequel, Orsay ou le Louvre. Il nous a raconté des tas de trucs sur les peintres. Mais franchement, je n'y connais rien en peinture ; c'est juste qu'avec Witzberg, on est loin de la sérénité d'un Botticelli ou de la délicatesse d'un Vermeer.

Pour quelqu'un qui n'avait aucune connaissance en peinture, ce jugement témoignait d'une grande sensibilité aux émotions que pouvait susciter une toile. Ce n'était pas le cas pour beaucoup. Elle avait eu la chance d'être baignée dès son enfance dans le monde de l'art, encouragée par des parents qui l'emmenaient dans les musées et les expositions et qui lui racontaient la vie des peintres comme d'autres racontent la Belle au bois dormant ou le Chat botté à leurs enfants.

— Vous ne m'écoutez pas ! lui reprocha Loïc.

— Oh, pardonnez-moi. Que disiez-vous ?

— Partout à Monteloup, il n'est question que de la mise en chantier de la prochaine télécabine. Elle va enfin voir le jour. Depuis le temps qu'on l'attendait. Ce sont des emplois pour les gens d'ici.

— Ah, je n'étais pas au courant.

— Le projet était sans cesse retardé, faute de moyens sans doute. L'hiver dernier, les queues et les bousculades aux remontées mécaniques sont devenues telles qu'il a fallu prendre une décision. C'était ça ou le risque de voir les skieurs s'en aller vers d'autres stations mieux équipées.

— En tant que gardien de refuge, vous êtes concerné ?

— Oh oui. Les cabines seront équipées en hiver pour le ski et en été pour les vélos tout-terrain. Cette télécabine devrait être en service presque toute l'année. Ce qui va nous apporter une clientèle de vététistes.

— Il faudra leur tracer une piste.

Ce ne sont pas les sentiers qui manquent. Il y a déjà des VTT qui traversent le hameau. Il suffira d'aménager les passages. Autre avantage : les cabines partiront de la vallée et atteindront les Aiguilles-du-Loup. La gare intermédiaire devrait se trouver un peu au-dessus de la station, vers la Combe-aux-Loups. Vous voyez où je veux dire ?

— Non. Moi, avec tous ces loups…

Loïc s'amusa de sa remarque.

— C'est vrai qu'il y en a partout. Je vous montrerai sur une carte. Le domaine skiable s'agrandit. C'est Jacques Sauvignon qui se frotte les mains. Depuis le temps qu'il se bat pour ce projet.

Loïc prit le dernier virage et pénétra dans le hameau.

— Jacques Sauvignon… C'est le maire, n'est-ce pas ?

— Exactement… Il habite Monteloup, dans le centre. Ah, je vois que vous avez du monde. Peut-être l'homme à la moto.

Une lampe brillait dans la maison. Elle n'y croyait pas. Elle avait eu Mathieu récemment au téléphone et il n'avait pas parlé de venir.

CHAPITRE 3

Jessy entrouvrit le garage. Pas de moto mais une Citroën grise qu'elle connaissait bien et qui alluma une étincelle de joie dans son regard, réduisant à néant la déception qu'elle aurait pu éprouver. Elle poussa la porte.

— Amélia ! Mais pourquoi ne m'as-tu pas prévenue de ton arrivée ?

Amélia dépassait probablement le mètre quatre-vingts et s'autorisait souvent des chaussures à talons aiguilles. Mais pour la montagne, elle avait opté pour de hautes bottes cavalières dans lesquelles elle avait glissé le bas de son jean si étroit qu'on n'aurait pas pu glisser une feuille de papier à cigarette entre la peau et le tissu. Ses longs cheveux noirs étaient rassemblés en une tresse épaisse qui vint chatouiller la joue de Jessy quand elle la prit dans ses bras.

— Ma chérie, je voulais te faire la surprise.

Amélia et Jessy avaient fait leurs études artistiques ensemble à Lyon, partagé la même colocation pendant plusieurs années et vécu des expériences fantastiques qui avaient scellé leur amitié pour toujours. L'année où Jessy entrait à Omni Rial, Amélia ouvrait sa première galerie dans un quartier retiré de la ville. En quelques mois, elle avait su s'attirer suffisamment de clients pour se permettre d'en ouvrir une seconde en plein centre-ville. Dès le début, Amélia s'était chargée de la carrière de Jessy.

« Je vais te rendre célèbre, lui avait-elle déclaré. Mais je veux l'exclusivité. »

Jessy, le visage radieux, se débarrassa de ses affaires et demanda d'une voix enjouée :

— As-tu fait bon voyage ? Quand es-tu arrivée ? Comment es-tu entrée ?

— Oh là ! Une question après l'autre. Excellent voyage jusqu'à Monteloup. Après, c'est une autre histoire. Je suis arrivée il y a moins d'une heure et suis allée frapper à la porte du gîte. À contrecœur, le patron a fini par me céder les clés ; depuis, il n'a pas cessé de me surveiller de derrière les carreaux. Les chiens aussi d'ailleurs.

— Ils n'aboient jamais.

— Je ne t'ai pas dit qu'ils aboyaient, j'ai dit qu'ils me surveillaient. Regarde-les tous, assis en troupeau, à me guetter comme si j'allais t'attaquer.

— Ils veillent sur nous. Tu es là jusqu'à quand ?

— Pourquoi ? Tu me chasses déjà ?

— Non, c'est juste pour savoir où je t'installe.

— Je me suis déjà installée. Là-haut, sur la mezzanine. Le matelas est confortable et la vue sur le mont Blanc, merveilleuse.

— Dis-moi pourquoi tu as jugé bon de fermer la galerie.

— La galerie n'est pas fermée. Je t'expliquerai plus tard. Pour l'instant, je suis affamée.

— Tu m'apportes de bonnes nouvelles, j'espère.

— Très bonnes… Dont une particulièrement fantastique.

Pendant que Jessy préparait le dîner, Amélia lavait la salade, babillait de tout et de rien. Elle n'avait pas voulu laisser sa voiture sur le parking communal et avait avancé celle de son amie au fond du garage pour pouvoir y mettre aussi la sienne. C'est en cherchant les clés du véhicule qu'elle était entrée dans l'atelier et avait vu les nouvelles toiles.

— Les trois dernières, il me les faut ! décréta-t-elle en débouchant une des bouteilles de beaujolais qu'elle avait apportées.

— Elles ne sont pas finies.

Amélia remplit leurs verres.

— Si tu veux fignoler, arrange-toi pour le faire pendant que je suis là, parce que je vais les emporter… Hum ! Ce vin rouge ! c'est le Petit Jésus en culotte de velours. Goûte-moi ça !

— Je n'aurai pas le temps.

Amélia reposa son verre et son visage prit une expression de gravité digne d'un médecin au chevet d'un malade récalcitrant.

— Si. Tu vas prendre le temps et tu vas les terminer. Écoute-moi. À force d'avoir étudié la peinture de Witzberg, tu as pris ses qualités comme ses défauts. Tu penses émotion, poésie, profondeur… c'est bien, c'est beau. On le voit sur tes tableaux. Mais tu es devenue plus paresseuse que lui. Lui aussi disait qu'il n'avait pas le temps. Il mentait. On a toujours le temps. Et maintenant que tu habites chez lui, tu tournes, tu vires et tu ne peins pas. Ça fait plus d'un mois que tu as été licenciée et tu n'as pas terminé une seule toile.

Jessy leva les yeux au ciel, préféra changer de sujet plutôt que de polémiquer.

— J'ai rencontré Raymond Boissenet cet après-midi. C'était lui le passeur. Il avait quatorze ans en 44. Il se souvient de tout comme si c'était hier.

Elle marqua une pause.

— Il a un Witzberg chez lui.

— Non !

La surprise de son amie la réjouit. Tout en mangeant, elle lui raconta sa visite au Foyer Sainte-Anne.

— Si Witzberg a peint pendant son séjour à Bandol, il a peut-être peint quand il était ici, remarqua Amélia en reprenant de l'omelette, une douzaine d'œufs recouverts de gruyère auxquels elle faisait honneur tout en les arrosant de beaujolais.

— Non, il n'a rien fait.

— Personne n'en sait rien. En dépit de sa paresse ou de son manque d'inspiration, on lui attribue une toile par an…

— Moins que ça.

— Qu'importe. Ça laisse un trou de quatre ans pendant lesquels il aurait pu faire quelque chose.

— Il aurait pu mais…

— Tu as bien fouillé partout ?

Jessy éclata de rire et alla chercher les fruits.

— Tu es la deuxième personne à me faire cette suggestion dans la même journée. Vous rêvez. C'est fini le temps où on découvrait un Van Gogh dans une soupente ou un Sisley dans un vide-greniers. Ça ne tient pas debout. Pourquoi aurait-il caché une œuvre ? Il a toujours travaillé au grand jour, signé, daté, nommé chacun de ses tableaux. Et là, soudain, il décide d'en dissimuler un… peut-être deux… Pourquoi ?

— Pour que les nazis ou la police de Vichy ne les trouvent pas.

— Dans ce cas, il serait revenu après la guerre pour les reprendre.

— Il n'a pas pu. Il avait des tas de raisons : ses activités, son épouse… Que sais-je ? En plus, sa peinture l'avait rendu très célèbre. Il gagnait des fortunes. Revenir ici n'était pas une priorité.

— Arrête ! On est en train de fantasmer. Toi, tu es en train de fantasmer. Moi, je suis certaine qu'il n'y a pas de toile cachée dans mon grenier… D'ailleurs ici, on dit *mazot*.

— Promets-moi que tu y jetteras un coup d'œil !

— Oui, mais pour y mettre de l'ordre. En attendant donne-moi les bonnes nouvelles qui t'ont amenée jusqu'ici.

Amélia promena son regard sur la table, repoussa la corbeille de fruits et reprit un morceau de tarte. Elle avait un appétit féroce.

— Commençons par les plus banales. Je t'ai inscrite au SIAC[1] de Marseille, au printemps prochain, et au GMAC[2] à Paris.

— Merci de prendre l'initiative pour moi chaque année.

— Oui, mais il faut que tu te renouvelles. Le public a envie de voir des œuvres différentes.

— D'accord. Et puis ?

— Deuxième nouvelle avant la cerise sur le gâteau : dans trois semaines, je te prépare une grande expo. La galerie te sera entièrement consacrée. J'ai besoin de vendre, tu comprends. Et puis j'attends tes nouvelles œuvres… Pour le vernissage, champagne et petits fours ; des invités à profusion : personnalités,

1. Salon international des arts contemporains.
2. Grand Marché d'art contemporain.

journalistes, admirateurs… et toi en robe de soirée, perchée sur tes hauts talons, tu poseras pour les photos avec les célébrités. Les affiches sont prêtes, les encarts dans la presse ont été envoyés. Il ne manque plus que ta signature au bas du contrat.

— Et toi ?

— Comme d'habitude, on fait cinquante/cinquante. Ne fais pas cette grimace. Je ne prends pas cher et tu le sais très bien. Certains galeristes sont bien plus gourmands que moi. Et je veux exposer tes trois dernières toiles, celles qui sont dans ton atelier.

Jessy soupira.

— Combien de temps ?

— L'expo durera deux semaines.

— OK ! lâcha-t-elle à contrecœur. Je vais demander à Mathieu de m'héberger. Je ne veux pas aller chez mes parents. Maman n'est pas bien en ce moment. Elle passe des tas d'examens et on attend les résultats. J'espère qu'elle n'a rien de grave. Et puis, Mathieu a suffisamment squatté mon appartement quand j'habitais en ville…

— Ce n'est pas une bonne idée, la coupa Amélia d'une voix grave.

— Ah bon. Et pourquoi ?

Amélia but une gorgée de vin, déglutit péniblement tout en évitant son regard.

— Alors ?

— J'ai croisé Mathieu l'autre jour à la sortie d'un restaurant que tu connais bien pour y être allée souvent en sa compagnie.

— Chez Honoré ?

— Exact. Il n'était pas seul et la jeune fille qui l'accompagnait n'était visiblement pas sa petite sœur.

Il y eut un silence pénible. Avec des gestes mesurés, Amélia recueillait des miettes de tarte dans son assiette, jetant parfois un coup d'œil nerveux sur son amie.

— Je n'avais pas l'intention de t'en parler. Tu l'aurais découvert tôt ou tard. Mais c'est ton idée d'aller lui demander l'hospitalité qui…

Jessy la regardait d'un air parfaitement calme ; hormis les deux taches qui enflammaient ses joues, on pouvait penser que l'information ne la concernait pas. Elle se leva, sortit deux tasses, mit en route la machine à café, se réfugiant dans une routine familière.

— Nous parlerons de mon hébergement plus tard, finit-elle par laisser tomber d'une voix sans timbre. Tu ne m'avais pas parlé d'une nouvelle fantastique en arrivant ? Ta fameuse cerise sur le gâteau.

— Oui, enchaîna rapidement Amélia. Un voyage à Berlin, juste après ton expo. Début septembre.

Jessy afficha une mine interrogative.

— Un autre salon ?

Elle tentait désespérément de s'accrocher à quelque chose de solide et de réconfortant après ce qu'elle venait d'apprendre.

— La Hamburger Bahnhof, ça te dit quelque chose ?

— Évidemment, c'est un des plus beaux musées de Berlin ! Et je suis suffisamment lucide pour savoir que je ne serai jamais exposée à la Hamburger Bahnhof. Peut-être après ma mort, quand les marchands d'art trouveront ma peinture sublime. De quoi s'agit-il ?

Amélia reconnaissait bien là son amie, à la fois forte et impénétrable. À cet instant, elle ne pouvait qu'éprouver de l'admiration en la voyant surmonter ses sentiments et remettre à plus tard le problème « Mathieu ».

— De la plus grande exposition des œuvres de Witzberg depuis sa mort. Le conservateur a pu réunir vingt-sept de ses toiles sur les trente-deux répertoriées.

En d'autres circonstances, Jessy aurait poussé un hurlement de joie. Elle se borna à hausser les sourcils et Amélia dut s'en contenter.

— La rétrospective va durer quelques semaines à peine. Les musées n'aiment pas se séparer trop longtemps de leurs chefs-d'œuvre.

— Mais je n'étais même pas au courant…

— Ce n'est pas encore rendu public. Je le sais parce que j'ai reçu cela pour toi.

Elle sortit une enveloppe de son sac.

— Un carton d'invitation pour l'inauguration. Les organisateurs ne pouvaient pas faire moins que d'inviter la spécialiste française de Witzberg.

— Vingt-sept toiles réunies, c'est incroyable !

Enfin, elle sortait de son apathie.

— J'ai déjà réservé l'avion et l'hôtel. Parce que je t'accompagne bien entendu. Je n'allais pas rater ça…

***

Le petit matin était frisquet mais le ciel d'une beauté à couper le souffle. Jessy s'activait dans la cuisine, Thermos, pain sorti du four, épaisse couche de beurre, jambon, cornichons…

— Mais qu'est-ce que tu fais ? lança une voix ensommeillée derrière elle.

— Je prépare mon sac.

Des pieds nus dans des mules écarlates glissèrent sur le sol, accompagnant le frou-frou d'une robe de chambre en soie, fleurant la réglisse.

— Tu as vu l'heure ?

— Je vais marcher.

— Marcher ? Mais où ?

— Dans la montagne, tiens ! Où veux-tu que j'aille marcher ?

— Toute seule ?

— Accompagne-moi, si tu en as envie. Tu as apporté tes chaussures au moins ?

— Pas ce matin… Je viens d'arriver !

— OK repose-toi. Moi, j'ai besoin de marcher, de prendre l'air, de respirer le soleil, de me saouler de vent et de froid, de me rincer les idées… en un mot de réfléchir.

— D'accord, d'accord, ne t'énerve pas. Tu rentres quand ?

— Je ne sais pas. Midi, treize heures.

— Tu n'avais pas dit que tu allais peindre ?

Jessy se redressa, lui fit face telle une lionne agressive.

— Je ne peux pas peindre quand j'ai la rage au cœur. Tu peux comprendre ça ?

Elle jeta son sac sur une épaule, ouvrit la porte. Amélia n'abandonna pas.

— Mais aussi, qu'est-ce qui t'a pris de tout quitter sous prétexte qu'on t'avait licenciée ? l'accusa-t-elle.

Jessy s'arrêta net. Son sac heurta le chambranle quand elle fit volte-face.

— C'est exactement la phrase que j'attendais de la part de Mathieu. Mais voilà, il ne l'a pas dite. Cette autre fille était peut-être déjà dans sa vie.

L'air vif la poussa sur le chemin. Séparé de la jeune femme par la clôture, Galaad, une patte enveloppée d'un pansement, l'accueillit d'un balancement de la queue. Il était seul. Bien avant l'aube, Jessy avait entendu Vincent atteler le kart pour l'entraînement, l'abandonnant à cause de sa blessure. Elle le caressa derrière l'oreille avant de reprendre sa marche d'un pas rapide pour se réchauffer. Le chien la suivit jusqu'au bout du pré où la barrière l'empêcha d'aller plus loin. Il s'arrêta, poussant un gémissement plaintif. Elle l'ignora, attaqua la montée et, juste avant le premier lacet, elle se retourna. Le chien était toujours là, à la suivre des yeux, soupirant doucement.

Mue par une pulsion incontrôlée, elle revint sur ses pas et ouvrit la clôture.

— Tu ne peux pas courir mais tu peux marcher. Allez viens !

Elle se savait imprudente. Elle aurait dû au moins prévenir Loïc mais au fond elle s'en moquait. Elle ne voulait voir personne, encore moins s'entretenir avec quelqu'un. Elle était furieuse contre les hommes, contre le monde entier et surtout contre elle-même. Comme elle l'avait dit à Amélia, elle devait réfléchir, mettre de l'ordre dans ses idées et, surtout, calmer la colère et l'amertume qui grondaient en elle.

— On t'a laissé pour compte ? Moi aussi, alors allons-y !

Galaad ne se fit pas prier. Il s'installa d'autorité devant elle, trottant à son allure, se moquant du lambeau de tissu accroché à sa patte, balançant sa queue en signe de joie et de bonne humeur. Parfois, il se retournait, l'attendait s'il avait pris de l'avance, poussait un vague murmure quand elle le rejoignait.

« Ces chiens n'aboient jamais sauf face à un grave danger, lui avait expliqué Vincent. Certains disent qu'ils ont peur de leur propre voix tant elle est puissante. Je ne crois pas trop à cette version. Je pense plutôt qu'ils s'expriment autrement, par toutes sortes de bruits, des grognements, des ronflements, des pleurs… Par des signes aussi, des oreilles, de la mâchoire ou de la queue. »

— J'apprendrai à t'écouter et à te comprendre, dit-elle au chien, et tu m'aideras à retrouver mon calme.

Après la forêt, elle marqua un arrêt. Les alpages s'ouvraient devant elle, les bêtes broutaient plus haut une herbe encore bien verte. La cabane du berger était ouverte mais l'homme absent, sans doute était-il avec le troupeau et ses chiens. Dans quelques semaines, tous redescendraient dans la vallée, laissant la place à la neige.

Son premier hiver au Villaret.

La solitude ne lui faisait pas peur. D'ailleurs, le hameau était rarement isolé. Le refuge et le gîte des Fourque restaient ouverts jusqu'en avril. Et il fallait d'importantes chutes de neige pour bloquer la route et empêcher l'arrivée des montagnards. Cela ne durait jamais plus de vingt-quatre heures.

Deux jours plus tôt, elle échafaudait encore des plans, visite des amis, longues randonnées, vin chaud, fondue savoyarde, flambée dans la cheminée, rires et chansons… Mathieu bien sûr… Son bras entourant ses épaules, sa tête contre la sienne… C'était avant l'arrivée d'Amélia.

Arrête !

D'un coup d'épaule, elle ajusta son sac, redressa la tête. Le massif du Mont-Blanc, les Grandes Jorasses, le glacier du Géant… Elle ferma les yeux quelques secondes. Ce paysage, elle le connaissait par cœur et il ne cessait de l'émouvoir. La pression du museau de Galaad contre sa jambe la ramena dans la réalité.

La terre n'allait pas cesser de tourner parce que Mathieu la trompait.

— On y va, mon ours !

Elle reprit l'ascension, contourna la barre rocheuse, franchit le torrent sur la passerelle de rondins. Le paysage avait changé, d'autres sommets, d'autres vallons. Une combe à l'abri du vent les accueillit pour la pause.

Par habitude, elle se massa les épaules, chercha une pierre plate pour s'installer et sortit la Thermos de café. Galaad approcha, l'arrière-train se trémoussant. Elle réajusta son bandage et s'assura qu'il tenait bien. Le chien se laissa faire sans broncher, puis, les yeux mi-clos, il s'allongea à son côté. Devant elle, comme sur une photo en noir et blanc, se dressaient les Aiguilles-du-Loup. Les pentes glacées explosaient de lumière sous le soleil et les rochers sombres semblaient dissimuler des secrets. Witzberg avait peint un paysage semblable qu'il avait appelé *Sérénité des contraires*. Songeait-il au couple qu'il formait avec Aysun, sa femme issue d'un pays étranger, d'une langue et d'une culture différentes des siennes, un couple qui, en dépit de ses divergences, était parvenu à l'épanouissement ? Toujours est-il qu'il avait réussi à créer un effet de lumière et de profondeur qui ajoutait un élément poétique au tableau. Une peinture parfaite où l'intensité émotionnelle était soutenue par une technique puissante et totalement maîtrisée.

L'idée de revoir ce tableau à Berlin souleva en elle une bouffée de bonheur.

Qu'est-ce qui m'a pris de venir ici ? La réponse est là, tellement simple : Witzberg, La Bergerie, la montagne.

Elle sortit son sandwich. Aussitôt Galaad se redressa.

— Tu en veux un morceau ? lui demanda-t-elle en dépliant le papier.

Les chiens ne doivent manger qu'une fois par jour, toujours à la même heure, toujours le même repas, croquettes et riz. Jessy haussa les épaules. À cet instant, elle se moquait des conseils prodigués par la confrérie des éleveurs et des vétérinaires. Ils avaient faim tous les deux. Ils étaient tous les deux blessés et avaient tous les deux besoin de réconfort.

— Viens, mon ours, on partage.

***

Amélia avait mis la table, sorti poêle et casseroles, préparé le repas.

— Mais tu as cuisiné pour dix ! s'exclama Jessy en posant son sac.

— On mangera les restes ce soir ou demain. Va te changer pendant que je débouche le vin.

Amélia avait regardé Jessy descendre le chemin. Elle priait pour que son amie ait apaisé sa colère dans la sueur et la fatigue, tout en sachant que le chagrin viendrait plus tard.

— As-tu vu des chamois ? lui demanda-t-elle quand elles passèrent à table

— Rien. Pas de chamois, ni de bouquetins, ni même le plus petit lièvre, répondit Jessy en tirant une chaise. J'étais avec Galaad.

Amélia ouvrit de grands yeux.

— Que faisait avec toi le fils de Lancelot ?

Jessy lui expliqua la présence des chiens de traîneau, leurs noms empruntés aux chevaliers de la Table ronde, la mise à l'écart de Galaad pour cause de griffe cassée.

— Oublions les chiens pour le moment et venons-en à mon hébergement à Lyon. J'ai bien réfléchi, je ne vais pas m'inviter chez Mathieu, décréta-t-elle en piquant sa fourchette dans une pomme de terre rôtie. Je vais louer un studio le temps de l'exposition.

— Comment te sens-tu ?

— Mal. Mais je m'en remettrai.

Le déjeuner se poursuivit en silence pendant un moment. Quand Jessy reprit la parole, c'était sur un ton plus léger. Amélia savait que son amie pouvait sourire et même rire aux éclats alors qu'elle avait la gorge serrée et le cœur douloureux.

— Une relation amoureuse qui dure plus de quatre ans, ou bien il faut aller plus loin, ou bien il faut y mettre fin. Manifestement l'expérience est terminée.

— Peut-être que tu vas trop vite. Peut-être que Mathieu a simplement voulu tenter autre chose... Peut-être que cette fille n'est qu'un en-cas...

— Un en-cas ?

— Parce que tu es partie...

— Je vais te dire la vérité. Mathieu est ravi que je me sois installée ici. Il a été surpris, sans aucun doute. Mais des regrets, des pleurs, jamais. Pas une fois il n'a eu un mot pour me retenir. J'aurais dû voir venir la fin de l'histoire mais j'étais aveugle. Déjà, avant mon départ, il rechignait à ce que j'aille le retrouver chez lui. Il avait toujours un prétexte pour repousser une soirée ou une sortie. Et moi, j'étais trop préoccupée par mon licenciement compliqué, mon déménagement... Je ne lui reproche rien, sinon de ne pas avoir eu l'honnêteté de me dire que c'était terminé entre nous. Il a dû penser qu'avec l'éloignement, la rupture se ferait d'elle-même, progressivement.

— Sans douleur.

— Une rupture est toujours douloureuse.

Amélia couvrit ses pommes de terre d'une épaisse couche de gruyère râpé et reprit un morceau de poulet. Et comme Jessy la regardait bizarrement :

— À la montagne, ils mettent bien du fromage dans tous les plats, non ? Côté gastronomie, je m'intègre vite.

Elle laissa fondre le gruyère quelques secondes et reprit :

— Le temps cicatrice tous les maux… Pendant l'expo, je te propose de venir chez moi.

— Et Corine ?

— Corine est sortie de ma vie. Sauf que pour moi, ce n'est pas une rupture douloureuse ; c'est moi qui l'ai virée.

— Mais pourquoi ? Qu'est-ce qu'elle t'a fait ?

— Corine n'a jamais rien fait de toute sa vie, sauf roucouler devant des tableaux. Elle est incapable de prendre une décision, de planifier ou d'organiser quoi que ce soit. Elle ne paie jamais une facture, ne sait pas lire un compte bancaire ni écrire une lettre administrative. L'ordinateur lui fait mal aux yeux et un évier débordant de vaisselle la laisse indifférente… Bref, je la porte à bout de bras depuis trop longtemps et aujourd'hui mes bras sont fatigués.

— Mais qui s'occupe de la galerie pendant ton absence ?

— Mais elle, bien sûr ! Je l'ai virée de mon lit, pas de son boulot. Comme je te l'ai dit, elle sait parfaitement roucouler devant un tableau et serait capable de vendre une danseuse de Degas à ton gros toutou s'il pouvait la payer. Alors voilà, j'ai un canapé convertible, des livres, une sono et même un chevalet. On a bien partagé une colocation pendant nos études ! Si tu es d'accord, tu loges à la maison. Ce sera comme un retour aux sources.

Jessy lui sourit.

— Entendu, je m'installerai chez toi.

***

Deux heures plus tard, elle émergeait de la sieste en sursautant. Elle était seule dans la pièce. Derrière la vitre, le soleil jouait avec les nuages. Elle s'était endormie dans un fauteuil sans même s'en rendre compte. Des voix lui parvinrent. Amélia discutait avec quelqu'un. Elle sortit à son tour.

Vincent donnait des soins aux chiens après l'entraînement. Devant le refuge, Loïc bavardait avec Amélia. Ou plutôt Amélia menait une conversation à laquelle Loïc tentait de participer par des hochements de tête et de brèves réponses. Il ne la dépassait que de quelques centimètres et si Amélia avait porté ses bottes à talons hauts, leurs yeux auraient été à la même hauteur. Sa longue tresse noire ramenée sur le côté s'ornait de fleurs ramassées sur le bord du chemin, coquetterie dont Jessy ne l'aurait jamais crue capable. Loïc n'avait aucune raison de se laisser intimider par une femme si grande soit-elle ; néanmoins ses joues étaient roses de plaisir et il semblait se retrancher derrière une avalanche de sourires digne d'un collégien.

Jessy s'approcha de l'enclos.

— Vincent, il faut que je vous avoue quelque chose : ce matin, j'ai emmené Galaad en promenade.

Le jeune homme était accroupi devant celui qu'elle crut être Gauvain, une boîte de graisse à ses côtés. Il ne prit pas la peine de se redresser et répondit d'une voix sombre.

— Je sais. Je vous ai vus à la jumelle. Heureusement, nous étions loin. S'il avait repéré le traîneau, Galaad vous aurait lâchement abandonnée en pleine montagne pour nous rejoindre. Je vais vous décevoir mais, face à l'attelage, votre bienveillance ne fait pas le poids. Votre initiative était imprudente.

— Pardonnez-moi, j'avais des raisons d'être imprudente. Simplement, je n'aurais pas dû y mêler votre chien. Sachez pour votre gouverne qu'il s'est montré obéissant et ne s'est jamais éloigné de moi, ajouta-t-elle, prenant un ton plus froid qu'elle n'aurait voulu.

Vincent ne dit mot, occupé à soigner l'animal, lui graissant une patte après l'autre, massant chacun de ses doigts avec précaution. Vexée par son attitude, elle ne résista pas à l'envie d'en rajouter :

— Sachez aussi qu'il a mangé la moitié de mon pain, presque tout le jambon, du fromage et des galettes au beurre. Je suppose que je dois être punie pour cette débauche de générosité.

Vincent se redressa enfin, jeta un coup d'œil à la ronde. Les chiens étaient attachés, couchés devant leur box ou vautrés sur leur litière, tous fatigués de leur matinée, y compris Galaad.

— Mes chiens mangent de tout. Ils ne suivent aucun régime sauf pendant les périodes de compétition.

Il se tourna vers elle, plongea son regard dans le sien. Les yeux gris-vert la sondèrent quelques secondes avec une insolence narquoise qui la déstabilisa. Elle détourna la tête, aperçut Loïc qui entraînait Amélia vers le gîte, probablement pour lui proposer un verre. Elle crut trouver un terrain familier où reprendre position.

— Excusez-moi, je dois rejoindre mon amie.

Il haussa un sourcil étonné.

— Vous êtes chargée de la surveiller ? Laissez-la donc et venez plutôt m'aider, lança-t-il en désignant la boîte de graisse du menton.

— Je ne sais pas si… Ils ne vont pas se laisser faire par une étrangère.

— Tout s'apprend. Graisser des pattes n'est pas difficile. C'est une bonne occasion pour habituer les chiens à votre contact… Au cas où vous sentiriez à nouveau des raisons d'être imprudente…

***

La soirée était fraîche. Emmitouflées dans de chaudes vestes en polaire, les deux jeunes femmes faisaient le tour du hameau.

— De quoi avez-vous parlé tout à l'heure avec Loïc ? demanda Jessy. Je t'ai trouvée très loquace et il buvait littéralement tes paroles.

— Oh, de tout et de rien, des banalités… Il a commencé par me demander si j'étais en vacances pour longtemps et je me suis lancée sur mes loisirs, mes habitudes, ma relation avec toi…

— Bref, tu lui as raconté ta vie.

— Presque. C'est un jeune homme très agréable et je ne suis pas mécontente de lui avoir fait bonne impression. Il m'a invitée à boire un verre. J'espère trouver l'occasion de prolonger ce début de relation.

— Une relation ? Tu veux dire une relation amicale ?

Amélia haussa les épaules avec nonchalance.

— Peut-être plus, si affinités…

— Amélia ! Toi ?

— Quoi moi ? Et pourquoi pas moi ?

— Mais tu n'aimes pas les hommes !

— Qui t'a dit que je n'aimais pas les hommes ? Après tout, je peux faire un essai. J'ai l'impression qu'avec Loïc, ça pourrait marcher. Je ne vois pas en quoi ça te dérange. Serais-tu jalouse ?

— En aucune façon.

Jessy allait ajouter quelque chose quand Viviane Fourque les rejoignit.

— J'allais vous voir à La Bergerie pour vous annoncer la nouvelle. Jessy, depuis votre visite, mon grand-père ne tient plus en place. Je ne sais pas ce que vous lui avez raconté sur son tableau mais il n'a pas fermé l'œil de la nuit et n'a qu'une hâte, vous le montrer. J'aurais pu vous ouvrir sa porte mais il tient à être présent pour voir votre réaction. C'est naturel. Avec Charlotte, on s'est mises d'accord. J'irai le chercher demain, quitte à le ramener au foyer un peu plus tard. La saison n'est pas finie pour nous, heureusement. Nous avons du monde jusqu'à fin octobre.

Jessy et Amélia poussèrent un cri de joie et se congratulèrent en frappant dans leurs mains. Apprécier un Witzberg dans un musée, c'était déjà bien. Mais un Witzberg chez un particulier, de plus totalement inconnu, qu'elles pourraient admirer de près, sans aucune barrière, sans protection et surtout sans le flux habituel de visiteurs… c'était exceptionnel !

— Je suppose que vous allez lui téléphoner ce soir. Dites-lui que nous l'attendons avec impatience. C'est pour nous un immense plaisir et je suis heureuse que mon amie Amélia soit là pour cette occasion.

***

Le lendemain, Raymond Boissenet arriva, jouant le rôle du vieillard malmené, tout en jouissant de son propre spectacle. Il prit son temps pour s'extraire de la voiture, attendit que Gilles Fourque arrête le moteur et fasse le tour du véhicule pour lui ouvrir la portière. Viviane était déjà là. Il s'appuyait à la fois sur l'un et sur l'autre, cherchait sa canne, lançait des ordres, ignorant les deux jeunes femmes qui attendaient devant sa porte, le bonheur écrit sur leur visage.

— On aurait dû dérouler le tapis rouge, souffla Amélia entre ses lèvres sans cesser de sourire.

— Normal. C'est un grand jour pour lui… Bonjour, monsieur Boissenet, je suis ravie de vous revoir. J'attendais ce moment avec impatience.

La pièce était grande et ils purent entrer tous les cinq sans se gêner. Viviane alluma une lampe.

— Non, pas celle-là, s'exclama Boissenet avec autorité. Elle n'éclaire que le plafond. Celle-ci et celle-là… Gilles, veux-tu pousser le volet ? Sinon, elles ne vont rien voir, les petites.

— Les « petites » me convient assez, glissa Amélia qui avait dû se baisser pour passer la porte.

— Il aurait fallu préparer un feu, bougonna-t-il encore.

— Ne t'inquiète pas. J'ai allumé le chauffage, le rassura Viviane d'une voix conciliante.

Gilles tira une chaise où s'installa le grand-père, sortit une bouteille de vin et des verres d'un vieux buffet.

— Alors ? Vous le voyez mon tableau ? Il fait un peu brouillon. Mais, comme vous l'avez dit l'autre jour, c'est un Witzberg…

Depuis leur arrivée, le regard des deux jeunes femmes restait accroché à la toile au-dessus de la cheminée. Jessy se taisait, impénétrable. À son côté, Amélia poussait de petits gloussements parfaitement sibyllins pour les trois autres.

— Je savais que vous alliez être déçues, concéda le vieil homme devant leur silence. Mais il fallait s'y attendre. C'est de la peinture moderne comme on dit.

Près de lui, Fourque remplissait les verres.

— Non, monsieur Boissenet, déclara enfin Jessy sans détacher les yeux du tableau. Ce n'est pas de l'art abstrait. C'est au contraire très concret : la mer déchaînée, l'orage… C'est une scène théâtrale, c'est surtout une émotion. Celle qu'il a éprouvée au moment où il a pris ses pinceaux. Regardez, monsieur Boissenet, regardez ! Witzberg raconte une histoire. Le déferlement de ces vagues, c'est la guerre, les nazis. Ce ciel infernal parcouru d'éclairs, ce sont les bombardements. Et ce bateau en perdition, secoué par les éléments, c'est la France ou l'Angleterre ou même l'Europe…

Un silence impressionnant s'était installé. Même Amélia avait cessé ses gloussements.

— Regardez bien, monsieur Boissenet, vous voyez, là-bas, au fond de la toile, ce trait auréolé de jaune ? Venez le voir de plus près. Je suis sûre que vous n'y aviez jamais prêté attention… Ce trait, pas plus gros qu'une allumette, c'est un phare. Le jaune, chez Witzberg, représente la lumière. On est en 41 et Witzberg voyait une possibilité pour l'Europe d'être sauvée de la tempête. Il a appelé cette toile *Violence*. Il aurait pu l'appeler *Espoir*… Comprenez-vous toute la portée de ce tableau ? Il n'est pas seulement remarquable. Il est exceptionnel, historique. C'est un véritable chef-d'œuvre !

CHAPITRE 4

Au Villaret, les vacanciers de juillet cédaient la place à ceux du mois d'août. Des enfants avec leur famille investissaient le gîte des Fourque ou le refuge des Jourdan, sac à dos et chaussures de marche dans leurs bagages. La chaleur de l'été ne les freinait guère. De son côté, Raymond Boissenet avait regagné le Foyer Sainte-Anne, impatient de lire sur les visages de ses compagnons l'effet de ses réponses à leurs questions. Car ils allaient en poser des questions ! Et il allait les laisser mijoter un peu avant de leur annoncer qu'il possédait un chef-d'œuvre.

Après bien des tergiversations, il avait fini par donner son accord pour qu'Amélia prenne des photos du tableau, dissimulant son enthousiasme derrière des bougonnements et des haussements d'épaules.

— De toute façon, je n'ai pas l'intention de le vendre, décréta-t-il, sourcils froncés. Il reviendra à ma petite-fille à ma mort. Elle en fera ce qu'elle voudra.

— Vous avez raison ; cependant vous faites désormais partie des collectionneurs privés. Ce serait bien de prévenir la société des Arts et du Patrimoine. Voulez-vous qu'on le fasse authentifier par un expert ?

— Je n'ai pas besoin d'un certificat pour savoir que c'est un Witzberg. C'est lui qui me l'a donné. Faites un article dans votre journal et qu'on n'en parle plus.

Amélia repartit quelques jours plus tard, emportant les toiles de son amie qui avait finalement bien travaillé à l'atelier, sans doute stimulée par la découverte de *Violence*.

Ce matin-là, Jessy appela Mathieu. Elle tomba sur son répondeur. Agacée, elle faillit raccrocher. Ces derniers temps, elle ne conversait plus qu'avec sa messagerie. Elle se ravisa et, d'un ton froid et détaché, le prévint qu'elle serait en ville pour son exposition et logerait chez Amélia. Elle termina son monologue en ajoutant que s'il voulait la voir…

Non, il ne voulait pas la voir. Elle devait maintenant s'habituer à cette idée : Mathieu en avait fini avec leur relation et ne trouvait toujours pas le courage de le lui dire en face.

Levant les yeux, elle aperçut Viviane qui montait vers La Bergerie avec, à la main, une valise, une très vieille valise en carton bouilli, renforcée par des fixations en acier.

— Oh, Viviane, vous montez au Saut-du-Loup porter vos billets en Suisse ?

— Que Dieu vous entende ! Ce serait trop beau. Et si c'était le cas, je n'irais pas en espadrilles, rétorqua Viviane en riant. Grand-père m'a téléphoné ce matin. Il s'est souvenu de cette vieille valise que lui a remise Steffen Witzberg, la nuit où ils sont partis. Il m'a dit de vous la donner. Elle traîne au grenier depuis des lustres.

Viviane la posa sur la table, l'ouvrit avec précaution.

— Les ferrures fonctionnent mal, elles sont en partie rouillées… Voyez vous-même, des trucs de peintre : des toiles, des châssis, quelques pinceaux…

Jessy n'en croyait pas ses yeux. Une brusque émotion lui noua la gorge. Le matériel de Witzberg ! Ce qu'il n'avait pu emporter dans sa fuite… Elle posa sur Viviane un regard où se mêlaient à la fois la surprise et l'hésitation…

— Vous êtes sûr que Raymond Boissenet veut s'en débarrasser ?

— Que voulez-vous qu'il en fasse ? Il ne peint pas. Ça fait plus de soixante-dix ans qu'elle est chez lui et elle l'embarrasse plus qu'autre chose. Après tout, c'est vous la peintre… Ces flacons avec de la craie, qu'est-ce que c'est ?

— Des pigments. On en utilisait encore beaucoup à son époque.

— Alors, ça vous intéresse ?

— Plus que ça, c'est merveilleux ! Ne serait-ce que pour le côté sentimental. Mais cela mériterait d'être remis à un conservateur de musée.

— Eh bien, ce sera vous le musée, trancha Viviane. On ne va pas perdre notre temps à chercher un collectionneur pour ces vieilleries, si émouvantes soient-elles. Je file, Gilles m'attend à la cuisine.

Avec des gestes précautionneux, Jessy sortit un à un les châssis, les posa contre le mur, classa les pigments sur une étagère à part, aligna les pinceaux, les tubes. Toucher chacun de ces objets lui remuait le cœur. Elle avait toujours dit qu'elle ne s'intéressait pas à l'homme ; seulement à sa peinture. Pourtant, les prendre entre ses doigts, savoir que Witzberg s'en était servi, les avait manipulés comme elle le faisait en ce moment, que, grâce à eux, il avait créé des toiles fabuleuses, reflets de l'Histoire, la bouleversait plus qu'elle ne l'aurait cru.

Elle se laissa tomber dans un fauteuil, prit un de ses nombreux livres d'art, chercha ceux consacrés à Witzberg et s'y plongea avec délectation. Deux semaines plus tard, elle serait à Berlin pour l'exposition en l'honneur du peintre. Elle savait qu'elle apprendrait encore beaucoup à son sujet.

***

C'était le jour des visites imprévues.

Jessy finissait tout juste de rincer palette et pinceaux quand Germain Dôme frappa à sa porte.

— Mademoiselle Delmass ? Je suis Dôme, l'adjoint de Jacques Sauvignon, le maire de Monteloup. Vous vous souvenez de moi ?

— Oui, oui, je sais qui vous êtes. Asseyez-vous… Je vous offre un café ?

Germain Dôme, petit de taille, la quarantaine avancée, les cheveux poivre et sel, était contremaître à la scierie de Monteloup. Il posa sa grosse veste de laine sur le dossier d'une chaise, s'installa tranquillement tout en observant ses gestes. Jessy apporta les tasses et sortit une bouteille de gnôle du pays.

— La goutte, dans un verre ou dans la tasse ?

— Après le café, dans la tasse. C'est meilleur quand c'est chaud.

Il échangea quelques banalités avec elle avant de l'interroger sur son premier été à La Bergerie et lui demanda avec un sourire si elle s'accommodait des étrangetés des montagnards.

— Quelles étrangetés ?

— Nous sommes tout en contradictions. En bas, la grosse station touristique, hôtels, voitures, parking ; ici, le hameau, reflet des temps anciens, ruelles empierrées, hébergement rustique, voitures interdites…

— Pour moi, ce ne sont pas des étrangetés. Sachez que je vous soutiendrai pour que Le Villaret reste un site classé et devienne un des plus beaux villages de France.

Germain Dôme hésita, déglutit en reposant sa tasse vide.

— J'ai bien peur que le projet ne soit encore repoussé. Cette histoire de télécabine à Monteloup… Sauvignon va faire une réunion. Il faut que vous veniez avec tous ceux du Villaret. C'est important.

— J'y serai, je vous le promets. Dès que vous connaîtrez la date…

La sonnerie du téléphone l'interrompit. C'était encore Viviane.

— Allumez votre téléviseur, Jessy. Vite, sur la 3. Les infos régionales…

Le téléphone à l'oreille, Jessy trouva la télécommande, appuya sur le bouton. L'appareil s'éclaira et un visage apparut, déclenchant une volée de jurons que Jessy n'aurait jamais imaginés sortant de la bouche de Germain Dôme.

— Nom d'un pétard ! Boissenet !

Complètement abasourdie, Jessy dévisageait le grand-père de Viviane, debout devant le Foyer Sainte-Anne, pressé par les journalistes et répondant à leurs questions avec l'assurance d'un homme politique lors d'une conférence de presse. En arrière-plan, on distinguait les silhouettes des résidents, sourire goguenard aux lèvres, ainsi que la présence de Serge, de Charlotte et de quelques curieux. La canne dans un coin, droit comme un pieu, Raymond Boissenet racontait son histoire, celle du tableau, l'illustrant de gestes larges, l'enjolivant d'anecdotes plus cocasses les unes que les autres. Méconnaissable. En quelques minutes d'interview, il avait rajeuni de dix ans.

— Bien sûr que c'est un Witzberg, lança-t-il, courroucé, à un sceptique. Et il est chez moi.

Le visage de Boissenet disparut, remplacé par la photographie du tableau prise par Amélia. La caméra se promena sur les détails, la signature, le titre, avant de revenir au direct.

— Se pourrait-il que Witzberg ait peint d'autres tableaux pendant son séjour au Villaret ? demanda un journaliste.

— Personnellement, je ne l'ai jamais vu peindre mais, à cette époque, j'étais un gamin, un berger. On ne se croisait guère. Ce dont je suis certain, c'est qu'il avait son matériel avec lui.

— Dans la bergerie où il s'était réfugié ?

— Oui, au Villaret. C'est une jeune fille, peintre elle aussi, qui a racheté le chalet. Vous devriez monter la voir et lui demander si elle n'a pas trouvé quelque chose…

Jessy poussa un cri.

— Vous savez, poursuivait Boissenet, il y a tellement de coins et de recoins dans nos vieux *mazots*… On n'est jamais sûr de rien…

— Grands dieux ! Il va m'envoyer les journalistes.

— Et alors ? s'étonna Germain Dôme qui ne quittait pas l'écran des yeux.

— Mais je ne veux pas les voir. Je ne veux surtout pas répondre à leurs questions : « Qu'est-ce qui vous a poussée à racheter La Bergerie ? Est-ce que vous y vivez seule ? Que faisiez-vous avant de vous installer ici ? Et pourquoi ceci et comment cela ? » Non, non.

On laisse parfois glisser des informations sur sa vie personnelle que l'on regrette ensuite. Je vais partir.

— En voiture ? Vous allez les croiser.

— Je ne vais pas prendre la route.

Déjà Jessy sortait son sac à dos et sous les yeux surpris de Germain Dôme, y entassait les affaires nécessaires à un bivouac.

— Monsieur Dôme…

— Appelez-moi Germain.

— D'accord Germain, c'est vous qui allez recevoir les journalistes ; c'est le moment ou jamais de leur parler de votre projet de site classé et de tout ce qui vous tient à cœur. Moi, je pars en montagne ! Et c'est promis, j'assisterai à votre réunion…

***

Les alpages l'accueillirent après deux heures de marche. Elle avait choisi un sentier latéral, plutôt que de grimper directement. À travers prés, la montée se faisait en pente douce et elle prenait son temps, tout en se remémorant les paroles de Boissenet.

Il ne manque pas d'aplomb, celui-là, songeait-elle en riant. *M'envoyer les journalistes et leur suggérer que je pourrais avoir un Witzberg dans mon grenier.*

Elle approchait du torrent où elle savait pouvoir dresser sa tente quand un bruissement dans les herbes la fit se retourner brusquement.

— Galaad !

Le chien arriva sur elle, lui fit la fête, ondulant de tout son corps, battant l'air de sa queue tout en poussant des gémissements de joie.

— Tu t'es enfui. Qu'est-ce que je vais faire de toi ?

Jessy était consternée.

Au Villaret, les malamutes avaient une fois encore déserté l'enclos à l'exception de Galaad, privé d'entraînement. Quand elle était passée, il semblait dormir sur sa litière et n'avait pas prêté attention à elle. Elle rebroussa chemin, tentant de le pousser dans la descente. En vain. Le chien revenait toujours sur ses talons.

— Eh bien, reste, espèce de bourrique ! Mais ce sera jour de jeûne pour toi.

Son mécontentement n'était que superficiel. En réalité, elle était heureuse de cette aubaine.

Il la regarda dresser la tente près du torrent, la suivit quand elle alla chercher de l'eau qu'elle fit bouillir sur son réchaud. La nuit descendait, le froid s'emparait de la montagne. Elle enfila anorak et bonnet de laine. Galaad l'observait tandis qu'elle préparait son plat chaud, une soupe et des pâtes déshydratées. Elle le fusilla du regard. Il fallut une fois encore partager le repas.

— Pas question que tu dormes dans la tente, ronchonna-t-elle.

La tête près de l'ouverture, encapuchonnée jusqu'aux yeux dans son sac de couchage, Jessy contemplait les étoiles. Il n'y avait que là, en altitude, qu'on pouvait voir un tel ciel. Son regard plongea dans les profondeurs des abysses sidérales, avec le regret d'être seule à profiter du spectacle. Elle pensait à Mathieu. Elle aurait aimé qu'il soit là. Elle se serait serrée contre lui, aurait recherché sa chaleur. Au lieu de quoi, elle n'avait que la présence de ce chien qui, allongé dehors, s'appuyait contre la toile, indifférent au spectacle céleste. Une larme glissa au coin de ses paupières, qu'elle chassa très vite. Mathieu n'avait pas répondu à ses messages. Mathieu, c'était fini.

Le sommeil vint difficilement. La nuit était peuplée de bruits : le torrent chantait, Galaad grondait dans ses rêves, insectes et oiseaux nocturnes se relayaient pour meubler le silence. Elle crut même entendre hurler un loup. Non, ce ne pouvait être qu'un chien au fond de la vallée. Pourtant, elle savait que les loups réclamaient leur terre et ce n'est qu'au petit matin qu'elle réussit à s'endormir.

La chaleur du soleil sur la toile la réveilla. Pointant la tête dehors, elle crut d'abord que le givre avait recouvert les pâturages avant de réaliser que la lumière avait transformé en perles une myriade de gouttelettes de rosée à la pointe de chaque brin d'herbe. Nullement pressée de se lever, elle ferma à nouveau les yeux, essayant de retrouver son dernier rêve.

Soudain, Galaad se dressa en alerte. Jessy l'entendit pousser un grognement, tandis que sa queue fouettait la toile. Il s'élança avant qu'elle puisse crier un ordre pour le retenir.

Une silhouette apparut sur le sentier, à l'orée de la forêt, avançant d'un pas rapide en dépit de la pente et du poids du sac. Elle le reconnut quand le chien arriva à sa hauteur : Vincent !

Jessy repoussa prestement son duvet, passa un survêtement par-dessus son pyjama, chaussa ses espadrilles, analysant intérieurement l'exaspération qui montait en elle. Déjà, Galaad revenait en gambadant, l'homme sur ses talons. Entre l'attaque et la défense, Jessy choisit l'attaque.

— Je n'ai pas ouvert l'enclos cette fois, s'exclama-t-elle. Votre chien m'a rattrapée longtemps après mon départ !

Sa colère amusa Vincent qui se mit à rire.

— Je ne vous ai rien reproché. Je n'ai même pas encore eu le temps de vous saluer.

— Peut-être. Mais l'autre jour, j'ai bien cru que j'avais commis un péché mortel.

— Bonjour, Jessy.

— Bonjour, Vincent.

— Vous avez passé une bonne nuit ?

— Pas trop mauvaise.

Elle répondait d'un ton vif, insensible à sa bienveillance. Il jeta un regard sur son campement avant de plonger ses yeux dans les siens. Elle attendait, prête à la riposte.

— Galaad s'est débrouillé pour passer sous la balustrade, expliqua-t-il d'une voix conciliante. Avec Loïc, nous avons réparé la brèche… J'aurais dû le prévoir. Privé de ses compagnons et de l'entraînement, ce chien est malheureux. Finalement, c'est une bonne chose qu'il marche avec vous.

— Ah…

— Tant qu'il n'a pas à tirer un traîneau, il peut se promener. Ça le maintient en forme.

Et comme elle se taisait, sourcils froncés, il ajouta :

— Si vous êtes d'accord, évidemment.

— Je n'y vois pas d'inconvénient, concéda-t-elle presque à contrecœur.

— C'est le moment de me faire pardonner ma mauvaise humeur de l'autre jour. J'ai apporté de quoi faire un petit déjeuner.

Tout en parlant, il sortit de son sac une bouteille Thermos et un sac de viennoiseries.

— Et Galaad ?

— J'ai pensé à lui. Croquettes au poulet et la boîte de graisse que je vous confie pour soigner ses pattes. Allez-vous rester longtemps dans la montagne ?

Elle réfléchit.

— Non, je vais redescendre. Le travail m'attend. Je suppose que la voie est libre maintenant.

Vincent remplit les gobelets. Une bonne odeur de café chaud s'éleva dans l'air.

— Vous fuyiez les journalistes ?

— J'ai été stupide. J'aurais pu leur faire visiter mon atelier et parler de ma prochaine exposition. Cela m'aurait fait de la publicité. Au lieu de ça, j'ai eu peur de leurs questions sur ma vie personnelle. En dehors de mon installation au Villaret, elle n'est pas très réussie en ce moment. Licenciement, souci de santé pour ma mère et puis plein d'autres choses…

Elle aurait voulu ajouter rupture mais elle s'abstint. Elle n'aimait pas s'exposer à la compassion et elle en avait déjà trop dit. Ils déjeunèrent en silence. Puis Vincent alla rincer les tasses, tandis qu'elle commençait à replier sa tente.

— Votre exposition, c'est pour bientôt ? demanda Vincent en revenant du torrent.

— Vendredi soir pour le vernissage, suivi de deux semaines avant de décrocher. Vous avez l'intention de venir ?

— Désolé, je n'aurai pas le temps. C'est la pleine saison, j'accompagne des groupes en montagne et surtout je dois faire une reconnaissance à la Combe-aux-Loups avec Germain Dôme.

— Toujours cette histoire de télécabine ?

Vincent était en train de fermer son sac quand il suspendit son geste.

— Il faut que vous veniez à cette réunion, dit-il, cherchant son regard.

Quelque chose dans le ton de sa voix attira l'attention de Jessy : gravité, inquiétude… autre chose peut-être, un malaise indéfinissable.

— J'ai déjà dit à Germain Dôme que je viendrais.

— Si vous êtes à la galerie, vous n'allez pas pouvoir…

— Je vais vous laisser mon numéro de téléphone. Prévenez-moi. Je me débrouillerai…

***

Jessy dut reconnaître que l'exposition était réussie. Amélia, galeriste émérite, connaissait son métier. Les tableaux, soulignés d'un éclairage approprié, étaient répartis dans quatre salles, regroupés par thème et suffisamment espacés les uns des autres pour permettre à plusieurs personnes de les admirer en même temps. Un flot ininterrompu de visiteurs allait et venait d'une pièce à l'autre, preuve qu'annonces et affiches avaient joué leur rôle. Sans compter qu'Amélia avait constitué au fil des années un fichier fourni d'amateurs et de collectionneurs, qui appréciaient ses vernissages souvent festifs ; tout comme la nombreuse famille de Jessy qui n'aurait manqué l'événement sous aucun prétexte, à commencer par ses parents. Si la plupart des hommes avaient opté pour une tenue décontractée ou un simple costume, les femmes, elles, s'étaient habillées.

« Pas question de dresser un buffet où tout le monde s'agglutine, avait décrété Amélia. Je veux que les gens regardent tes tableaux. J'ai recruté des extras qui circuleront avec des plateaux.

— Tu as quand même prévu des chaises ?

— Quelques-unes… »

À dix-neuf heures précises, Amélia prononça son discours. Quelques mots de bienvenue aux personnalités qui avaient fait le déplacement, suivis d'une présentation des œuvres et de félicitations pour l'artiste. Jessy à son tour prit la parole pour remercier sa galeriste. Sa robe en soie noire la moulait magnifiquement et les regards admiratifs n'étaient pas rares ; puis ce fut le moment des photos.

Jusqu'à vingt-trois heures, elle n'eut pas un instant de répit, bavardant avec les uns et les autres, expliquant une toile, discutant style, technique, émotion. Elle réussit à boire une demi-coupe de champagne mais dut ignorer les toasts. De temps en temps, Amélia croisait son regard, en hochant la tête. Elle avait fait imprimer en grand nombre le descriptif des œuvres et leurs prix sur un beau papier ivoire. Tout en circulant d'une pièce à l'autre, elle repérait les amateurs hésitant devant un tableau, leur glissait une feuille entre les mains et, comme s'il s'agissait d'une faveur particulière, leur murmurait :

— Si cette toile vous intéresse, on peut en discuter…

Quand Amélia referma les portes sur le dernier visiteur, Jessy se laissa tomber dans un fauteuil.

— Je n'en peux plus.

— Tu as très bien travaillé, ma chérie. Plusieurs ventes fermes et de nombreuses options.

— Mathieu n'est pas venu.

C'était dit sans émotion particulière. Ce qui n'empêcha pas Amélia de sursauter.

— Parce que tu penses encore à Mathieu ?

— Je ne sais pas pourquoi, j'aurais aimé qu'il vienne. Cette robe me met en valeur, non ? Et puis, ce sont mes œuvres, ajouta-t-elle, montrant d'une main lasse le mur en face d'elle.

— Mathieu n'éprouve aucun sentiment devant une peinture sauf s'il s'agit de la protéger par un système d'alarme. Oublie-le. Il ne te mérite pas. Allons nous coucher, je suis crevée moi aussi ! Demain, la galerie ouvre à onze heures et sans interruption jusqu'au soir.

— Amélia, je suis désolée mais je devrai te quitter dans l'après-midi. J'ai reçu un message de Vincent Jourdan ; il y a une réunion importante à la mairie de Monteloup et je dois absolument y assister.

— Mais c'est ton expo, tu ne peux pas me laisser tomber…

— Je reviendrai lundi ou mardi, coupa Jessy, et je te promets d'être disponible jusqu'à la fin. Arrange-toi pour le faire savoir à ceux qui veulent me rencontrer, je serai là pour tous les rendez-vous.

Amélia parut rassurée, une idée lui traversa l'esprit.

— Tu vas voir Loïc Jourdan ?

— Oui bien sûr.

— Dis-lui que je compte sur ses conseils pour acheter mon matériel de ski de fond.

Jessy ouvrit de grands yeux.

— Ne me fais pas croire que tu vas skier. Pas toi !

— Et pourquoi pas ? Je suis peut-être trop grande ou trop vieille ? rétorqua Amélia, dressée comme un coq sur ses ergots.

— Non ! C'est simplement que tu détestes le froid, l'hiver, la neige…

— Question d'habitude. J'espère que tu m'hébergeras quand je prendrai mes premières leçons avec Loïc…

***

L'autoroute était saturée, Jessy mit près de quatre heures pour arriver à Monteloup, quelques minutes seulement avant le début de la réunion.

Trois drapeaux flottaient sur le fronton de la mairie, de part et d'autre de la devise nationale : le drapeau français, celui de l'Europe et celui de la Savoie. Près de la statue du loup en bronze, le parking, d'ordinaire désert à cette heure de la journée, était complet. Jessy repéra la voiture des Fourque, celle de Germain Dôme, apparemment les frères Jourdan n'étaient pas encore arrivés. Elle réussit à se garer dans une ruelle, surprise de voir autant d'affluence pour une simple rencontre entre citoyens.

Après la tiédeur un peu lourde de la ville, l'air vif de la montagne la rappela à l'ordre et elle frissonna en enfilant sa veste doublée de laine dont elle releva le col pour traverser la place.

Par bonheur, la salle était bien chauffée et la foule nombreuse contribuait à donner une impression de chaleur. Elle aperçut Viviane et Gilles qui lui firent signe de venir s'asseoir à côté d'eux.

— Il n'y aura bientôt plus une place de libre, prévint Viviane. À part mon grand-père qui se couche de bonne heure, tout Le Villaret sera là. Y compris la majorité des propriétaires de résidences secondaires. Germain Dôme a convoqué le ban et l'arrière-ban, comme on disait autrefois. Ceux de Monteloup, commerçants, hôteliers, loueurs, sont venus en force. Il faut dire que l'installation de la télécabine les concerne au premier chef.

— Pourquoi tout ce remue-ménage ? demanda Jessy.

— J'ai cru comprendre que c'est l'emplacement de la gare intermédiaire qui dérange, lui répondit Pierre Fourque. Dôme voudrait qu'on annule le projet.

— Et Le Villaret serait concerné par cette annulation ?

— Il ne m'en a pas dit davantage. Regardez sur l'estrade, on a descendu un écran. Il va sans doute y avoir une projection. J'ai entendu des éclats de voix dans la pièce à côté, ça discute ferme entre le maire et ses adjoints. Dôme est furieux… Ah, voilà les Jourdan, annonça-t-il en agitant le bras dans leur direction.

La salle était désormais bondée. Il ne restait plus que quelques chaises libres au premier rang. *Pour les personnalités de la dernière heure*, songea Jessy.

Loïc s'installa à côté de Gilles, attaquant une discussion véhémente contre les motos tout-terrain et les quads en particulier.

— Que s'est-il passé ? demanda Jessy à Vincent tout en se poussant pour lui faire une place.

— Encore un audacieux qui tentait sa chance, expliqua ce dernier en s'asseyant. Cet après-midi, un quad s'est permis de traverser le village, moteur poussé à plein régime, en direction du lac. Alertés par le bruit et sans s'être concertés, Loïc et Gilles sont sortis précipitamment de leur cuisine et l'ont arrêté à quelques mètres de chez vous. Imaginez l'avoinée, sans parler de la menace de voir son engin confisqué et démonté sur place. Le gamin a fait demi-tour sans demander son reste.

— Le moto-cross est interdit ?

— Évidemment. Le Villaret est un site protégé, premier échelon avant d'être inscrit au patrimoine français. On y tient. Mais ça, c'est une autre histoire. Le seul véhicule à moteur autorisé est la motoneige des secours en montagne quand il y a un accident… Pardonnez-moi, je n'ai pas pris le temps de vous remercier d'être venue.

— Je vous l'avais promis.

— Et votre exposition ?

— Ça se passe bien. J'y retourne demain.

Il posa sa main sur la sienne, geste de familiarité auquel elle ne fut pas insensible.

— Alors doublement merci de faire l'aller-retour pour le hameau.

À cet instant, le maire de Monteloup fit son entrée, suivi de son équipe municipale et de quelques inconnus.

— Les techniciens des remontées mécaniques, expliqua Vincent en retirant sa main.

Les premiers prirent place derrière la table sur l'estrade, les autres occupèrent les chaises du premier rang. Germain Dôme fermait la marche. Il resta debout, s'appuya contre le mur, affichant clairement son désaccord avec le conseil. Il y eut quelques grésillements pénibles tandis qu'on essayait les micros. Puis Sauvignon prit la parole. Il remercia l'assistance ainsi que ses collaborateurs sans un regard pour Dôme qui fixait ses chaussures, abrégea les banalités pour annoncer avec un large sourire que le projet de la télécabine qu'il appela « les œufs » avait obtenu toutes les autorisations et serait mis en service l'été suivant, se félicitant de voir la ville prendre un nouvel essor et s'inscrire parmi les grandes stations ouvertes au tourisme été comme hiver.

L'heureux événement fut accueilli par une ovation à l'exception de ceux du Villaret et de Dôme qui resta de marbre.

— Alors pourquoi cette réunion ? lança quelqu'un au fond de la salle.

— Nous allons y venir.

À cet instant, une jeune femme, vêtue avec recherche, ses cheveux clairs relevés en une coiffure soignée, entra dans la salle. Des murmures s'élevèrent et même quelques applaudissements auxquels elle répondit en levant la main, esquissant un bref sourire. Vincent se leva et alla à sa rencontre.

— Qui est-ce ? demanda Jessy en se penchant vers Viviane qui avait applaudi la jeune femme avec chaleur.

— Cynthia Brévent, la grande prêtresse des parcs nationaux.

— La femme de Vincent ?

— Je t'expliquerai, murmura Viviane.

Jessy vit Vincent prendre la jeune femme par le bras et la conduire à une place vacante au premier rang mais, à l'instar de Dôme, elle resta debout et interpella le maire d'une voix forte qui ne nécessitait pas l'usage du micro :

— Alors, Jacques, tu as oublié de m'inviter à ta réunion ? C'est pourtant un sujet qui me concerne.

Nullement déstabilisé par cette interruption, Sauvignon secoua la tête.

— Tu te trompes, Cynthia. Ici, nous ne sommes pas en Vanoise, ni dans le Mercantour, ni dans les Écrins. La télécabine participera au développement de la station. Je ne vois pas en quoi il pourrait concerner les parcs nationaux.

— Qui te parle des parcs nationaux ? Je suis toujours citoyenne de Monteloup et, en tant qu'administrée, j'ai encore mon mot à dire.

Jessy observait la scène, cherchant à comprendre ce qui se passait. De multiples sentiments agitaient son esprit, incrédulité, étonnement, curiosité vis-à-vis de cette femme à l'assurance audacieuse et à l'élégance certaine que Vincent avait épousée.

— Tu as raison, concéda Sauvignon de bonne grâce. J'aurais dû te prévenir mais je vois que d'autres y ont pensé pour moi…

Coup d'œil ironique en direction de Dôme qui serra les dents.

— … et je suppose aussi que leur obligeance est allée jusqu'à te dévoiler les difficultés rencontrées pour choisir l'emplacement de la gare intermédiaire.

Germain Dôme réagit très vite.

— Il n'y a rien de fâcheux à dénoncer un projet qui va à l'encontre de tout ce pour quoi nous nous battons depuis des années, coupa-t-il, ses joues ayant pris subitement une teinte brique. Toi, tu as retourné ta veste, prêt à sacrifier tes valeurs et celles de la municipalité pour attirer encore plus de touristes dans ta station.

— Holà ! cria une voix du fond de la salle. Et si vous nous disiez de quoi il retourne, qu'on y comprenne quelque chose !

Jessy reconnut Tristan Barras, un des derniers artisans du Villaret. Cynthia Brévent approuva de la tête et tira la chaise à elle.

— C'est par là qu'il faut commencer, lança-t-elle. Nous t'écoutons, Jacques.

Sauvignon alluma le projecteur, mettant fin au brouhaha de protestations qui montait dans la salle. Une vue aérienne de la station apparut sur l'écran.

Vincent regagna sa place près de Jessy, évitant son regard.

— Comme chacun sait, le câble partira de la vallée et rejoindra les Aiguilles-du-Loup, au sommet des pistes, ce qui fait une sacrée portée, commença Sauvignon d'une voix calme et parfaitement distincte. Une gare intermédiaire est indispensable à mi-parcours, non seulement par sécurité mais aussi pour desservir Monteloup.

Dans la salle, le silence était impressionnant, tandis que plusieurs photos se succédaient sur l'écran.

— Le problème qui se pose, c'est l'emplacement de cette gare intermédiaire, poursuivit le maire. Étant donné la configuration de nos montagnes, ce ne fut pas facile de trouver l'endroit idéal ; ces derniers temps vous avez sans doute remarqué les nombreux passages de l'hélicoptère au-dessus de chez vous. En fait, les ingénieurs et architectes n'ont relevé que deux possibilités…

Approbation discrète des hommes assis derrière la table.

— Nous avons pesé et mesuré les conséquences pour l'une et l'autre…

Il sembla à Jessy que le débit de Sauvignon ralentissait, comme celui d'un médecin devant annoncer une mauvaise nouvelle à un patient.

— Le projet initial reposait sur la Combe-aux-Loups, ancien cirque glaciaire, parfaitement plat…

Projection de la carte topographique puis de l'image satellite. Sauvignon marqua une pause en promenant la flèche rouge sur l'écran.

— Emplacement parfait à première vue…

Nouvelle pause embarrassée, raclement de gorge.

— … mais qui soulève des difficultés quasiment insurmontables.

— Quelles difficultés ? s'impatienta Gilles Fourque.

Le maire lui jeta un regard acéré avant de poursuivre.

— Les responsables des remontées mécaniques, ici présents, vont vous expliquer pourquoi ce serait une grave erreur de construire la gare intermédiaire à la Combe-aux-Loups. C'est pourquoi nous avons pensé à la seconde possibilité, l'autre cirque glaciaire… que vous apercevez ici.

— Nom de D… jura Barras.

— Le Villaret, laissa tomber Sauvignon d'une voix rauque.

Un souffle glacé parcourut l'assistance, le temps que les gens assimilent la nouvelle. Puis ce fut la pagaille. Tout le monde parlait en même temps. Ceux du Villaret hurlaient leur indignation, debout pour mieux se faire entendre, accablant d'injures le maire et le conseil municipal. De leur côté, les gens de Monteloup, ceux de la vallée, moins concernés ou plus conciliants, tentaient de ramener le calme. Chacun ajoutait son point de vue et la confusion était totale. Sur l'estrade, Sauvignon se bouchait les oreilles. Le visage dans les mains, Gilles Fourque semblait tétanisé. Viviane avait pris la main de Jessy et la broyait sans même s'en rendre compte. Elle-même paraissait déboussolée.

— Mais pourquoi ? murmurait-elle sans comprendre.

Un cri retentit, dominant le chaos :

— La Combe-aux-Loups ! La Combe-aux-Loups !

L'injonction fut reprise, dix fois, vingt fois, avant d'être scandée en tapant des pieds.

— Vous étiez au courant ? glissa subrepticement Jessy à l'oreille de Vincent.

Son visage avait perdu toute couleur. Était-ce la présence de sa femme, silencieuse au premier rang, ou l'annonce de cette mauvaise nouvelle ?

— Non. Mais quand j'ai fait la reconnaissance, l'autre jour, j'ai compris que pour la Combe-aux-Loups, c'était cuit. Je ne m'attendais pas à ce qu'ils se replient sur Le Villaret…

Cynthia Brévent se leva. Le calme revint après quelques secondes.

— Avant d'exiger quoi que ce soit, on voudrait savoir ce qui t'a motivé, lança-t-elle en se tournant vers Sauvignon. Je suppose que tu n'as pas renoncé à la Combe-aux-Loups pour le plaisir de te mettre à dos tous les habitants du Villaret et les protecteurs de l'environnement.

Sauvignon poussa un profond soupir.

— Le chef du projet, Louis Jamet, ingénieur principal, va vous expliquer.

Murmures dans la salle, tandis que Sauvignon tendait le stylo laser à l'un des trois hommes sur l'estrade, soulagé de lui laisser la parole et le poids de la décision.

L'homme se plaça de profil, entre l'écran et la salle.

— Pourquoi ce serait une grave erreur de construire la gare intermédiaire ici ? commença-t-il en pointant le viseur sur l'écran. Facile à comprendre. Il suffit de bien regarder la topographie des lieux. La Combe-aux-Loups est l'aboutissement d'un couloir d'avalanche… Je sais, je sais, concéda-t-il, levant une main apaisante pour faire cesser les objections qui déjà fusaient de toutes parts, les coulées n'ont jamais atteint la combe. Mais il suffirait d'une fois. L'avalanche n'était jamais tombée sur ce village de Suisse quand, un jour, elle a englouti quarante-deux personnes. Elle n'était jamais tombée sur Val-d'Isère mais le centre de vacances s'est retrouvé sous des tonnes de neige. On pourrait ainsi multiplier les exemples. Ce qu'il faut savoir et admettre, c'est que quand on bâtit au pied d'une gorge étroite, parcourue, comme ici, par un gentil torrent, on court le risque de voir le torrent se transformer en fleuve de glace et de pierres après de fortes pluies ou des chutes de neige. Et c'est la catastrophe.

Cynthia Brévent chercha quelqu'un dans la salle.

— Vincent, il paraît que tu as fait une reconnaissance. Tu es même monté jusqu'au pied des Aiguilles. Quelle est ton opinion ?

Puis s'adressant poliment à l'ingénieur principal :

— Je ne remets pas en cause vos déductions, monsieur, je veux simplement les comparer avec celles d'un montagnard.

L'homme se renfrogna.

— Je suis aussi un montagnard, madame.

— Pardonnez-moi, je parle d'un professionnel de la montagne. Vincent, nous t'écoutons.

Tout le monde à Monteloup connaissait Vincent Jourdan, un enfant du pays, un guide de haute montagne dont personne n'aurait osé contester les compétences. Dans un silence religieux, il monta sur l'estrade et, dédaignant le viseur, s'approcha de l'écran, montrant du doigt les passages par lesquels il était monté.

— Je suis navré de devoir vous décevoir mais je suis d'accord avec les conclusions de Jamet. Ce serait de l'inconscience de construire la gare intermédiaire à la Combe-aux-Loups, telle qu'elle est aujourd'hui. Je vais même me montrer encore plus pessimiste. La roche qui constitue les parois du couloir est instable, friable. Si une avalanche se déclenchait de là-haut, elle entraînerait avec elle des tonnes de rochers que rien ne pourrait retenir.

— Alors tu es de leur côté, toi aussi, jeta une voix aigre du fond de la salle.

— Je ne suis du côté de personne. J'énonce une réalité.

— Si on fait la gare intermédiaire au Villaret, le hameau ne pourra plus prétendre à devenir un site inscrit au patrimoine français, intervint Loïc avec colère, fustigeant son frère du regard. Je m'insurge contre l'idée de renoncer à ce qui fait notre atout et notre charme.

Sauvignon se dressa, empêchant Vincent de répondre :

— Je me battrai encore pour que le hameau garde au moins son appellation de site protégé.

— Tu parles ! Avec des remontées mécaniques, des moteurs, des câbles, des pylônes… rétorqua Loïc.

— Sans parler des quads l'été et des motoneiges l'hiver, renchérit Gilles Fourque.

— Site protégé ! Mon c… ! rugit Barras, qui ne se contrôlait plus. Quand on sera au cœur de la station, ton titre ne vaudra plus rien. Tu peux te le garder, en faire une médaille et la ranger au fond d'un placard avec tes souvenirs.

Se levant brutalement, il prit sa veste et se dirigea vers la sortie, suivi de son épouse et de plusieurs autres habitants du Villaret.

— Barras, reste. On n'en a pas fini ! lui cria Vincent.

Mais son appel fut couvert par la contestation qui montait de chaque rang. Une fois encore, Sauvignon leva les mains en signe d'apaisement.

— Attendez, attendez. Vous pourriez admettre que les télécabines vous apporteront de l'activité…

— Oui et surtout du bruit et de la pollution, cria quelqu'un.

— … et de la clientèle, acheva Sauvignon. Jourdan, Fourque, et même toi Barras avec ton atelier, vous allez y gagner.

— Gagner quoi ? rétorqua Loïc, plus remonté que jamais. Le CAF n'a jamais compté sur le ski de piste pour remplir ses refuges. Le gîte des Fourque non plus. Et où vas-tu la placer, ta gare ? À l'entrée, près du parking ? Au milieu des maisons ? Et pourquoi pas combler le lac avec du béton pendant que tu y es ? L'emplacement serait parfaitement plat, idéal.

Depuis un moment, Jessy n'arrivait plus à suivre. L'angoisse de Viviane s'était transmise à son cerveau, à son esprit, à tout son corps. Décuplée. Les nerfs prêts à se rompre, elle écoutait les débats sans pouvoir contrôler les battements de son cœur. C'est alors que la sentence tomba plus sûrement que le couperet sur sa victime.

— Nous vous promettons de ne pas toucher au hameau, reprit Louis Jamet. Chalets et ruelles conserveront leur aspect traditionnel. Seule la dernière maison sera en partie sacrifiée. Je dis bien en partie car rien ne sera détruit. Le bâtiment qui abritera le tourniquet des cabines jouxtera simplement l'habitation, bouchant malheureusement la vue sur les montagnes…

Jessy crut qu'elle allait se trouver mal.

Sur l'estrade, Vincent ne la quittait pas des yeux. Viviane posa une main sur son bras.

— Ce n'est pas possible, souffla-t-elle.

— Le refuge du CAF ne sera pas déplacé, renchérit Sauvignon, retrouvant un peu d'assurance, ni le gîte des Fourque. Je voudrais dire à Mlle Delmass, propriétaire de La Bergerie, que la commune est prête à lui verser une indemnité pour le préjudice subi…

— Un préjudice ? Ce n'est pas un préjudice, c'est une condamnation !

Était-ce elle qui avait parlé ? Était-ce sa voix ? Elle ne la reconnaissait pas. Elle ne se reconnaissait surtout pas dans cet élan de protestation qui l'avait fait hurler.

— Écoutez, mademoiselle Delmass. Nous pourrons en temps et en heure discuter de votre dédommagement.

— Monsieur le maire, je vous crois suffisamment intelligent pour comprendre qu'il ne s'agit pas d'une question d'argent… C'est le chalet qui a abrité Witzberg…

Elle se tut brusquement. Que pouvait-elle dire de plus ? Dernière arrivée au Villaret, dernière citoyenne de la commune, étrangère au pays à la différence de ces gens qui se connaissaient depuis l'enfance, se tutoyaient, s'appelaient par leurs prénoms, usaient de familiarité en s'interpellant. Elle voulut se lever, quitter la salle mais ses jambes demeurèrent paralysées.

— J'en ai assez entendu, jeta Barras, le visage déformé par la colère, bousculant ceux qui entravaient son chemin vers la porte.

Suivant son exemple, les habitants du hameau quittaient la réunion, plus révoltés que jamais.

C'est alors que Cynthia Brévent se tourna vers Vincent.

— Tout à l'heure, tu as fait une remarque qui a retenu mon attention. Tu as dit « la Combe-aux-Loups, telle qu'elle est actuellement ».

— C'est bien ce que j'ai dit.

— Donc, tu penses qu'il y a moyen de la transformer.

— Pas de la transformer. De la sécuriser.

Près de la sortie, certains s'arrêtèrent, d'autres revinrent sur leurs pas, créant une confusion tapageuse.

— Répète un peu ! lança quelqu'un.

— Je pense qu'il y a moyen d'éviter une catastrophe si on sécurise le couloir.

— Des paravalanches ?

— Oui, mais pas seulement.

Vincent appuya sur la télécommande. La photographie de la Combe-aux-Loups réapparut sur l'écran. Devant la porte, les rebelles s'étaient brusquement figés.

— Il faudrait en placer en grand nombre, ici et là. Et même en contrebas…

Sur le banc, Jessy retenait son souffle. Les yeux rivés sur l'écran, elle devinait que quelque chose d'extraordinaire était en train de se produire. Mais elle refusait d'y croire, terrifiée à l'idée de regarder cette étincelle d'espoir s'éteindre comme la flamme d'une bougie dans le vent.

— Voilà comment je vois les choses, poursuivit Vincent. En plus des paravalanches, il faudrait renforcer la roche, poser des grillages… et j'ajouterais : faire sauter cette barre rocheuse qui, de toute façon, s'écroulera un jour…

Dans la salle, on aurait entendu une mouche voler. Tous étaient suspendus à ses lèvres, jusqu'à ce que l'ingénieur intervienne d'une voix presque confidentielle :

— Parfaitement d'accord avec vous, monsieur Jourdan, mais je dois préciser une chose. Ces travaux ne relèvent pas de notre responsabilité. C'est à la commune de les prendre en charge ; pas à la société des remontées mécaniques.

— Vincent ! brailla Sauvignon, levant les bras au ciel, tu ne réalises pas l'énormité de ce que tu avances : un bureau d'études, des tonnes de matériaux, des heures d'hélicoptère pour les acheminer, des semaines de travail pour des spécialistes… Alors que Le Villaret…

Vincent voulut répliquer mais Cynthia prit les devants.

— Il faut savoir ce que tu veux, Jacques. Ou bien la commune paie ou bien tu sacrifies Le Villaret. Et tu ne gagneras rien en sacrifiant Le Villaret.

— Cynthia, tu es suffisamment au courant de ces choses-là. Où veux-tu qu'on trouve l'argent ?

Au milieu de la salle une voix s'éleva :

— Est-ce qu'on peut chiffrer approximativement les dépenses de telles mesures ?

Hommes et femmes sur l'estrade se regardèrent, hésitants. Puis Jamet s'avança.

— Franchement, aujourd'hui, on ne peut rien chiffrer. Ce que je peux dire, c'est que l'an dernier, nous avons connu un cas semblable dans les Alpes autrichiennes. De moindre envergure. Je crois me souvenir que la ville a versé dans les 500 000 euros pour sécuriser la route d'accès à la station. Pour la Combe-aux-Loups, je n'oserais pas m'avancer sans une étude préalable mais je dirais un peu plus du double… Un million d'euros, c'est sûr…

Jessy eut soudain le tournis. Dans la salle, exclamations, sifflements et expressions de stupeur achevèrent de l'accabler.

Barras n'avait pas regagné sa place mais il était bien présent debout au milieu du couloir. Il attendit un bon moment avant d'articuler d'une voix ardente :

— Trouve-le, Sauvignon. Trouve ce million ! C'est notre seule chance.

Ce que n'avaient su faire la fureur et les injures, la supplique à peine suggérée y parvint et modifia l'attitude du maire.

— Et que veux-tu que je fasse ? demanda-t-il, avouant son impuissance. On a déjà fait un emprunt pour la crèche et la nouvelle école de ski. Je ne peux plus solliciter les banques.

— On pourrait lancer une souscription, proposa Germain Dôme, faire appel au mécénat.

— De ce côté-là, je peux trouver des entreprises prêtes à vous soutenir, renchérit Cynthia. Mais je ne vous promets rien et de toute façon, ça n'ira pas chercher bien loin. Quelques milliers d'euros par-ci, par-là…

— Ne baissons pas les bras avant d'avoir commencé. Jacques, est-ce que tu nous suis pour la souscription ? insista Dôme.

— Je vous suis, je vous suis. Mais je n'y crois pas trop. Et puis il faut décider d'une date limite. Nous sommes déjà à la mi-août…

Il jeta un regard vers son équipe municipale, quêtant leur soutien.

— Si à Noël nous n'avons pas trouvé l'argent, on met fin à la souscription, on rembourse les donateurs et on commence les travaux de la gare intermédiaire au Villaret, assena le maire.

— Mi-janvier, ça nous laisserait cinq mois pleins, répliqua Dôme, déterminé.

— Va pour mi-janvier. Mais à Noël, on sera déjà fixé, conclut Sauvignon.

CHAPITRE 5

Jessy prit la route pour Le Villaret. La nuit était tombée. Elle conduisait lentement, essayant de chasser le tumulte d'émotions qui l'agitait, se concentrant sur les virages qui rythmaient la montée. Elle les compta : huit épingles. Si Le Villaret devait accueillir la gare intermédiaire, cette route deviendrait un boulevard ; le parking à l'entrée, une esplanade ; sa Bergerie, l'antichambre de l'enfer peuplée du roulement obsédant des cabines suspendues à un câble.

Colère.

Arrête de penser ! Roule !

Les lumières du gîte étaient éclairées et Viviane l'attendait devant la porte.

— Ne restez pas seule ce soir, venez manger un morceau avec nous. Bavarder un peu nous fera du bien à tous. Prenez le temps de vous changer si vous voulez. Gilles et moi nous vous attendons.

Gratitude.

Elle rangea sa voiture au fond du garage, sortit en passant devant l'enclos des chiens. L'un d'eux se leva et s'avança vers elle : Galaad. Les larmes lui vinrent aux yeux. Qu'allaient devenir les malamutes si le pré était réquisitionné ?

Tristesse.

Arrête de penser !

Elle retrouva un semblant de calme en s'asseyant en face de Viviane. Gilles apporta une salade et un gratin.

— J'ai réchauffé les restes, s'excusa-t-il. Dites-moi que j'ai bien fait. Vous seriez allée vous coucher sans manger, n'est-ce pas ?

— Oui et je n'aurais sans doute pas fermé l'œil de la nuit.

— Je suis plus optimiste. Je pense que la souscription va éveiller les consciences et qu'on trouvera l'argent nécessaire, ajouta Viviane.

Gilles haussa les épaules. Il voulait y croire aussi mais ça n'allait pas plus loin. Il parla des frères Jourdan avec qui il avait discuté à la sortie de la réunion. Il était d'accord avec eux, c'est dans les quinze premiers jours qu'on verrait si le projet soulevait l'enthousiasme ou l'indifférence. Loïc était particulièrement remonté contre Sauvignon, prêt à soutenir n'importe quel autre candidat à la mairie de Monteloup.

— Ça ne changera rien, remarqua Viviane.

— C'est ce que je lui ai dit. Mais tu le connais…

Ils évoquèrent encore la réunion, les interventions des uns et des autres, les colères et les indignations. Jessy mangeait du bout des lèvres mais cette conversation lui fit du bien. Elle accepta un deuxième verre de vin blanc avec la tarte aux poires. Si la tête lui tournait un peu, sans doute dormirait-elle mieux. Seule Viviane prit un café. Gilles se leva de table le premier.

— Je dois partir de bonne heure demain. Je vous laisse avec le génépi.

— Allez-vous parler de ce projet à votre grand-père ? demanda Jessy à Viviane quand elles se retrouvèrent en tête à tête.

— Franchement, je ne sais pas. S'il apprend que Le Villaret va être intégré à la station de ski, il va faire une attaque. D'un autre côté, j'aimerais autant le lui annoncer moi-même au lieu qu'il l'apprenne par les journaux.

— À ce propos, avez-vous remarqué qu'il n'y avait aucun journaliste à la réunion ?

— Sauvignon n'est pas stupide. Il n'a pas souhaité les voir assister aux débats et autres empoignades. Par ailleurs, il a promis de donner une conférence de presse demain matin. Je pense qu'il mettra l'accent sur le projet d'aménagement de la Combe-aux-Loups et parlera de la souscription ouverte à tous. Histoire de se faire un peu de publicité.

— Croyez-vous que la femme de Vincent puisse peser dans la balance ?

— Pas sa femme, son ex-femme ! Je n'ai pas eu le temps de vous expliquer. Ils ont divorcé, il y a trois ans maintenant. Cynthia, nous l'avons tous connue. Je ne sais pas pourquoi, je parle d'elle au passé… Peut-être parce qu'on ne la voit plus beaucoup. Une fille bien, intelligente, ambitieuse. Et ce n'est pas un reproche. Après son mariage avec Vincent, elle est entrée au conseil municipal, adjointe à la protection de la nature : faune, flore, sentiers pédestres, ensemencement des pistes, *et cetera*… Rien ne lui échappait. L'appellation « site protégé » du Villaret, c'est elle. Peu à peu, elle s'est sentie pousser des ailes ; du conseil municipal, elle est passée au conseil départemental. Elle brandissait la bannière de l'environnement pour ouvrir des portes et se faire entendre. De formations en stages, elle est devenue la responsable du parc national de la Vanoise. Ses ailes n'ont pas cessé de se déployer pour autant. Réunions, manifestations, conférences.

Vincent ne la voyait quasiment plus. Ils se sont séparés d'un commun accord sans dispute ni acrimonie. Elle est aujourd'hui à la tête des trois parcs nationaux des Alpes : Vanoise, Mercantour, Écrins.

— Beau parcours ! constata Jessy.

— À mon avis, elle finira au ministère de la Transition écologique.

— Et Vincent dans tout ça ?

— Il soutient ses idées en travaillant sur le terrain. La montagne, les ascensions, les chiens de traîneau.

— J'ai remarqué qu'il était très prévenant avec elle.

— Oh, ils s'aiment encore, c'est sûr. Du moins de son côté à lui. Je ne lui ai jamais vu de nouvelle petite amie attitrée. Cynthia, c'est différent ; elle est mariée à l'environnement. Vous repartez demain ?

— Oui, l'exposition continue.

Puis, après un silence, elle ajouta :

— Tous les bénéfices de mes ventes iront à la souscription. Ils ne m'ont pas fait de cadeau avec ce projet.

— Ils n'ont fait de cadeau à personne. Si la gare intermédiaire est construite ici, Le Villaret perd toute son âme.

***

Jessy poussa la porte de la galerie dans la matinée. Elle avait mal dormi malgré le vin blanc – ou à cause de lui –, revivant chaque moment de la réunion, cherchant de multiples solutions pour sauver Le Villaret. Écrire à Bill Gates et le prier de faire un don ? Découvrir la plante rare ne poussant qu'à cet endroit ou la salamandre exceptionnelle vivant au bord du lac ? On avait déjà vu par le passé une orchidée ou un insecte empêcher la construction d'une usine, le tracé d'une autoroute. De toute manière, jamais Sauvignon ne renoncerait à son projet de remontées mécaniques.

Amélia, impatiente, l'attendait et Jessy lui raconta ce qui s'était passé.

— Je suis désolée, assura Amélia d'une voix compatissante. Avec la télécabine à côté de chez toi, ton chalet n'aura plus beaucoup de valeur.

— Je me fiche de sa valeur ! J'aimerais simplement rappeler que c'est le chalet de Witzberg. C'est là que ce peintre de génie a trouvé refuge et c'est un gamin du village qui l'a sauvé des nazis !

— Les gens ont la mémoire courte. Tu pourras toujours le revendre à des skieurs heureux de chausser les skis à leur porte.

— Mais je ne veux pas le vendre ! s'emporta Jessy d'une voix stridente.

Amélia eut un geste de la main pour manifester sa sympathie et tenter d'apaiser son amie, puis elle se leva pour redresser un tableau qui lui paraissait pencher d'un millimètre.

— Avec toute cette histoire, je suppose que tu as oublié de faire passer mon message à Loïc.

— En effet, ça m'est complètement sorti de la tête.

— Il va falloir que je lui téléphone, si je veux rester présente dans ses souvenirs.

— Je ne voudrais pas refroidir ton intérêt pour lui mais, en ce moment, il a d'autres préoccupations.

— C'est la raison pour laquelle je dois lui changer les idées. Je vais lui annoncer que moi aussi, je contribuerai à approvisionner la cagnotte.

— Il en sera ravi.

— Bon, passons à quelque chose de plus réjouissant. Notre voyage à Berlin. J'ai changé la date de nos billets. On partira dès la fin de l'exposition.

Nous avons rendez-vous avec la secrétaire de la Hamburger Bahnhof, Kathryn Weiss, pour mettre au point les détails de ton intervention.

— Mon intervention ? Quelle intervention ?

— Juste quelques mots sur Witzberg, le soir de l'inauguration.

— Je n'étais pas au courant.

— Moi non plus, jusqu'à ce matin… La secrétaire du musée m'a appelée pour me demander si tu pouvais faire un bref exposé sur la peinture de Witzberg, après la visite. Les Allemands connaissent ton travail et ils l'apprécient. Mais il y aura aussi une présentation par le commissaire de l'exposition bien sûr. J'ai accepté en ton nom et c'est pour ça qu'on doit partir plus tôt que prévu. On doit rencontrer cette Kathryn Weiss qui nous expliquera le déroulement de la soirée.

Et comme Jessy demeurait muette, visiblement plus préoccupée par Le Villaret, Amélia ajouta :

— Si ça t'embarrasse trop…

— Non, non, je connais bien le sujet.

— J'en étais sûre… Ah, voici Corine avec les premiers visiteurs. Souhaitons que ce soient aussi des acheteurs !

Durant ces deux semaines, la galerie vendit huit grandes toiles et de nombreux petits formats – jamais Jessy n'en avait vendu autant en une seule exposition, merci, Corine – et les cartes postales imprimées par Amélia étaient parties comme des petits pains.

— Tout ce qui me revient servira à sauver La Bergerie, conclut-elle le dernier soir en fermant sa valise devant une Amélia mi-admirative, mi-incrédule.

***

Dès leur descente d'avion, Jessy et Amélia surent que Berlin célébrait l'exposition Witzberg comme l'un des événements les plus importants de l'histoire de la peinture contemporaine. Impossible de passer à côté sans voir les grandes affiches placardées dans le hall de l'aérogare, dans toutes les rues où leur taxi se frayait difficilement un passage et même à l'arrière des autobus. Partout, le nom de Witzberg éclatait, en lettres géantes, jaune vif sur fond rouge, couleurs emblématiques de l'artiste. L'hôtel n'échappait pas à cette flambée d'enthousiasme. Des flyers étaient mis à la disposition des clients, sur le comptoir de l'accueil, sur les tables basses du hall d'entrée, et même dans les chambres, invitant chacun à venir admirer vingt-huit chefs-d'œuvre de l'artiste ; le dernier arrivé, *Violence*, jusque-là inconnu, allait attirer une foule de curieux et d'admirateurs. Son propriétaire avait accepté de bonne grâce qu'il figure au centre de l'exposition mais il n'avait pas souhaité accompagner le tableau. Raymond Boissenet comptait sur ses nouvelles amies pour lui faire des photos et lui rapporter le catalogue de l'exposition.

Les deux jeunes femmes retrouvèrent Kathryn Weiss le soir même à la table d'une célèbre brasserie au bord de la Spree pour manger les incontournables saucisses au curry suivies d'un apfelstrudel, le tout arrosé d'une bière locale fortement alcoolisée.

Kathryn Weiss, quinquagénaire alerte, portait un tailleur bien coupé. Ses cheveux étaient serrés en un chignon bas sur la nuque et deux clous d'argent ornaient ses oreilles.

— Êtes-vous bien installées, avez-vous tout ce qu'il vous faut ? demanda-t-elle dans un français presque sans accent, tandis que le serveur s'éloignait avec leur commande.

Et comme Jessy acquiesçait, elle poursuivit :

— L'exposition va vous plaire. Les vingt-huit tableaux ont été réunis dans la grande verrière. Même si le soleil n'est pas présent, la lumière, vous vous en rendrez compte, est éclatante. Je vais tout de suite vous donner vos badges. Ils vous éviteront une attente interminable au poste de contrôle. Autre chose : votre carton d'invitation n'est plus valable. En voici deux autres. On les a régulièrement changés pour éviter les falsifications. Lors de l'inauguration, il y aura notre ministre de la Culture, le maire de Berlin, deux sénateurs et d'autres personnalités dont des Britanniques et des Français. Nous avons dû prendre des mesures exceptionnelles pour la sécurité mais aussi en raison de la valeur des tableaux. Les salles et tous les jardins autour du musée seront équipés de caméras de surveillance et de détecteurs de mouvement pour la nuit. Des vigiles en civil compléteront le service des gardiens habituels.

Jessy ne put s'empêcher d'avoir une pensée pour Mathieu qui se serait réjoui d'être de la partie.

Les bières furent servies dans de grands bocks, accompagnant d'immenses assiettes ovales remplies d'une quantité impressionnante de salade de pommes de terre couronnée de saucisses grillées arrosées de sauce dégageant une délicieuse odeur de curry. Si Jessy flancha avant d'avoir commencé, Amélia ne parut nullement impressionnée et remercia Kathryn de les avoir guidées dans ce choix.

Tout en dînant, les trois femmes mirent au point la visite inaugurale pendant laquelle Jessy devrait se tenir près du commissaire de l'exposition et du guide, au cas où l'une des personnalités souhaiterait approfondir un point de détail. Jessy demanda dans quelle langue elle devrait s'exprimer. Son anglais était correct mais son allemand était loin d'être au point. Kathryn la rassura, il y aurait des interprètes. L'intervention de Jessy aurait lieu tout de suite après la visite et se tiendrait dans une des salles proches de la grande galerie.

Amélia fut la seule à terminer son assiette et à faire honneur au gâteau aux pommes que refusa poliment Jessy.

— Un petit verre de schnaps pour faire glisser, conseilla Kathryn. Ici, ils en ont un millésimé… Et je vous ai gardé le meilleur pour la fin. Demain soir, après la fermeture, la grande galerie restera ouverte pour vous seules, les tableaux rien que pour vos yeux ! Vous pourrez prendre votre temps et profiter de l'exposition, le veilleur de nuit sera là pour vous ouvrir quand vous voudrez partir. Le musée a souhaité vous remercier, c'est grâce à vous que nous avons pu prendre connaissance de *Violence*. Sans vous, ce tableau ne serait pas dans l'exposition, alors qu'il va en être la pièce maîtresse.

Le lendemain, ce moment inespéré transporta Jessy dans un bonheur presque insoutenable.

La soirée s'était déroulée merveilleusement bien. Elle avait accompagné les invités avec le commissaire de l'exposition et, ensemble, ils avaient répondu à leurs questions, puis elle avait expliqué à grands traits les caractéristiques de la peinture de Witzberg lors de son intervention. On l'avait questionnée sur *Violence* et sur La Bergerie et elle avait été heureuse de faire revivre le peintre et d'évoquer le paysage dans lequel il avait trouvé refuge pendant les heures les plus sombres de la guerre.

Maintenant, elle était seule avec la peinture de Witzberg.

La présence silencieuse d'Amélia à ses côtés s'était dissoute dans l'atmosphère feutrée du musée. Il faisait nuit et de la verrière tombait une clarté bleutée qui contribuait à rehausser les couleurs éclatantes des toiles. L'effet de lumière et de profondeur accentuait l'élément dramatique de chacune d'entre elles. Beaucoup représentaient des paysages, certains servant de cadre à des animaux, un renard, un oiseau, une biche, plus suggérés que dessinés. La simplification des formes, la hardiesse des tons et des volumes leur donnaient du mouvement, une impulsion incomparable comme s'ils allaient quitter la toile ou se fondre dans le ciel. Quel que fût le contenu du tableau, l'intensité émotionnelle était telle qu'on ne pouvait que s'arrêter, communiquer, de l'âme et du cœur, avec le peintre, lui rendre hommage pour avoir su exprimer ses sentiments et son amour de la nature.

Tous ces tableaux, à l'exception de *Violence*, elle les avait absorbés, assimilés. Au cours de son doctorat, elle en avait étudié toutes les surfaces jusque dans les angles. Chaque coup de pinceau, chaque trait, chaque nuance avait été scruté dans les moindres détails ; elle se sentait capable de les reproduire les yeux fermés tant sa mémoire en était imprégnée.

Elle réalisait à cet instant, en les voyant presque tous rassemblés sous son regard, que rien de la technique ou même de la poésie de Witzberg ne lui était étranger. Elle aurait pu… Elle pourrait…

Un flash d'une grande intensité lui coupa le souffle, l'éblouit.

Elle fit quelques pas en arrière, porta une main à son front, prise d'une soudaine envie de fuir.

— Non !

Elle avait crié. Amélia demanda, inquiète :

— Quelque chose ne va pas ?

Jessy la regardait comme si elle la voyait pour la première fois.

— Holà ! Tu as vu un fantôme ? Celui de Witzberg ?

— Oui… Enfin non. Tout va bien, souffla-t-elle après quelques secondes. C'est juste un étourdissement, probablement la fatigue.

— Je crois que nous devrions rentrer, je vais commander un taxi.

— Tu as raison.

À l'hôtel, puis dans l'avion qui les ramenait en France, Jessy s'efforça d'effacer l'hallucination qui, l'espace d'une seconde, l'avait aveuglée. À ses côtés, Amélia, ravie de son séjour à Berlin, ne cessait de jacasser, elle s'était fait de nouveaux contacts et elle était dans un état d'euphorie intense. Tant bien que mal, Jessy s'accrochait à la conversation, souriait à ses remarques. Mais, inlassablement, une image revenait dans son esprit, s'insérait sous ses paupières dès qu'elle fermait les yeux. L'image d'un tableau, flou, insaisissable.

Pure folie.

Elles se quittèrent à l'aéroport Saint-Exupéry où chacune retrouva sa voiture.

— N'oublie pas de téléphoner ! lui recommanda Amélia.

— Tu viens quand tu veux ! ajouta Jessy, toujours flottante.

Une fois sur la route, libérée des bavardages de son amie, la vision s'imposa plus clairement. Des contours apparaissaient, des couleurs aussi.

Sottise.

Le temps de défaire ses valises, de dire quelques mots aux Fourque, de saluer Loïc – Vincent était en montagne avec un groupe d'alpinistes – de caresser Galaad, toujours en quête de câlins, Jessy se retrouva seule dans son atelier. Un vieux fauteuil traînait là. Elle s'y laissa tomber, épuisée, désemparée.

Dehors, le ciel s'assombrissait, annonçait le soir. Elle se dit qu'elle devrait fermer les volets avant la nuit. Mais elle ne bougea pas. Les montagnes dans la pénombre bleutée captivaient son regard. Combien de temps encore avant qu'elles ne soient cachées par des murs de béton ? À moins d'un miracle… Elle détourna les yeux.

Devant elle, les toiles vierges de Witzberg appuyées contre le mur, sur les étagères, les pinceaux du peintre, ses pigments, ses crayons.

Mue par une pulsion incontrôlée, elle se leva, choisit un châssis 60×40, le posa sur le chevalet dressé devant la terrasse. D'abord en hauteur, façon portrait ; elle recula, revint à lui, le retourna façon paysage. L'image prenait corps. Le flou s'estompait, le motif s'enhardissait.

Folie, folie, folie.

Le bruit d'un moteur la tira brutalement de ses pensées. Elle quitta l'atelier, aperçut Vincent qui rentrait de sa course en montagne. L'espace d'un instant, l'envie de lui parler s'imposa, mais elle se ravisa. Elle but un grand verre d'eau et alla se coucher sans même toucher à son dîner acheté un peu plus tôt chez le traiteur de Monteloup.

Dans la nuit, le rêve prit possession de son cerveau : des chevaux dans le désert galopant vers une source, leurs sabots soulevant des nuages de sable doré noyant leurs silhouettes dans une brume éthérée. Leur robe, couleur safran, ne dissimulait rien de leur forte musculature ; crinière au vent, ils semblaient voler… Le songe avait une telle acuité qu'elle crut se trouver parmi eux. Soudain, ce fut l'effroi, les câbles d'un téléphérique leur barraient le chemin, créant la confusion et la panique dans le troupeau. Elle n'entendait rien des hennissements affolés. Ce qu'elle entendait, c'était son cœur qui battait la chamade dans sa poitrine. Une lutte s'engagea entre sa volonté de sortir de ce cauchemar et la léthargie qui l'engluait, l'empêchait d'ouvrir les yeux. Elle poussa un hurlement et se redressa sur son lit, couverte de sueur.

Elle mit plusieurs secondes à retrouver son souffle, à calmer les pulsations dans ses veines. Les chevaux étaient encore devant ses yeux mais les câbles avaient disparu. Peu à peu, elle s'apaisa.

Elle repoussa la couette, se dirigea vers le séjour et alluma une lampe. La lumière l'ancra aussitôt dans la réalité. Elle fit quelques pas, s'obstinant à chasser la vision qui depuis Berlin hantait son esprit et se rendit dans la cuisine. Du miel, du citron, du rhum, elle se prépara un grog bien tassé, histoire de récupérer.

La porte de l'atelier entrebâillée l'invitait à entrer. Le mug à la main, elle avança. Les volets restés ouverts avaient laissé place à la nuit avec son cortège de clarté et de sérénité. Au loin, les sommets couronnés de neige, les montagnes sombres, le ciel criblé d'étoiles. Jessy s'arrêta devant le chevalet, la toile de Witzberg, vierge, semblait la provoquer. Elle prit un des crayons du peintre. Son contact lui brûla la peau. Elle hésita un instant, un inexplicable malaise la retenait encore, quelque chose qui ressemblait au respect. Mais les réminiscences de son rêve la poussaient en avant.

Un dessin s'ébaucha sous sa main. Elle avait toujours bien dessiné. Déjà, à l'école, ses professeurs la félicitaient pour son sens des proportions, la finesse de ses traits. Un animal prit forme, un autre derrière lui et d'autres encore ; moutonnement des croupes, entrelacs des jambes, sabots solides, galop aérien… mouvement. Dans la peinture de Witzberg, tout était mouvement.

Elle s'arrêta soudain, surprise par ce qu'elle avait esquissé. Sous son crayon, le rêve prenait corps. C'était tellement différent de tout ce qu'elle créait habituellement. Nouveau, insolite.

Un sentiment inédit de curiosité l'envahit, accélérant le rythme de sa respiration. Jusqu'où pourrait-elle aller ? Son regard se posa sur les pigments : ocre, jaune, rouge…

Inconscience, déraison, mirage…

Orgueil aussi.

Witzberg était unique. On pouvait le copier, jamais l'imiter.

Elle posa le crayon, horrifiée par ce qu'elle pressentait, s'enfuit vers sa chambre où elle se réfugia avec son grog. L'alcool lui brûla la gorge, appela le sommeil.

***

Le lendemain, Jessy se noya dans des activités pour chasser ce qu'elle appelait ses mauvaises pensées. Elle laça ses chaussures de marche, passa les courroies de son sac à dos sur ses épaules et prit le sentier qui descendait sur Monteloup. Pas une fois, depuis son réveil, elle n'était entrée dans son atelier.

La station était animée. Randonneurs, vététistes ou simples promeneurs arpentaient les trottoirs le long des vitrines brillamment éclairées.

Ses courses se limitèrent au strict nécessaire. Il ne s'agissait pas de remonter avec un sac de quinze kilos sur les reins. Elle salua quelques personnes, bavarda avec le propriétaire de la supérette présent à la réunion et qui, ce matin-là, tenait la caisse.

— Le Villaret va vous paraître bien morne en automne, lui dit-il en l'aidant à ranger ses achats dans son sac.

— J'ai de quoi m'occuper. À propos, avez-vous gardé les articles concernant la réunion ? Je suis partie dès le lendemain.

— Bien entendu. Sauvignon nous a fait passer un compte rendu, Germain Dôme aussi. À quelques détails près, c'est la même chose. J'ai mis aussi de côté les journaux qui relatent l'affaire. Je vais vous les prêter. Mais il faudra me les rendre. Je suis en train de constituer un dossier. Vous savez, on est de votre côté pour ce qui est de protéger Le Villaret mais pourtant on ne peut pas renoncer à notre télécabine. C'est tout l'avenir de la station qui en dépend. Mais comme tous ceux d'ici, je souhaite sincèrement que les travaux à la Combe-aux-Loups puissent voir le jour…

Jessy hocha la tête sans faire de commentaire et prit le paquet qu'il lui tendait. Elle avait pensé un moment qu'il serait plus épais. Mais il ne contenait que quelques feuilles, deux quotidiens et une revue locale. Elle lui précisa qu'elle allait faire des photocopies et lui rapporterait le tout d'ici quelques jours. Elle savait pouvoir compléter ces informations avec Internet.

— Vous devriez faire un saut à la mairie. La secrétaire tient un relevé de tout ce qui tombe dans la cagnotte. Vous saurez déjà où on en est. Je n'y suis pas allé depuis la semaine dernière et ça augmente tous les jours.

Jessy n'eut qu'à traverser la place. Derrière le bureau de l'accueil, la chaise était vide. Une plaque de métal perdue au milieu d'un capharnaüm de feuilles et de prospectus indiquait le nom et la fonction de la personne censée être à son poste : Lucienne Perrodon, secrétaire de mairie. Jessy fit quelques pas dans la pièce pour manifester sa présence. Une voix retentit à l'étage :

— J'arrive !

Lucienne Perrodon apparut en haut de l'escalier, la quarantaine, épaules étroites, taille fine dissimulée sous une tunique retombant sur un pantalon court. Elle eut beaucoup de mal à descendre les marches, gênée par la hauteur de ses talons aiguilles et trop fière pour se tenir à la rampe.

— Ah, la petite dame de La Bergerie ! s'exclama-t-elle avec un sourire aussi factice que les perles qu'elle arborait autour de son cou. Je suis sûre que vous venez pour la souscription. Oh, elle avance doucement, doucement. Les premiers jours, les dons ont afflué : tous ceux du Villaret, beaucoup de Monteloup aussi et des environs. Comme on vous l'a dit lors de la réunion, les montants versés restent secrets ainsi que les noms des personnes qui participent. Je ne peux vous donner que le total reçu à ce jour.

Pendant son discours qu'elle devait réciter, à la virgule près, à tous ceux qui s'intéressaient à la chose, Lucienne Perrodon avait pianoté sur son ordinateur et fait apparaître la première page de son logiciel.

— Voilà, voilà… Nous y sommes… À ce jour, nous avons récolté un peu plus de 75 000 euros… Oh, je devine que vous êtes déçue, minauda-t-elle, anticipant une réaction ou même espérant la provoquer, devant son interlocutrice qui restait de marbre.

C'est vrai, nous sommes encore loin du compte. Mais que voulez-vous, les gens sont généreux, certes, ils donnent, mais ce sont de petites sommes : 50, voire 100 euros par foyer, parfois un peu plus. À ce rythme-là, il faudra une année entière pour atteindre le million indispensable pour attaquer les travaux. Et puis, je vais vous dire, les gens du hameau – je ne parle pas pour vous, bien sûr, vous êtes trop nouvelle – je parle des anciens de là-haut, ceux qui sont menés par Germain Dôme, ils se sont pris la tête avec cette appellation de site classé, ou protégé, je ne sais plus. Un titre qui ne rime pas à grand-chose, à vrai dire. Il faudrait qu'ils redescendent sur terre. L'avenir, c'est la station, le ski, le sport, la jeunesse. Je ne comprends pas pourquoi ils résistent à la modernité. Avec l'installation des cabines, tout le monde au Villaret y gagnerait. Même vous. Vous verriez du monde, feriez des rencontres. Notre maire l'a bien dit à la réunion. Le hameau serait relié à Monteloup par les remontées mécaniques, intégré à la station. Enfin, on élargirait cette voie d'accès qui tient plus de la piste que d'une route. Ce que refusent obstinément ceux de là-haut. Je vois que vous êtes venue à pied. C'est quand même malheureux d'hésiter à descendre en voiture…

— Justement, je dois y aller, la coupa brusquement Jessy qui en avait assez entendu. Bonne journée, madame Perrodon.

Agacée par ses commentaires, Jessy s'engagea sur le sentier du retour en grinçant des dents. *Quelle commère qui s'imagine que j'ai besoin de faire des rencontres !*

À sa colère s'ajoutait la frustration : 75 000 euros, ça n'allait vraiment pas chercher loin. Il restait moins de quatre mois. Il fallait absolument trouver une solution.

Raymond Boissenet et son Witzberg ?

Jessy était certaine que tous y avaient pensé avant d'arriver à la même conclusion : il était impensable de demander à Boissenet de se dessaisir du tableau, récompense de son action héroïque. Même si, par altruisme, il se proposait, tous l'en dissuaderaient. Le vendre équivaudrait à annuler ce passé dont il était si fier.

Si seulement un autre Witzberg avait été dissimulé dans La Bergerie ! Mais elle avait cherché partout, jusque sous le toit, et n'avait trouvé que de la poussière. Il fallait bien l'admettre, Witzberg n'avait pas eu d'inspiration pendant son séjour au Villaret.

À mi-parcours, Jessy s'arrêta. Elle était montée d'un pas vif et, malgré la fraîcheur de l'air, son sweat-shirt était trempé. Elle tira de son sac une bouteille et but directement au goulot. Autour d'elle, la forêt modifiait ses couleurs, les feuillus rougissaient, le vert des sapins devenait plus franc. Un rayon de soleil traversa le sous-bois, réveillant un nuage de poussières jaunes, dansantes dans la clarté aveuglante ; des poussières dorées, capricieuses comme celles soulevées par les sabots des chevaux dans son rêve.

Tout à coup, au milieu de cette forêt, le même flash que dans le musée la terrassa. Aussi brutal, aussi éclatant. Elle chercha l'appui d'un tronc, ferma les yeux, acceptant l'inacceptable. Le Witzberg, c'est elle qui le peindrait ! Qu'importaient l'éthique, la déontologie, elle connaissait suffisamment la technique du peintre pour l'imiter. La fierté qu'elle avait éprouvée la veille face à ses dessins s'imposa et, avec elle, l'audace. Elle allait peindre un Witzberg ! Cette détermination avait quelque chose de définitif qui, brusquement, la soulagea de l'atroce incertitude dans laquelle elle se débattait depuis son retour de Berlin. Elle transformait son idée en coup de génie, en une lumière inespérée, c'était la fin du cauchemar.

Et, peut-être, le début de l'enfer…

CHAPITRE 6

Depuis quinze jours, Jessy vivait dans un autre univers, le monde de Witzberg, l'un des peintres les plus célèbres du XXe siècle. De sa bibliothèque, elle avait tiré une de ses biographies et cherché un portrait de l'artiste ; les photographies de sa jeunesse étaient rares, plus nombreuses celles prises après la guerre. Elle avait opté pour un cliché de 1952 où il posait près d'un lac suisse en compagnie d'Aysun dont il entourait les épaules d'un bras affectueux. L'homme souriait franchement au photographe, le regard plein d'assurance. Aysun, une écharpe légère autour du cou, les cheveux ramenés sur le côté, paraissait plus grave mais aussi plus sereine, son visage exprimant la totale confiance qu'elle avait toujours eue en son mari en dépit des multiples vicissitudes rencontrées dans leur vie, à commencer par l'affrontement avec les siens quand elle avait accepté de l'épouser. Lequel des deux finalement avait été le plus fort ?

Jessy avait posé le livre ouvert dans son atelier, à la page de la photographie et, chaque fois qu'elle prenait un de ses pinceaux, préparait ses couleurs, son regard tentait d'y puiser le courage d'aller au bout de son entreprise, sachant le risque qu'elle encourait.

La première semaine s'était écoulée dans une sorte de transe fébrile où se mêlaient à la fois la culpabilité et la peur de mal faire. Son excitation était telle qu'elle avait perdu tout appétit, se nourrissant à la va-vite d'un morceau de pain et d'un peu de fromage. Elle se couchait tard, se levait à l'aube, ingurgitant café sur café, jusqu'au jour, où, au cours de la deuxième semaine, sur un coup de colère, elle avait failli déchirer la toile et tout envoyer promener. *Tu fais n'importe quoi et ça ne ressemble à rien.*

Épuisée, le visage en larmes de rage et de tristesse, elle avait abandonné sa palette, ouvert en grand la fenêtre sur le froid. Appuyée contre la balustrade de la terrasse, elle avait regardé ce paysage de forêts noyées dans un brouillard grisâtre et l'avait trouvé aussi lugubre que ses sentiments profonds, une morosité se densifiant au fil des heures. Au loin, les montagnes se riaient d'elle. La neige était tombée sur les sommets épargnant les versants. Encore deux ou trois degrés de moins et cette pluie glacée qui ne cessait de tomber se transformerait en neige. Elle avait hâte de la voir venir, transformant cette tristesse en un éblouissement de lumière.

À quelques mètres de La Bergerie, le gîte affichait complet. Les derniers vacanciers de l'arrière-saison n'avaient pas été effrayés par le mauvais temps et les Fourque n'avaient plus une table de libre.

Il faut que je mange, pensa-t-elle.

Il lui restait le refuge du Club alpin. Trahie par son art, humiliée, elle quitta sa blouse, revêtit un jean, un gros pullover, effaça de son visage la trace des pleurs sous un léger maquillage, ajouta un peu de fard pour les joues, rien de bien audacieux. Puis elle descendit chez les Jourdan.

— Il vous reste quelque chose à dîner pour moi ? demanda-t-elle à Loïc en guise d'entrée en matière.

— J'ai toujours quelque chose pour vous, répondit-il. Prenez un couvert et asseyez-vous ici. En cuisine, il fait meilleur. Vous non plus, vous n'avez pas le moral on dirait, avec cette menace de télécabine suspendue au-dessus de nos têtes comme l'épée de je ne sais plus qui.

— Je n'ai pas le moral et je ne fais que des bêtises. C'était Damoclès.

— Quoi ?

— L'épée, elle menaçait Damoclès.

Là-dessus, Vincent était arrivé et s'était installé à la table.

— Damoclès n'est plus et l'épée ne menace personne. De quelles bêtises parlez-vous ? interrogea-t-il, son regard inquisiteur plongeant en elle comme dans un livre ouvert.

Elle avait baissé les yeux sur son assiette, serrant les mâchoires pour ne pas laisser les larmes inonder à nouveau son visage.

— Un échec, avoua-t-elle simplement en relevant la tête.

— Un tableau ?

Courte hésitation avant de céder.

— Oui. Je me suis hasardée à peindre dans un style qui n'est pas le mien et je me heurte à des difficultés… insurmontables !

— C'est pareil pour moi, renchérit Loïc. Il m'arrive de me lancer dans une recette compliquée et voilà que tout se met en travers. Trop de ceci, pas assez de cela, bref, immangeable. Vous savez ce que je fais dans ces cas-là ? Je balance tout à la poubelle et je recommence. De toute façon, je ne renonce jamais.

— Oui, mais c'est de la cuisine, pas de l'art, relativisa Vincent.

— Désolé, mais pour moi, la cuisine, c'est aussi de l'art, répliqua Loïc.

En quelques mots, il venait de lui donner la marche à suivre.

Mais à la différence de Loïc, elle ne jeta pas son travail à la poubelle, elle se servit du gesso[1] de Witzberg pour recouvrir ce qu'elle avait fait. Elle allait repartir de zéro.

Le lendemain, le ciel s'était éclairci. Vincent avait emmené les chiens pour un entraînement et ce furent les gémissements de Galaad, abandonné dans son enclos, qui la tirèrent du sommeil. Elle s'habilla chaudement et sortit dans le froid. Un premier givre avait recouvert les toits et les prés jusqu'à la plus petite brindille dans une magnificence qui lui rappelait Noël. Dès qu'il la vit, le chien cessa ses pleurs et s'immobilisa, figé dans une attente qui bouleversait son regard.

Le regard d'un animal. La force d'une émotion.

Witzberg était le maître incontesté de l'émotion.

Elle s'approcha du portillon. Alors, grisé d'impatience, Galaad s'élança vers elle tout son corps dansant d'allégresse.

Ils montèrent jusqu'au lac. Le spectacle était magnifique. Ses rives, prises dans la glace, l'auréolaient tel un anneau d'argent. Dans son eau, plus bleue, plus claire qu'en plein été, miroitaient les sommets environnants. Les chaos des rochers, résidus d'anciennes

1. Le gesso est un enduit universel que l'on utilise depuis le Moyen Âge en sous-couche avant de peindre.

moraines, se découpaient dans un ciel d'azur, immortels géants.

Elle resta plusieurs minutes en contemplation, recevant jusqu'au plus profond de son être la conscience minérale de la montagne sauvage. Plus loin, partie intégrante de la beauté, Galaad gambadait, ivre de joie et de liberté.

— Installer ici des remontées mécaniques serait pire qu'un blasphème ! Une hérésie !

Empêcher le massacre. Par tous les moyens.

***

Animée d'une volonté implacable, Jessy se remit au travail. En quelques jours, elle rattrapa ce qu'elle avait détruit sans remords sous le gesso. Debout, à quelques pas de son chevalet, elle jugeait la toile. Sa création était différente. Elle tenait quelque chose : une atmosphère. L'expression de la beauté du désert en ce qu'il a d'éternel : l'or, la lumière, la mouvance. Et, dans ce désert, l'animal ; le cheval, libre, puissant, énigmatique. Celui qui tenait la tête du troupeau semblait happé par la brume qui montait du sol.

Par un jeu de couleurs et de flou, à la manière de Witzberg, elle était parvenue à montrer l'essentiel, l'impatience et l'espoir des chevaux courant vers la source. Le reste – soleil, terre, nuage – n'était que superflu.

Ne touche plus à la poussière, concentre-toi sur les chevaux !

Elle s'arrêta un instant pour boire. Le verre à la main, elle s'approcha de la fenêtre et poussa une exclamation de surprise.

— Mais, c'est le fourgon de Mathieu !

La camionnette était arrêtée devant le chalet de Boissenet. Damien déchargeait une caisse puis reprenait le volant pour aller se garer plus bas. Quelques minutes plus tard, sans en croire ses yeux, elle vit Mathieu monter en direction de La Bergerie.

Vite, elle s'empressa de cacher la toile derrière un paravent et posa un tableau depuis longtemps délaissé sur son chevalet. La manœuvre lui prit trois minutes, et Mathieu était déjà là.

Souvent, elle avait songé à ce que seraient leurs retrouvailles après ces semaines d'éloignement et de non-dits, imaginé plus de vingt fois la scène, la modifiant chaque fois selon son état d'âme. Elle s'était vue tantôt émue, tantôt agressive, parfois indulgente. Elle s'était entendue prononcer des mots durs, des reproches mais aussi des paroles de pardon et de réconciliation. Jamais elle n'avait pensé qu'elle resterait plantée là, froide, indifférente et nullement troublée par sa présence.

— Salut ma belle, je viens faire la paix.

— La paix ? Nous étions en guerre ?

À sa grande surprise, sa voix était parfaitement claire.

— Je sais que tu m'en veux. Je ne suis pas venu depuis longtemps, je n'ai pas répondu à tes messages… Mais me voilà.

Il l'avait enlacée sans tenir compte de ses mains encombrées, l'une du pinceau l'autre de la palette, ni de sa blouse tachée de couleurs. Les bras levés, elle se dégagea doucement.

— J'ai aperçu Damien de loin. Que faites-vous chez Raymond Boissenet ? Ne me dis pas que vous lui installez une alarme !

— Si. Et ce n'est pas une mince affaire. Ceux qui lui ont rapporté son Witzberg de Berlin ont réussi à le persuader d'en placer une. Le problème, c'est qu'il n'y a pas de prises de courant dans ces vieilles bicoques. J'ai laissé Damien tirer des fils… Tu ne pourrais pas laisser tes pinceaux quelques minutes pour qu'on puisse parler ?

— Non, je suis en plein travail.

— Tu peins, ce n'est pas du travail !

— Pour moi, c'est un travail, s'emporta-t-elle.

— D'accord, d'accord, je repasserai tout à l'heure, vers midi. Tu auras quelque chose de bon à manger ?

Sans attendre sa réponse et avec son sans-gêne coutumier, il ouvrit la porte du réfrigérateur et fit la grimace.

— Je me demande de quoi tu te nourris. Peut-être qu'avec l'aide du gîte, tu pourrais…

Excédée par son attitude qu'elle avait si souvent excusée, elle lui coupa la parole.

— Non, Mathieu, tu ne déjeuneras pas ici. J'ai autre chose à faire que de te préparer un repas.

Le ton de sa voix était plus tranchant qu'une lame de couteau. Il se redressa, surpris, bredouilla quelques mots de protestation qu'elle interrompit sèchement :

— Au refuge, tu trouveras le menu du randonneur : polenta et saucisses. À toi de voir.

— Alors tu me chasses ?

Elle laissa passer quelques secondes avant d'affirmer d'une voix tranquille :

— Tu t'es chassé tout seul, Mathieu.

Il fit un pas vers elle, la dévisagea curieusement comme s'il la découvrait soudain. Elle ne baissa pas les yeux, inflexible. Tout était dit. Alors, haussant les épaules, il sortit de la maison. Elle le regarda descendre le chemin, sans regret ni amertume.

Elle s'étonnait simplement d'avoir pu un jour tomber amoureuse de lui.

***

Le lendemain de la Toussaint, le tableau fut enfin terminé et Jessy posa la signature de Witzberg parfaitement imitée au bas de la toile. À cet instant, elle aurait dû éprouver un sentiment de fierté ou de soulagement. Au contraire. Une impression vague mais taraudante s'était glissée dans son esprit comme lorsqu'on déroule un fil et qu'on n'en trouve pas l'extrémité. Peut-être manquait-il quelque chose. Elle ne savait pas quoi mais elle ne voulait plus toucher à rien.

Il est parfait. C'est un véritable Witzberg.

Tournant son visage vers la photographie, elle interrogea le couple : *N'est-ce pas qu'il est parfait ?*

Sauf que…

Quand elle éteignit la lumière, le soir, dans sa chambre, elle s'efforça de garder à l'esprit la satisfaction du travail bien fait. Mais, dans la nuit, elle fut brusquement réveillée par une sensation étrange, une information capitale qu'elle devait absolument découvrir. Elle se leva, s'enveloppa dans sa robe de chambre et se rendit à l'atelier.

Il faisait chaud dans la pièce ; le radiateur à air ronronnait doucement, les lampes de séchage projetaient sur le tableau des lueurs incandescentes. Elle alluma la grosse ampoule au plafond. Les lueurs disparurent, la peinture explosa sous ses yeux. Le désert, le galop… Magnifique !

Toutefois…

Elle se laissa tomber dans le fauteuil, l'esprit en déroute. Qu'est-ce qui n'allait pas ?

Un craquement sur la terrasse la fit sursauter, il y avait une silhouette familière derrière la baie vitrée. Galaad. Attiré par la lumière, le chien s'était approché pour tromper sa solitude.

— Galaad ? Tu as encore sauté la barrière.

Elle hésitait à lui ouvrir. Le chien s'assit, immobile, l'implorant du regard.

Le regard de ce chien !

Alors elle comprit.

Je n'ai pas trouvé le regard.

Elle reprit ses pinceaux, ses couleurs… Pourquoi avait-elle laissé la tête de l'animal dans l'ombre ? La dernière œuvre de Witzberg, *L'Abattement*, surgit dans son souvenir. Le regard de la biche. *Comment ai-je pu faire une telle impasse ? Jamais Witzberg n'aurait laissé passer l'occasion d'exprimer une émotion aussi forte : espoir, impatience des chevaux galopant vers la source.*

Galaad, regarde-moi ! Montre-moi tes yeux !

Le pinceau volait sur la toile. Sa main n'hésitait pas. L'œil de profil, la pupille, les cils…

Cette fois, c'était fini, vraiment fini. Elle recula de trois pas, s'arrêta. L'émotion du tableau était si réelle qu'elle faillit en pleurer de joie. Alors lentement, elle posa son pinceau et ouvrit la porte à l'animal qu'elle serra dans ses bras.

***

Deux mois plus tard, Jessy roulait en direction de Monaco.

Le cabinet d'expertise, rue Grimaldi, dans la Principauté, aurait pu passer inaperçu sans la plaque dorée apposée sur le mur, près d'une lourde porte en bois. Au téléphone, le secrétaire avait dit à Jessy qu'elle pouvait se garer sur l'emplacement réservé au personnel. Elle sortit du coffre la valise de Witzberg contenant le tableau enveloppé dans plusieurs couches de papier bulle.

Elle connaissait le cabinet de réputation et l'avait choisi pour sa discrétion et sa fiabilité auprès des professionnels.

Quand elle l'avait contacté par courriel, ajoutant la photographie du tableau en pièce jointe, la réponse ne s'était pas fait attendre. Doumer Aimé-sans-e, expert en œuvres d'art et directeur du bureau, avait décroché son téléphone. Il s'était montré vivement intéressé, lui avait posé quelques questions et fixé un rendez-vous pour le jeudi suivant, c'est-à-dire trois jours plus tard. Il avait une voix haut perchée, à la fois doucereuse et impérative.

— Venez avec la valise, avait-il précisé.

— Valise en bois et carton bouilli.

— Une antiquité, je suppose.

— Par bonheur, je ne voyagerai pas en train. Je risquerais d'attirer l'attention sur moi.

Elle trouvait matière à plaisanter mais, dans sa poitrine, son cœur battait à tout rompre. Si Doumer s'était donné la peine de l'appeler en personne, c'est qu'il avait flairé la bonne affaire.

Les bureaux occupaient tout le premier étage ; elle dédaigna l'ascenseur. Un jeune homme en costume sombre vint lui ouvrir, la débarrassa avec courtoisie de la valise et de son manteau et la précéda dans le couloir.

— M. Doumer vous attend. Il est impatient de voir le tableau.

Dans son courriel, elle avait expliqué qu'elle avait racheté La Bergerie qui avait abrité le couple Witzberg quelques mois avant leur fuite en Suisse. C'est en faisant des réparations dans le toit qu'elle avait trouvé, sous les tavaillons, la valise et, à l'intérieur, la toile.

Ventru, de petite taille, chaussé de lunettes rondes, Doumer Aimé-sans-e, précisa-t-il une nouvelle fois, ressemblait à Prof, l'un des sept nains de Blanche-Neige, le bonnet en moins, le costume trois-pièces en plus. Main tendue et le visage grave, il traversa la pièce, un bureau cossu avec table de travail en chêne, couple de fauteuils de style Régence et aux murs une tapisserie d'Aubusson et quelques tableaux. Jessy reconnut un intérieur paysan des frères Le Nain et une prairie anglaise de John Constable, doutant que ce fussent des copies. Ils se saluèrent poliment tandis que le secrétaire posait la valise sur un plateau, laissant à son patron le soin de sortir la toile de ses multiples protections.

— La valise est déjà, à elle seule, un bel objet. C'est vous qui avez emballé le tableau ?

— Oui, je craignais les chocs pendant le voyage. Le châssis est un peu abîmé mais la toile est en bon état.

Elle espérait que les petites craquelures provoquées par le séchage rapide conforteraient son authenticité.

Les deux hommes se turent pendant de longues minutes, les yeux fixés sur le tableau. Un peu en retrait, Jessy pressait ses mains l'une contre l'autre pour les empêcher de trembler.

— Vrai ou faux, il est tout simplement magnifique, glissa le jeune homme.

— Si c'est un Witzberg, vous avez mis la main sur une pièce rare qui doit valoir une petite fortune, affirma Doumer toujours penché au-dessus de l'œuvre.

À la différence de son secrétaire, il s'intéressait beaucoup plus à sa valeur pécuniaire qu'à ses qualités picturales. Il se redressa enfin et se tourna vers la jeune femme.

— L'examen prendra plusieurs jours, ensuite mes collaborateurs et moi ferons une estimation. Souhaitez-vous attendre dans la Principauté ?

— Je préfère rentrer chez moi. Prévenez-moi dès que vous aurez une réponse. Inutile de vous dire que je suis impatiente.

Il l'observa par-dessus ses lunettes, cherchant à lire dans ses pensées, et ne trouva qu'un mélange d'inquiétude et d'espoir, sentiments très naturels compte tenu des circonstances. Puis, son regard revint inexorablement vers le tableau.

— *La Source !* Quelle étrange idée, il n'y a aucune source sur ce tableau.

Jessy approuva sans mot dire, lui laissant l'initiative de l'interprétation.

— Mais s'il l'a peint pendant la période où il était recherché, on peut à la rigueur comprendre, commenta-t-il de sa voix aiguë. Witzberg a toujours nommé ses tableaux selon son émotion du moment. C'était un homme extravagant… sentimental…

Il laissa passer un silence avant d'ajouter :

— … Et ses peintures sont un excellent placement.

***

En Haute-Savoie, la neige avait fait son apparition, pas au point de permettre l'ouverture de la station mais suffisamment pour s'y préparer. Sur les pentes de Monteloup, les travailleurs de l'or blanc s'activaient déjà. Grincements des câbles, roulements des remontées mécaniques, grondements des dameuses tassant la première couche, autant de bruits se répercutant de rocher en rocher, accompagnés d'odeurs de graisse et de fioul, heureusement vite dissipées par le vent.

À l'inverse, au Villaret, on écoutait le silence. Les randonneurs chaussaient les raquettes, inauguraient les sentiers de leurs premières traces dans une poudre immaculée. Ils se pressaient nombreux chaque week-end pour venir respirer l'air pur. La majesté paisible de la montagne les accompagnait.

— Qu'est-ce qu'on va devenir ? s'inquiétait Viviane. Qui va vouloir faire de la randonnée en raquettes si on a une noria de bennes roulant au-dessus de nos têtes ? Il faudrait un miracle pour nous tirer d'affaire.

Jessy gardait le silence. Incapable d'une pensée cohérente, elle attendait. Elle ne dormait plus qu'en pointillé, avalait ses repas sans appétit et occupait ses journées à parcourir les sentiers en compagnie de Galaad que la neige galvanisait. Elle évitait les frères Jourdan. Leur morosité l'aurait achevée. Pourtant, elle pensait souvent à eux, observait Vincent, quand il entraînait ses chiens ou prenait la tête d'un groupe de marcheurs. Ils se saluaient de loin mais elle n'allait pas vers lui, craignant de lire l'espoir ou la défaite dans ses yeux.

C'est pour moi que j'ai fait ce tableau. Mais je l'ai fait aussi pour eux, pour Viviane, pour le hameau. Je risque la prison pour cela.

La peur la gagnait parfois ; elle s'efforçait de la chasser pour espérer encore. Les jours traînaient, interminables.

Un après-midi, Jessy, dans son atelier, tentait de se concentrer sur une nouvelle toile, quand le téléphone sonna.

— Mademoiselle Delmass ? Le cabinet d'expertise Aimé Doumer, lança une voix féminine. Je vous passe M. Doumer…

Elle ferma les yeux. Dans sa poitrine, son cœur manqua un battement.

— Félicitations, mademoiselle Delmass, annonça l'expert d'une voix forte qui avait perdu ses accents doucereux, c'est bien un Witzberg. Et un très bon Witzberg !

La nouvelle, à la fois tant redoutée et tant espérée, la laissa sans voix. Elle se laissa tomber dans le fauteuil, les jambes flageolantes.

— Allô, mademoiselle Delmass ?

— Oui, je suis là. C'est tellement…

— Je devine votre émotion.

En quelques phrases rapides, il lui expliqua les tests effectués sur la toile, les prélèvements des poussières sous le châssis, l'analyse spectroscopique, la découverte du gesso sous la peinture, l'examen des couleurs…

— Je ne vous apprends rien. Vous êtes dans le métier. Savez-vous que Steffen Witzberg a peint son tableau en deux temps ? La première ébauche n'a pas dû lui plaire. Il a peint par-dessus. Ça lui arrivait souvent…

Doumer poursuivait son exposé sur un ton passionné, parlant de peintures célèbres qui n'étaient que des copies, des méthodes de ses ateliers pour les détecter, des compétences de ses collaborateurs qui n'hésitaient pas à utiliser la technologie moderne pour dépister les faussaires. Jessy, les joues en feu, incapable de proférer un son, écoutait son interlocuteur sans l'interrompre. C'est à peine si ses mains pouvaient tenir le téléphone.

— Vous m'aviez laissé entendre que vous souhaitiez le vendre. Vu la qualité et l'originalité du tableau, la mise à prix pourrait débuter à 2 millions. Je vous parle en connaisseur. À condition de le placer dans une bonne vente, il pourrait monter facilement jusqu'à 3 millions. Peut-être plus. C'est un Witzberg. Je suis sûr que la Fondation Witzberg ferait monter les enchères. Laissons passer les fêtes de fin d'année, car il n'y a pas grand-chose en ce moment et l'hôtel des ventes ne présente plus que quelques pièces sans grand intérêt. Disons en février…

Jessy, au prix d'un effort incommensurable, parvint à retrouver ses esprits.

— Je ne peux pas me permettre d'attendre jusque-là.

Au bout du fil, il y eut quelques raclements de gorge suivis d'un profond soupir.

— Je vois… je vois…

En réalité, Aimé Doumer ne voyait pas grand-chose. Comment aurait-il su que la commune de Monteloup avait mis une date butoir avant de commencer les travaux au Villaret. Seule la vente rapide du tableau pourrait les en empêcher.

— Par ailleurs, je souhaite m'entourer de la plus grande discrétion. Un matraquage médiatique desservirait mes projets.

— Je comprends votre réserve, cependant il est de mon devoir d'inscrire cette pièce au catalogue des œuvres de Witzberg, affirma Doumer.

— Je sais.

— J'aimerais aussi glisser un article, avec photo à l'appui, dans quelques revues spécialisées, poursuivit-il de sa voix doucereuse mais autoritaire. Sans citer votre nom, bien sûr. C'est une marque de reconnaissance pour notre cabinet qui a authentifié la toile.

— Je suis d'accord.

— Quant à une vente rapide, c'est plus compliqué. Je vais voir ce que je peux faire auprès de mon réseau de collectionneurs. Je vous tiens au courant.

Jessy raccrocha. Sa main, son téléphone luisaient de sueur. Elle laissa passer de longues minutes avant de se lever pour se verser un verre de génépi.

La nuit qui suivit fut sans sommeil. Les 2 millions d'euros dansaient devant ses yeux… Et il ne restait qu'un mois avant l'échéance définitive qui transformerait Le Villaret en station touristique.

La Fondation Witzberg était capable de payer une telle somme mais elle ne voulait pas vendre à la Fondation, ni même à un musée.

C'était un faux !

Quelque chose qui relevait d'un profond sentiment de culpabilité le lui interdisait. Sa morale, pour ne pas dire sa déontologie, se rebiffait. Qu'un richissime particulier l'accroche dans son salon ou sa bibliothèque et qu'il s'enorgueillisse auprès de ses amis de posséder un Witzberg, voilà qui était à ses yeux concevable. Mais que des milliers de visiteurs, d'admirateurs, se fassent gruger par une imitation lui paraissait inadmissible, elle était bien consciente de l'escroquerie. Il lui fallait trouver un particulier.

Au milieu de la nuit, elle se leva, dressa une liste des choses à faire : ouvrir un compte en ligne, mettre le tableau sur les réseaux sociaux – problème : elle n'avait pas de certificat d'authenticité ; personne ne la prendrait au sérieux sans ce papier – envoyer un courriel à Doumer, récupérer le certificat, le mettre avec la photo sur un site de vente… La Fondation allait foncer dessus… Elle ferma les yeux, étourdie par la fébrilité qui la gagnait, menaçait son entendement. Elle déchira la liste, s'approcha de la vitre et resta un long moment, seule, face à la nuit. Dehors, il neigeait…

Les flocons tombaient toujours quand la sonnerie de son portable la réveilla. Elle mit plusieurs secondes à émerger du sommeil. La sonnerie prit fin, là-bas, quelque part dans la chambre, suivie du bip indiquant un message laissé par son interlocuteur. Alors seulement son regard se posa sur l'horloge de la cuisine où elle s'était finalement endormie dans un vieux fauteuil : midi moins le quart. Elle poussa un cri et courut récupérer son téléphone. Amélia.

Les ondes durent s'affoler en entendant les vociférations de la jeune femme.

— Jessy ? Mais où es-tu donc passée ? Ça fait trois fois que je t'appelle. Tu as écouté mes messages ?

— Non. Je viens juste de me réveiller.

— Te réveiller ? Mais tu as vu l'heure ? Tu es malade ? Pourquoi ne m'as tu rien dit ?

— Doucement, Amélia. Une question à la fois. Oui, je viens de me réveiller. Non, je ne suis pas malade mais j'ai très mal dormi.

— Tu te fais du souci à cause de cette télécabine.

— Oui, c'est à peu près ça.

— Écoute, Jessy, souviens-toi de ce que dit le Dalaï-Lama…

— Amélia, ce n'est vraiment pas le moment de me citer le Dalaï-Lama.

— Si ton problème a une solution, pourquoi t'inquiéter ? S'il n'en a pas, ce n'est pas en te faisant du souci que tu le résoudras, cita approximativement Amélia d'une voix sentencieuse.

Jessy leva les yeux au ciel.

— Dis-moi plutôt ce qui t'amène, ça semble urgent…

— Figure-toi que Loïc m'invite au Villaret pour mes premières leçons de ski de fond.

Jessy jeta un coup d'œil dehors. La neige avait laissé un beau manteau. Les pistes allaient ouvrir, peut-être pas le ski alpin à Monteloup mais le ski de fond certainement.

— Je me suis acheté un bel équipement. Et tu verrais ma tenue : noire et rose fluo. Impossible de passer inaperçue. Je prends la route dans l'après-midi. Je voulais partir ce matin mais j'ai dû laisser la voiture au garage pour qu'ils me mettent des pneus neige…

Seigneur ! Les pneus neige, elle avait complètement oublié de s'en occuper.

— Loïc m'a dit qu'il y avait de la place au refuge. Mais je n'ai pas envie de me retrouver dans un dortoir, avec des lits superposés et des gars qui ronflent toute la nuit. Quant à partager sa chambre… Je ne suis pas encore prête à franchir le pas. C'est pour moi tellement nouveau de fréquenter un homme. Avec Corine…

— Arrête, Amélia, la coupa Jessy, soudain autoritaire. En fait, ce que tu me demandes, c'est de t'héberger quelques jours. C'est d'accord. On discutera de tes opinions sur les hommes quand vous aurez fait plus ample connaissance. Maintenant je dois te laisser, j'ai un tas de choses à faire.

Elle promena son regard sur la pièce. Elle ne savait par où commencer. Amélia allait débarquer avec son matériel, sa valise, un coffre rempli de victuailles. Il fallait lui faire de la place dans les placards et le garage. Les pneus neige, elle n'y avait pas pensé, trop préoccupée par son voyage à Monaco, elle verrait ça plus tard. Si la route était dégagée, elle devait descendre au plus vite à Monteloup et s'arrêter à la station-service avant que la neige empêche tout déplacement sans équipements. De retour, elle s'installerait devant son ordinateur et contacterait le cabinet Doumer pour le prévenir qu'elle allait chercher un particulier sur Internet. La fébrilité la gagnait à nouveau. Elle refusa de s'y soumettre. D'abord, prendre une douche et avaler quelque chose.

Une heure plus tard, la maison était prête pour accueillir Amélia. Jessy avait revêtu un pantalon chaud couleur d'automne et un gros pull en laine d'alpaga. Elle tenait à affronter l'élégance de son amie sur un pied d'égalité. Elle allait refermer la porte de la grange après avoir poussé sa voiture dans un angle quand elle tomba sur Vincent qui quittait le refuge, deux bottes de foin arrimées dans le dos, une paire de raquettes aux pieds. Les yeux gris-vert, indéchiffrables, se posèrent sur elle.

— Vous nous évitez ou la peinture vous tient-elle à l'écart du monde ? demanda-t-il en s'avançant vers elle.

Il était tête nue, malgré le froid, vêtu seulement d'un pull de laine et d'un pantalon de randonnée. Même sa main était chaude quand il serra la sienne. La crainte de paraître osée l'empêcha de lui en faire la remarque.

— Rien de tout cela. Un peu de fatigue tout au plus. Quelles bêtes allez-vous donc nourrir ?

— Sans doute quelques chamois. Quand les chutes de neige sont trop fortes, on leur apporte un peu de foin. Ils ont l'habitude de se rendre à la grotte au-dessus du lac.

Elle hocha la tête, elle connaissait le lieu.
— Seriez-vous partante ?
— En raquettes ?
— C'est plus prudent de les emporter. La neige s'accumule par endroits. On peut facilement s'enfoncer. Il faut compter une heure et demie de montée et un peu moins pour descendre.
— L'idée me plaît et j'ai besoin de prendre l'air.
Elle jeta un coup d'œil par-dessus son épaule
— Je ne vois pas vos chiens. Ils sont enfermés ?
Le visage de Vincent s'éclaira d'un sourire.
— Avec une telle neige ? Vous plaisantez. Ils sont partis ce matin avec un ami musher pour un entraînement. Je pensais que vous auriez entendu le raffut quand on a sorti le traîneau. Je n'ai pas voulu priver Galaad de la fête mais il ne tractera pas.
Tout en parlant, il déporta son poids d'une jambe sur l'autre. Elle fut surprise par sa souplesse, la légèreté de ses mouvements.
— Alors on y va ?
— J'attends mon amie Amélia, le temps de lui écrire un mot et j'arrive…
— Prenez un sac et quelques affaires…
Le sentier se faisait plus étroit à mesure qu'ils grimpaient. La neige avait cessé de tomber mais le froid s'intensifiait. Le sol durci craquait sous leurs pas, rendant les raquettes inutiles. Des herbes folles brûlées de gel surgissaient parfois sur les bas-côtés, entre les blocs de roche. Un pâle soleil se leva derrière la brume, inondant la montagne d'une clarté mouvante. Vincent marchait devant, Jessy suivait quelques mètres derrière, dans ses traces, consciente qu'il diminuait ses enjambées pour elle. L'air vif, l'effort soutenu, la beauté du paysage insufflaient en

elle un sentiment d'exaltation, reléguant ses incertitudes dans le tréfonds de son inconscient. Quand il se retourna pour lui demander si tout allait bien, si le sac, où elle avait entassé pêle-mêle nourriture, Thermos et vêtements, ne pesait pas trop sur ses épaules, sa sollicitude renforça son impression de bonheur euphorique et elle se sentit débordante de vie et d'allégresse.

La grotte apparut enfin. Ce n'était pas une grotte à proprement parler, plutôt le surplomb d'un rocher au-dessus d'une aire plate, recouverte de terre et de cailloux.

— Nous y voilà, lança Vincent en détachant son harnais.

Il tira un couteau de sa poche, coupa les liens qui serraient les bottes, tandis que Jessy se libérait de son sac. Une fois le foin repoussé en tas contre la roche, il se tourna vers elle, plongea son regard dans le sien.

— Vous êtes une bonne marcheuse.

— Et vous un rude grimpeur. Vous avancez toujours à cette allure quand vous accompagnez un groupe ? ironisa-t-elle, dissimulant sa fierté derrière un ton grondeur.

— Non, je m'adapte à leur rythme et principalement à la difficulté du terrain.

Il prit le gobelet de café qu'elle lui tendait et grignota quelques biscuits.

— Très bonne idée, la boisson chaude. Seul, je n'aurais pas pris de sac.

Leurs regards se promenaient au-dessus d'une pente abrupte ponctuée de roches où la neige s'accumulait. La brume bouchait l'horizon, jouait avec la pointe des arbres. Même la grisaille était belle.

— Si le projet de sacrifier Le Villaret se maintient, cette zone fera une excellente piste, survolée de câbles et de télésièges, énonça-t-il d'une voix morose.

— Je préfère ne pas y penser.

— Il faut pourtant s'y préparer. Même si cela nous plonge dans l'amertume.

— Que deviendront les chamois que vous nourrissez ?

— Ils partiront, trouveront d'autres refuges. En Vanoise, les gardes du parc leur montent aussi du foin en hiver.

Il hésita une seconde avant d'ajouter sans la regarder :

— Cynthia n'a rien pu faire.

Les regrets, la tristesse résonnaient dans sa voix.

— Les frais pour l'entretien des parcs sont de plus en plus lourds et les subventions diminuent.

— Elle vous a appelé pour vous le dire ?

— Je l'ai rencontrée. Elle habite Monteloup, vous savez. Elle prend la chose très à cœur.

Jessy garda le silence. Dans son esprit flottaient 2 millions et un faux Witzberg.

— Allons-y, lança-t-il pour couper court. Nous descendrons par un autre chemin plus rapide. La nuit tombe vite. Surtout restez dans mes traces, au plus près. Si je sens qu'on s'enfonce, nous mettrons les raquettes.

Ils gagnèrent rapidement la forêt et sa pénombre. Il était à peine seize heures et déjà l'obscurité les environnait. Jessy se concentrait sur les empreintes, ses pas dans ceux de Vincent. Tout près, comme il l'avait demandé. Elle baissait la tête, préoccupée par l'idée de ne pas glisser, de ne pas ralentir la marche. Tout sentiment de joie et de félicité l'avait quittée. Était-ce la culpabilité qui surgissait à nouveau ? L'évocation de

Cynthia et de son échec ? Ou simplement le désespoir de Vincent quand il avait parlé de son ex-femme ? Elle ne savait pas, ne voulait pas savoir, focalisée sur la descente, les yeux sur ses chaussures, absorbée par le bruit de la neige qui craque, se fendille, s'enfonce…

Soudain, Vincent s'arrêta et ce fut le choc. Brutal. Elle se cogna à lui violemment.

— Pardon… Je…

Il la retint par la taille. La serra contre lui. L'étreinte ne dura que quelques secondes, le temps qu'elle respire la chaleur de son pull, l'humidité de ses cheveux, qu'elle sente la force de son bras autour de son corps. Ils se séparèrent, poussés par le même embarras, celui qu'on éprouve quand l'émotion est trop vive au point d'être insupportable.

— Je suis désolé, murmura-t-il. J'ai cru voir un lièvre ou une fouine.

— À cette heure ?

— C'est possible. Avez-vous vu quelque chose ?

— J'avais les yeux rivés au sol.

— Ce qui me surprend, c'est de n'avoir rien entendu. D'habitude, je reste aux aguets. Regardez, je ne me suis pas trompé, ce sont bien les traces d'un petit animal. Peut-être un renard…

— Possible. Il y en a quelques-uns dans ce coin.

Ils parlaient rapidement, comme s'il n'était rien arrivé, soucieux l'un et l'autre de banaliser l'instant, de le rendre inconsistant, indigne d'être gardé en mémoire. Pourtant il était bien là, encore vivant, avec ce sentiment que quelque chose s'était passé entre eux, avait laissé l'empreinte d'une possible tendresse à venir.

— Allons-y. Nous le rencontrerons peut-être plus bas.

Ils suivirent les traces sur quelques mètres avant qu'elles ne se perdent au milieu des sapins.

Une fois au Villaret, ils s'arrêtèrent devant La Bergerie. Vincent aperçut les deux voitures garées dans la grange.

— Amélia est arrivée.

— Je vois.

— Peut-être votre ami l'a-t-il accompagnée. Monter à moto par ce temps n'est pas chose facile.

— Ce n'est pas prévu, répondit-elle en détournant les yeux.

Ils se séparèrent sur une poignée de main sans chaleur. Cynthia et Mathieu dressaient une frontière entre eux, réduisant à néant l'émotion partagée.

***

Devant la cuisinière, Amélia s'affairait.

— Enfin te voilà, mais où étais-tu passée ?

— Je t'ai laissé un mot : Vincent et moi sommes allés porter du foin aux chamois.

Amélia essuya ses mains sur son tablier avant d'embrasser son amie.

— J'ai cru à une plaisanterie. Nourrir les chamois ? C'est une blague ! Que se passe-t-il exactement entre Vincent et toi ?

Jessy haussa les épaules, repoussant d'un geste la question.

— Rien, absolument rien. Sinon, la même appréhension devant les jours qui passent, n'apportant aucune solution pour sauver Le Villaret des bulldozers.

— Loïc est dans le même état. Je n'ai pas eu besoin d'aller au refuge pour le voir. Dès qu'il a entendu la voiture, il est sorti. On a bavardé… J'espère le dérider un peu. Demain, ski de fond… en amoureux.

— En amoureux ? Amélia !

— Quoi ? J'ai bien le droit de changer de vie, s'insurgea-t-elle devant la mine offusquée de Jessy. Et toi aussi, tu ferais bien de changer la tienne ! Si ta rupture avec Mathieu a coupé ton inspiration et ton talent, je te conseille vivement de renouer. J'ai regardé dans ton atelier. Tu n'as rien fait depuis des semaines. Pire, tu as ressorti ce truc minable que tu n'as heureusement jamais terminé.

Jessy regarda ailleurs.

Pourtant elle avait peint, elle n'avait fait que ça d'ailleurs : peindre.

Peindre un faux Witzberg.

— Je vais m'y remettre, annonça-t-elle fermement. Mais dis-moi, d'abord ce que tu nous prépares.

— Je me suis arrêtée à la coopérative fruitière pour acheter du reblochon. Ce soir, tartiflette, avec une belle couche de fromage, gratiné au four, quelques bulles en surface et fondant à cœur… Ça va être un vrai régal !

Dès le lendemain, ainsi qu'elle l'avait promis, Jessy sortit ses pinceaux et se mit au travail. Amélia, vêtue comme le mannequin d'une marque de sport, avait apporté sa mallette de maquillage et s'était dessiné des yeux de biche et des lèvres soyeuses.

— Quand tu seras tombée une dizaine de fois, il n'en restera plus grand-chose, prophétisa Jessy d'un ton sentencieux.

— Je ne tomberai pas.

Jessy se retint d'éclater de rire.

— Il n'y a pas plus instable que le ski de fond.

— Je ne tomberai pas, je te dis. Je me suis entraînée si tu veux tout savoir !

— Où ça ? Dans les rues de Lyon, sur une trottinette électrique ? pouffa Jessy, cette fois franchement moqueuse.

— J'ai pris une carte dans une salle de sport et j'ai demandé à un coach de me préparer. Si je tombe, ce sera uniquement sur le côté. Loïc m'aidera à me relever. Excellente occasion pour qu'il me prenne dans ses bras. J'ai tout prévu.

Jessy leva les yeux au ciel.

— File avant que je te chasse de chez moi !

Jessy s'installa devant son chevalet, palette à la main, observa la toile muette pendant quelques secondes. Oublier le style de Witzberg, peindre pour elle. Elle trempa son pinceau dans une teinte, presque au hasard. Une tache de couleur apparut qu'elle soutint d'une première ligne. Ce qu'elle appelait sa ligne de force. À la différence de Witzberg, elle ne savait jamais où elle allait, sans thème, ni sujet prémédité. Le tableau décidait pour elle. Après quelques traits, une figure apparut, une émotion aussi. C'est ce qu'elle voyait, ressentait. Ce matin, la lumière explosait.

Mon Dieu ! Pourvu qu'ils ne fassent pas exploser la montagne…

Vers midi, Jessy entendit le pas hésitant d'Amélia traverser le séjour en boitillant et monter à l'atelier en gémissant, accrochée à la rampe. Avec un sourire de compassion, elle la regarda choir dans un fauteuil, les bras de chaque côté des accoudoirs, épuisée, fourbue, mais le maquillage toujours impeccable.

— Alors ?

— Épouvantable !
— Je t'avais prévenue.
— Ce qu'il ne faut pas faire pour séduire ce P.P.C.
— Ce P.P.C. ?
— Ce Putain de Prince Charmant !

CHAPITRE 7

Amélia ne resta que quelques jours. Elle prenait chaque matin sa leçon avec Loïc, en revenait de plus en plus enthousiaste, le corps épuisé et les yeux dans le vague. Le dernier jour, affalée dans son fauteuil habituel, elle avoua après maints geignements de douleur :

— Je suis en train de tomber amoureuse.

— Est-ce une surprise ?

— Oui. Ce n'était pas mon but. Je voulais simplement tenter une expérience. Désormais, je suis sous le charme. Il est… il est tout simplement irrésistible, l'homme idéal…

— Celui dont tu as toujours rêvé, coupa Jessy.

— Faux. Je n'ai jamais rêvé d'un homme. Je viens seulement de m'apercevoir que c'est possible.

— Je préfère que tu le saches, il m'a dit un jour qu'il n'était pas fidèle.

— Ça m'est égal ; je m'arrangerai pour qu'il le devienne.

Amélia se leva avec difficulté, appuya ses mains dans le bas du dos.

— On s'est quittés avec la promesse de se revoir bientôt. Finie, la neige. Je vais reprendre mon entraînement en salle. En attendant, il est temps que je prépare ma valise.

Elle jeta un regard consterné sur le chevalet.

— Et toi, essaye de travailler sérieusement. Tu n'as guère avancé.

— Ne t'inquiète pas. L'inspiration est là.

Jessy n'avait pas abandonné sa toile. Mais elle avait profité des matinées où elle était seule pour travailler à ses affaires, ouvrir un compte en ligne, envoyer un courriel à Monaco demandant qu'on lui envoie rapidement le certificat.

Après le départ d'Amélia, en début d'après-midi, elle ouvrit sa boîte mail, trouva la réponse du cabinet d'expertise lui demandant de l'appeler après les heures d'ouverture, leurs lignes téléphoniques étant saturées dans la journée. Le message était bref, concis, pressant mais sans le certificat espéré. Elle consulta sa montre. Trois heures à attendre. Elle relut le message, chercha en vain la pièce jointe. Rien. Pourquoi cette omission ? Quelque chose ne tournait pas rond. Aimé Doumer avait-il révisé son jugement, souhaitait-il reprendre l'expertise du tableau ? Postée devant la fenêtre, elle sentait l'inquiétude l'envahir.

Dehors, le ciel boursouflé de nuages gris annonçait la neige. Le silence du hameau et sa sereine tranquillité l'éprouvèrent douloureusement. Serait-ce son dernier hiver dans l'isolement ? Les toits des maisons se serraient les uns contre les autres comme pour se protéger du froid. Plusieurs chalets, des résidences secondaires, avaient ouvert leurs volets et de nombreuses cheminées fumaient dont celle du gîte. Viviane attendait un groupe d'une vingtaine de personnes pour la semaine. Le fourgon de Gilles servirait de navette pour ceux qui souhaitaient skier à Monteloup, la station ouvrant ses pistes ce week-end. Pour les autres, c'était le ski de fond ou les promenades en raquettes. Apercevraient-ils le renard, là-haut ? Ou quelque chamois ? Vincent avait attelé les chiens, ce matin, emmenant un couple respirer l'air vif. Une famille avec deux jeunes enfants attendait qu'ils reviennent pour profiter à leur tour du traîneau. Noël n'était pas encore là mais déjà les amateurs de glisse se pressaient. C'était comme si les gens se hâtaient de venir au Villaret avant qu'il ne soit investi par les machines ; les habitués, pour un dernier séjour dans le silence, les autres, pour connaître ce hameau réputé pour son authenticité et son calme. La presse, relayée par les réseaux sociaux, annonçait dans un bulletin hebdomadaire le montant de la souscription qui n'augmentait plus guère depuis un mois. Plus personne ne croyait au miracle. Le Villaret en tant que site classé était en train de mourir doucement.

Jessy retourna au tableau, se planta devant lui, l'examina sans concession durant plusieurs minutes puis le redescendit du chevalet pour le poser face au mur dans un coin de la pièce. Non, elle refusait de voir la montagne exploser !

Elle reprit une autre toile, un autre format, pour ne pas être influencée par le précédent.

J'ai besoin de me vider la tête, pensa-t-elle.

Mais elle ne pouvait chasser de son esprit l'image de *La Source*, ce faux Witzberg qui pouvait tout changer. Elle devait le vendre. Elle y était désormais résolue.

Rageusement, elle griffa la toile de plusieurs coups de pinceau, changea d'outil, choisit le couteau puis la brosse pour enfin tout reposer, convaincue qu'elle ne faisait rien de bon. Elle se laissa tomber dans le fauteuil, à la manière d'Amélia, les bras pendant de chaque côté des accoudoirs, ses longues jambes allongées devant elle.

Oui, j'ai de belles jambes. Et alors ? Ça m'avance à quoi ?

Autour d'elle, les objets familiers, chevalets, tiroirs à couleurs, boîtes à pinceaux, étagères de livres d'art, lui semblaient étranges, comme privés de vie, décor d'une pièce de théâtre dont l'acteur principal refuserait de jouer. Ses joues la brûlaient. Elle pressa ses paumes sur son visage pour les rafraîchir et resta un long moment les yeux dans le vague.

Soudain, la sonnerie de son portable déchira le silence. Jessy sursauta, surprise en plein délire. *Amélia qui appelle pour dire qu'elle est bien arrivée.* Jessy ne prit pas la peine de se lever avant de réaliser qu'Amélia ne pouvait pas être encore arrivée. Elle n'était partie que depuis une heure et demie et à moins d'avoir roulé à deux cents à l'heure sur l'autoroute… avec des pneus neige… D'un bond, elle se rua sur son téléphone, numéro inconnu, elle prit l'appel juste à temps. À l'autre bout du fil, il y eut un silence, puis :

— Mademoiselle Delmass ? Jacinthe Delmass ?

Elle aurait reconnu cette voix entre mille : Aimé Doumer. Son cœur s'emballa.

— C'est moi.

— Je vous appelle de ma voiture entre deux rendez-vous. Je suis débordé en ce moment mais je n'ai cessé de penser au Witzberg. Vous voulez toujours vendre ? Oh, ces écouteurs dans les oreilles, c'est épouvantable. Je vais essayer de me garer…

Ronflement de moteur au bout du fil, grondement d'une circulation difficile. Jessy attendait, déchirée d'impatience.

— Allô, vous êtes toujours là ? Très bien. J'ai peut-être un acheteur : le Cheikh Oman Abdelkarim, un Saoudien, grand amateur d'art contemporain. J'ai déjà traité avec lui, c'est un client sérieux. Mais ce ne sera pas ce qu'on attendait. Il a compris votre impatience et joue là-dessus pour faire baisser le prix…

— Combien ?

— Avec ma commission, 1 250 000 pour vous. Nous pouvons espérer plus aux enchères mais il faudra attendre les ventes de printemps.

— Non, je suis pressée.

— Alors, nous pouvons traiter l'affaire rapidement. Son yacht est amarré dans le port. Il compte passer les fêtes de fin d'année ici.

Un concert de klaxons traversa les ondes.

— Pardonnez-moi, je suis mal garé, je dois circuler. Qu'en dites-vous ?

— Je serai demain à votre bureau…

Elle faillit laisser échapper l'appareil tant ses mains tremblaient. Un afflux de sang monta jusqu'à son front au point d'envahir son cerveau. Elle n'arrivait même plus à penser, s'abandonnant à la foule d'émotions qui se bousculaient en elle : incrédulité, panique, euphorie… *La Source*, 1 250 000. Trois fois moins que ce que valait un Witzberg à ce jour mais suffisamment pour faire exploser, non pas la montagne, mais la masse de rochers qui menaçaient la Combe-aux-Loups, empêchant la construction de la gare intermédiaire. Elle ferma les yeux quelques secondes. Serait-ce enfin possible ? Le million pour sauver Le Villaret, La Bergerie, le parc aux chiens… Elle rouvrit les yeux. Dehors, les splendides sapins gainés de givre buvaient le dernier rayon d'un soleil émergeant de la brume. Les montagnes alentour composaient, à elles seules, un décor surdimensionné. L'image l'apaisa. Alors seulement, elle commença à préparer son voyage. Retenir une chambre à l'hôtel non loin du cabinet d'expertise. Rassembler tous les papiers nécessaires et prévoir une tenue appropriée pour traiter avec le Cheikh – il ne s'agissait pas de heurter la sensibilité d'un aristocrate d'Arabie Saoudite –, laisser un trousseau de clés à Viviane, sortir la voiture… Grands dieux ! Les pneus neige ! Elle saisit son portable appela sa voisine, s'excusa de la déranger alors qu'elle attendait vingt personnes.

— Pas de problème, répondit celle-ci avec entrain. Louise et moi avons terminé les chambres et j'allais proposer mon aide à la cuisine.

— J'avais juste une question : savez-vous si je peux descendre en voiture dans la vallée sans équipements ?

— Attendez, je vais demander à Gilles. Il est allé à Monteloup ce matin pour compléter le ravitaillement.

Une minute plus tard, c'est Gilles lui-même qui prit le téléphone.

— Les chaînes ne sont pas indispensables mais il vaudrait mieux avoir des pneus neige. La route est glissante. Le chasse-neige est passé ; il a surtout tassé ce qui était tombé.

— Je suis stupide, j'ai oublié de les faire installer.

— Vos pneus, vous les avez chez vous, à La Bergerie ?

— Oui, ils sont dans mon garage.

— Demandez à Gaby Monthier. Vous voyez qui je veux dire ?

— La fromagerie à l'entrée du hameau ?

— C'est ça. Il a tout ce qu'il faut pour changer un train de pneus. J'ai souvent fait appel à lui. Ah, autre chose, il collectionne les bonnes bouteilles…

La voiture chargée, La Bergerie fermée, Jessy roula doucement jusqu'à la fromagerie. Gilles avait raison, dans le hameau, malgré les pelletées de gravier jetées sur la chaussée, le sol restait verglacé. Dans les virages battus par le vent, elle ne tiendrait pas la route.

Le magasin était parcimonieusement éclairé. Elle poussa la porte. Mme Monthier, derrière le comptoir, l'interpella en plaisantant tout en découpant une énorme meule en quartiers. C'était une forte femme qui maniait le couteau avec dextérité.

— De beaux triangles bien pesés, emballés, prêts pour le marché… expliqua-t-elle. Gaby ? C'est pour vos pneus neige ? Il est dans la réserve derrière, à bricoler avant la traite. Il sera ravi d'avoir de la visite.

Une forte odeur de fumier l'assaillit quand elle passa devant l'étable, les cinq vaches la regardèrent avec curiosité et, dans l'enclos des chèvres, on manifesta bruyamment contre le dérangement. La réserve était juste derrière.

— Mais c'est un véritable atelier de mécanicien que vous avez là ! s'étonna Jessy en serrant la main du paysan.

Autant sa femme était rondelette, autant Monthier était petit et fluet. Quelques mois auparavant, Jessy avait apprécié l'intervention véhémente du couple lors de la réunion à la mairie.

— Un rêve de gosse. Je voulais être garagiste. J'y suis presque parvenu. Je bricole pour les uns, pour les autres, les touristes ont toujours une révision à faire.

Il montra d'un geste large de la main le hangar et les machines.

— Et tout ce matériel c'est de la récup'… Les pneus neige ? Pas de souci. Je vous fais ça tout de suite. De toute façon, j'ai largement le temps avant la traite. Les vaches donnent un peu moins qu'en été et les chèvres, rien du tout. Laissez-moi rentrer votre voiture. J'ai l'habitude de manœuvrer. Vous avez raison de mettre les équipements d'hiver, la route pour descendre à Monteloup est une vraie patinoire. Je reçois des coups de fil tous les jours pour me demander comment ça passe. Pas plus tard qu'hier, c'est le voisin qui est resté coincé dans un virage. Vous savez, là où le parapet sépare la route de la cascade. J'ai dû lui apporter des chaînes. Et ça n'a pas été une mince affaire…

Monthier prenait son temps, soulevait une roue, bavardait, changeait d'outils, bavardait encore. Parfois, il s'arrêtait pour quêter son approbation. Jessy opinait de la tête, jetait un mot au hasard.

— En fait, ce qu'il me faudrait, c'est une dépanneuse. Dans la grange, il y a assez de place. Si j'en achetais une d'occasion, je pourrais la retaper. Le problème, c'est que je ne tarderais pas à avoir le fisc sur le dos. Faire une bricole par-ci, par-là, pour rendre service, ils ferment les yeux. Le dépannage, c'est autre chose. Mais si vous m'apportez une bonne bouteille, en contrepartie, je change vos pneus. Il n'y a rien de répréhensible à ça !

Jessy consulta discrètement sa montre. L'heure tournait. Conduire de nuit ne lui posait pas de problème. Elle avait une bonne vue. Mais elle se demandait s'il y avait un portier de nuit à la réception de l'hôtel. Elle envoya un message prévenant qu'elle arriverait plus tard que prévu. En réponse, elle reçut le code d'entrée pour l'ouverture du garage collectif et le numéro de sa chambre. Elle avait perdu le fil de la conversation quand Monthier se redressa, les mains sur les hanches pour la regarder en face.

— Vous savez, votre copine, je l'ai croisée l'autre jour, elle est drôlement grande ! Combien elle mesure ?

Jessy s'autorisa une plaisanterie.

— Avec ou sans talons hauts ?

— Elle aurait pu être basketteuse.

— Sans doute, mais pour l'instant, elle s'est mise au ski de fond avec Loïc Jourdan.

Monthier avait terminé la première roue et s'attaquait à la seconde.

— Il est venu faire sa commande de tomme la semaine dernière. Il n'avait guère le moral. Mais il est comme nous tous. Un jour, on n'y croit plus, le lendemain, on espère encore. Vivement que cette attente se termine. Au moins on saura où on va. Cette gare intermédiaire est une très mauvaise affaire pour tous ceux du Villaret, quoi qu'en pensent certains à Monteloup. Les touristes vont arriver par la benne, skis sur l'épaule, ils n'achèteront pas leur fromage ici, vous pensez bien. Quant à m'appeler pour changer les essuie-glaces ou contrôler la pression des pneus, ce sera hors de question. Par la suite, ils ajouteront une ou deux guirlandes de télésièges et on sera intégré à la station. Vous savez ce que m'a dit Sauvignon, l'autre jour ? Pourquoi n'installes-tu pas une succursale en bas ? Il délire. Et puis j'aime trop mes bêtes pour les laisser ici sans personne pour veiller sur elles. Quand je l'ai poussé dans ses retranchements, il a fini par avouer que l'idée de sacrifier Le Villaret ne lui plaisait pas plus qu'à nous ; il n'a pas le choix à moins de laisser péricliter la station. Lui aussi espère qu'à la dernière minute… Personne ne croit au miracle mais tout le monde l'attend. Voilà un sentiment qu'on croyait oublié : l'espérance. Mon grand-père ne parlait que de ça, pendant la guerre : l'espérance. Maintenant, en France, on vit à peu près normalement ; on s'aime, on se bagarre, on dépense, mais on n'espère plus. Il faut connaître un coup dur pour savoir ce que c'est, l'espérance…

— Et vous, monsieur Monthier ? Vous espérez encore ?

Monthier se redressa après un dernier ahanement pour serrer la roue, l'observa en essuyant la sueur de son front du dos de la main.

— J'aurai tout l'hiver et l'année qui vient pour baisser les bras. En attendant, je suis comme les autres, j'attends, j'espère…

***

Jessy prit la route de l'Italie par le tunnel du Mont-Blanc, Courmayeur, Gênes. La circulation était fluide. Les mains sur le volant, tout son corps se concentrait sur la conduite mais, dans sa tête, le flot des pensées bouillonnait. Elle s'apprêtait à vendre un faux. Elle savait qu'elle risquait gros, se dit qu'elle pouvait encore tout arrêter, récupérer la toile sous un prétexte quelconque, revenir chez elle et abandonner Le Villaret à son sort. Elle imagina sa bergerie bornée par la gare du téléphérique, la baie vitrée de son atelier bouchée par un mur, Galaad emmené avec les autres malamutes dans un enclos plus bas dans la vallée… Y aurait-il encore une place pour les randonnées en traîneau dans un espace consacré au ski ? Vincent n'allait-il pas devoir exercer son activité de musher, ailleurs, dans un site plus calme ? Ou pire, vendre ses chiens, son attelage ? Vincent, son visage, ses yeux gris-vert…

Arrête ! Tu dois vendre. Tu ne peux plus reculer. C'est ton chalet, ta terre, la terre des loups.

Elle fit une pause sur l'autoroute pour boire un café. C'était la seule chose qu'elle pouvait avaler tant elle avait la gorge nouée. L'idée d'appeler Amélia, de tout lui raconter lui traversa l'esprit. Quelle serait sa réaction ? Pousserait-elle des cris horrifiés en l'accablant de reproches ? Lui prédirait-elle les pires calamités ? Gémirait-elle avec des larmes dans la voix d'avoir une amie aussi folle ? Non, ce n'était pas son genre. Amélia aimait le risque, le danger, rien que pour le plaisir de les déjouer. Au contraire, l'effet de surprise passé, elle se lancerait sûrement dans l'aventure avec enthousiasme.

« Formidable ! Tu as peint un Witzberg ? Et qu'attends-tu pour en faire un second ? »

Elle s'empresserait de prendre la route pour la rejoindre à Monaco, curieuse de rencontrer Aimé Doumer, impatiente de voir le fameux Witzberg, *La Source*. Elle ferait celle qui tombe sous le charme du tableau, s'extasierait à grands cris, feindrait de reconnaître toutes les émotions du grand peintre dans le galop des chevaux, la brume… Pire, par défi, elle insisterait pour rencontrer son acquéreur, le Cheikh, revêtirait pour l'occasion une de ses minijupes afin d'exhiber ses longues jambes à moins qu'elle ne choisisse une djellaba, les yeux maquillés comme ceux d'une poupée Barbie, demandant à visiter son yacht…

Amélia, mouillée jusqu'au cou dans l'escroquerie !

Non, il n'était pas question d'impliquer Amélia dans cette histoire. La responsabilité n'incombait qu'à elle. Elle irait jusqu'au bout et elle irait seule.

En arrivant dans le Sud, la douceur de l'air la surprit et, soudain, elle aperçut la mer. Elle s'arrêta sur une aire de repos pour contempler le paysage en contrebas. À l'horizon, le ciel bleuté se noyait dans une eau sombre parcourue de reflets clairs. Elle respira profondément l'odeur iodée qui montait jusqu'à elle et, quand elle reprit la route, elle se sentit beaucoup mieux, rassérénée.

Elle arriva à Monaco vers une heure du matin. Le hall de l'hôtel était désert. Le veilleur de nuit somnolait derrière le comptoir de la réception. D'une voix ensommeillée, il lui souhaita la bienvenue, lui tendit sa clé en même temps qu'une enveloppe à l'en-tête du cabinet d'expertise. Dans l'ascenseur qui la conduisait à l'étage, Jessy s'empressa de lire le message lui annonçant qu'une voiture viendrait la chercher à onze heures pour la conduire au port. Elle soupira. Qu'avait-elle craint ? Trop fatiguée pour se perdre en conjectures, elle prit une douche brûlante et se coula dans la douceur des draps.

Le lendemain, elle se réveilla de bonne heure pour se préparer sans précipitation, imposant le silence à son esprit. Elle revêtit un ensemble veste et pantalon marine, sobre mais chic, qu'elle avait choisi pour la circonstance, un chemisier de soie bleu ciel, assorti d'un foulard négligemment noué autour de son cou ; aux pieds, des bottines à petits talons. Elle n'était jamais montée sur un yacht, mais elle ne voulait pas prendre le risque de tomber et de se ridiculiser. Pas de bijou, mais les cheveux relevés, les ongles soignés et un sac à main très élégant. Le miroir de sa chambre lui renvoya l'image d'une femme d'affaires sûre d'elle, d'un goût certain et discret. Elle était prête à affronter son rendez-vous.

Un chauffeur en livrée l'attendait dans le hall de l'hôtel et la conduisit jusqu'à la voiture. Assis à l'arrière, Aimé Doumer lui fit signe et prit la peine de sortir pour la saluer.

— Mademoiselle Delmass. Je suis heureux de vous revoir. Permettez-moi de vous complimenter pour votre élégance.

— Je vous remercie, répondit-elle en s'installant dans le véhicule.

Tout en l'interrogeant sur son voyage, Doumer sortit des papiers de son attaché-case et, les bavardages préliminaires terminés, il lui expliqua la procédure.

— Voici dans un premier temps un exemplaire du certificat d'authenticité du tableau avec la date supposée d'exécution, c'est-à-dire 1943/1944, n'est-ce pas ? J'ai aussi préparé plusieurs certificats de vente où ne manquent que les noms et signatures des acteurs de la transaction, vous n'aurez plus qu'à signer. Le tableau a été apporté tôt ce matin sur la *Fée des brumes* par mon secrétaire…

— La *Fée des brumes* ?

— *Fairy of the Mists*. C'est le nom du bateau. Un très beau spécimen, quatre-vingt-cinq mètres de long, véritable palace flottant avec piscine chauffée et plateforme pour accueillir un hélicoptère. Ce n'est pas le plus grand dans le port actuellement, mais certainement le plus élégant.

Doumer, de sa voix de fausset, n'en finissait pas de mettre en avant le luxe du yacht comme si la gloire de posséder un tel bijou rejaillissait un peu sur lui.

— Le Cheikh Oman Abdelkarim a fait mandater son propre expert pour examiner le tableau. Il est arrivé il y a deux jours par avion privé. J'ai déjà travaillé avec lui, je connais sa façon de procéder. Ce n'est qu'une formalité. Ce Mansour va chercher la petite bête mais je ne crains rien. Votre Witzberg est authentique.

Jessy maîtrisa le trouble qui l'agitait chaque fois qu'on faisait allusion à l'authenticité du tableau.

— Et votre commission ?

— C'est réglé. Nous nous sommes arrangés directement avec le Cheikh. Nous voici arrivés. Je vous dépose et je repars aussitôt. J'ai un rendez-vous mais mon secrétaire va vous conduire à bord et le Cheikh vous fera raccompagner à votre hôtel.

La voiture s'arrêta le long du quai où était amarré le *Fairy of the Mists* au milieu d'autres yachts tous plus somptueux les uns que les autres, extériorisation d'une réussite sociale à grande échelle. Aussitôt, deux hommes vinrent à leur rencontre. Jessy reconnut le secrétaire de Doumer. Celui qui l'accompagnait était vêtu d'une veste blanche et d'un pantalon noir et se présenta comme le majordome du Cheikh Abdelkarim. Ils montèrent à bord, tandis que Doumer reprenait la route.

Contrairement à ce qu'elle avait cru, le pont, recouvert de bois exotique, était parfaitement stable. Le domestique poussa une porte, s'effaça pour les laisser entrer. Le salon était aussi grand qu'une salle de bal avec fauteuils en cuir blanc, coussins de soie noire, appliques de cristal, vitres en verre teinté. *La Source* était posée en évidence contre un chevalet sur une table basse aux pieds de marbre finement sculptés. Jessy enregistra le décor luxueux sans s'y arrêter, le regard dirigé vers les trois hommes qui se levèrent à son arrivée. Le Cheikh, qu'elle identifia aussitôt à son costume traditionnel – un manteau blanc sur une longue tunique également blanche, la tête coiffée du keffieh à damiers rouges et blancs –, fut le premier à s'avancer vers elle.

— Oman Abdelkarim, dit-il en s'inclinant, sans toutefois lui baiser la main. Je vous souhaite la bienvenue, mademoiselle Delmass.

Se tournant vers le secrétaire de Doumer, il le salua et échangea avec lui quelques mots, regrettant l'absence de l'expert.

— Il vous prie de l'excuser, il est très occupé. Je dois moi-même aller le rejoindre, si vous le permettez.

— Je vous en prie.

Le secrétaire parti, le Cheikh se tourna à nouveau vers Jessy :

— Puis-je vous présenter Mehmet Mansour, expert en œuvres d'art, venu du Koweït pour compléter le travail de Doumer. Et voici le bienheureux acquéreur de votre Witzberg, Yasser Ben Raffat.

Jessy réprima un sursaut de surprise.

— J'ai rencontré Ben Raffat chez des amis communs, poursuivit Abdelkarim. Je crois qu'il a compris tout l'avantage qu'il pourrait tirer de cette acquisition.

Plus petit que le Cheikh, Ben Raffat se tenait plus droit qu'un piquet pour ne pas perdre un centimètre de sa hauteur. À la différence d'Oman Abdelkarim, parfaitement imberbe, Ben Raffat portait une barbe très fournie qui lui mangeait la moitié du visage dont on ne distinguait que les yeux, très noirs et perçants. Il la salua de loin d'un simple signe de tête. L'homme avait quelque chose de sournois qui la mit mal à l'aise. Mais, au point où elle en était, elle n'allait pas reculer. Ce qu'elle voulait maintenant, c'était conclure la vente.

— Ben Raffat comprend mal votre langue, je lui servirai d'interprète. J'ai passé près de huit ans en Suisse, dans une école privée pas très loin de chez vous, à Genève.

Le Cheikh avait une diction très nette et parlait d'une voix fluide légèrement teintée d'accent. Il avait le sourire facile et sa politesse exquise n'était pas la moindre de ses qualités.

— Le comptable ne devrait pas tarder à arriver.

D'un geste large, il désigna un fauteuil, prit place en face d'elle dans un canapé, imité par Mansour et Ben Raffat.

— Doumer m'a appris que, vous aussi, étiez artiste peintre. Pardonnez ma curiosité, j'ai cherché sur le Web, j'ai trouvé votre blog et quelques-unes de vos toiles… C'est intéressant mais très différent de ce que faisait Witzberg. Vraiment très différent.

— J'espère que ma peinture ne vous a pas déçu, dit-elle en s'appuyant contre le dossier.

Elle évitait de croiser le regard insistant de Ben Raffat qui ne quittait pas des yeux un point particulier de son corsage. Quel grossier personnage !

— Surpris, oui, mais pas déçu. Je me demande ce qui a pu vous rapprocher. Je veux dire votre peinture et votre intérêt pour celle de Witzberg.

Jessy lui expliqua en quelques mots le sujet de sa thèse et ce qu'apportait la peinture de Witzberg à l'art contemporain, sans jamais s'impliquer personnellement. Le Cheikh ne prit pas la peine de traduire, soucieux de ne pas l'interrompre ou convaincu que Ben Raffat n'entendait rien à l'art pictural. Elle eut l'intuition que cette deuxième hypothèse était la bonne. Il lui posa quelques questions sur Witzberg auxquelles elle répondit sans détour. C'était son domaine. Tout en parlant, elle s'efforçait de donner l'impression qu'elle était détendue alors que, dans sa poitrine, son cœur battait à tout rompre. Elle se répétait que cette scène était bien réelle, qu'elle était sur le yacht d'un magnat du pétrole en train de vendre un faux Witzberg et que ce n'était pas une illusion.

Le majordome entra, portant un plateau avec des rafraîchissements et quelques pâtisseries.

— En attendant de sabler le champagne, déclara le Cheikh.

Mansour approuva de la tête, Ben Raffat grommela quelques mots avec une grimace de mépris.

Sans en tenir compte, le Cheikh fit un signe à son domestique qui quitta la pièce, puis il s'approcha de la table où était posé le tableau.

— Il est admirable, n'est-ce pas ? J'ai longtemps discuté avec Doumer pour en faire baisser le prix. Je l'aurais volontiers acheté si Ben Raffat n'avait insisté pour l'avoir.

Comme s'il avait compris le sens de la phrase, ce dernier hocha la tête, se leva à son tour, non pour regarder le tableau mais pour faire quelques pas dans la pièce, avant de s'arrêter devant une fenêtre donnant sur la mer. Manifestement, la beauté de la toile le laissait indifférent.

Un type déplaisant ! Dommage que ce soit lui l'acquéreur !

À cet instant, le majordome revint, glissa une phrase à l'oreille de son maître.

— Très bien, lança ce dernier. Passons dans mon bureau où nous attend mon comptable.

Ils se rendirent sur le pont supérieur. La pièce était aussi luxueuse que le salon, une table en acajou épousait sur toute sa longueur la coque du navire. Sur le plateau laqué, plusieurs sous-main en cuir fauve et un ensemble d'appareils électroniques ultramodernes. Une jeune femme était assise derrière un des ordinateurs et pianotait frénétiquement sur le tableur. À leur entrée, elle se leva et, à la grande surprise de Jessy, plaqua deux baisers sonores sur les joues du Cheikh avant de venir vers elle pour la saluer.

— Madeline Duvernet, expert-comptable, présenta le Cheikh nullement déstabilisé par la familiarité de la jeune femme. Études à Harvard, trois ans dans le même cours que moi. Madeline s'occupe de mes affaires en plus de me faire l'honneur de son amitié. Alors ? Où en sommes-nous ?

— Tout est prêt. Il ne reste plus qu'à rentrer les numéros de comptes.

Ensuite tout se passa très vite. Les doigts de Madeline Duvernet jouaient sur les touches avec l'habileté d'un véritable hacker. Ben Raffat fut le premier à donner ses références puis ce fut au tour de Jessy.

— La somme sera créditée sur votre compte d'ici quarante-huit heures, lui annonça la jeune femme.

Les formulaires complétés, datés et signés, le Cheikh invita tout le monde à retourner dans le grand salon pour fêter l'événement. On sortit les appareils photo, Jessy prit plusieurs clichés de son tableau pendant que le majordome remplissait les coupes. Ben Raffat réclama un jus de fruit, Mansour hésita.

— Allons, messieurs, le Coran ne condamne pas l'alcool mais l'ivresse, s'exclama le Cheikh. On ne sait pas interpréter les paroles du Prophète.

Et il ajouta en levant son verre :

— Et puis nous sommes à Monaco, autant dire en France ! Sachons profiter de ce qu'elle fait de mieux en matière de champagne.

***

Comme sur une autre planète, l'esprit vide, Jessy s'accorda quelques jours de repos dans la Principauté. Dans un état second, elle flâna le long des rues, se promena sur la plage et visita l'Institut océanographique, ce qui l'occupa tout un après-midi. Elle se levait avec le jour, traînait dans sa chambre où elle prenait longuement son petit déjeuner. Quarante-huit heures après la transaction, elle vira anonymement 1 million d'euros sur le compte de la mairie, puis elle éteignit son téléphone, ne voulant penser à rien qu'à ce soulagement qui, petit à petit, finissait par s'imposer. *J'ai vendu le Witzberg*, se répétait-elle à l'infini. Il s'en serait fallu de peu pour la convaincre que c'était un vrai.

Le quatrième jour, elle décida de rentrer chez elle et de s'arrêter à Lyon, chez ses parents, sur la route du retour. Elle ignorait ce que lui réservait l'avenir mais, Noël approchant, la coutume voulait qu'on s'organisât pour les fêtes de fin d'année. Il était temps de renouer avec la vie. Elle leur envoya un texto pour les prévenir, n'attendit pas la réponse et prit la route… Quelques heures plus tard, elle était chez eux.

— Mais enfin, ma chérie, où étais-tu ? s'écria sa mère en la serrant dans ses bras. Pourquoi as-tu éteint ton portable ? Sais-tu au moins ce qui se passe ?

— Tout le monde te cherche, ajouta son père.

— Il faut prévenir Amélia tout de suite, reprit sa mère. Elle est inquiète !

Déjà, M. Delmass s'emparait du téléphone.

— Mais toi, maman ? Comment vas-tu, et tes résultats ?

— Tout va bien. On s'est fait du souci pour rien, c'était juste une grosse fatigue.

— Allô, Amélia ?… Oui, elle est ici…

Assaillie par ses parents, étourdie par le flot des révélations que l'un et l'autre déversaient sur elle, Jessy écoutait, souriait, jouissait de son bonheur. Bien qu'à l'origine de l'événement, elle ne pouvait contenir l'émotion qui la submergeait.

Enfin, c'était arrivé !

Une demi-heure plus tard, Amélia débarquait en trombe :

— Mais enfin, Jessy, où étais-tu ? Pourquoi as-tu éteint ton portable ? Sais-tu ce qui se passe ?

Jessy la serra contre elle en riant.

— Vous vous êtes donné le mot, maman et toi ?

— Quel mot ?

Amélia la repoussa.

— Regarde-moi. Alors, tu sais ?

— C'est merveilleux.

D'un geste, le père de Jessy désignait les journaux étalés sur la table, ouverts sur les gros titres : Le Villaret sauvé… Un site classé, épargné… Monteloup conserve son hameau… La fortune d'un anonyme au service de la nature… Les articles se chevauchaient, s'illustraient de photographies : une vue d'ensemble au-dessus des toits, le refuge du CAF, le gîte des Fourque, Sauvignon devant sa mairie, répondant aux questions des journalistes et même La Bergerie. En arrière-plan, somptueux, les sommets enneigés.

Les deux amies s'embrassèrent à nouveau.

— C'est merveilleux ! répétait inlassablement Jessy.

— Tu n'y croyais plus.

— Non… enfin, si… J'y croyais mais… tu ne peux pas comprendre.

— Et à peine quelques jours avant l'échéance, c'est fou ! s'enthousiasma Amélia.

Elles s'installèrent dans le salon pour lire la presse et M. Delmass partit en cuisine faire du café, tandis que sa femme sortait les petits verres pour la goutte.

Amélia poursuivit :

— As-tu lu l'interview de Loïc ? Il est absolument ravi. Son refuge va garder toute son authenticité et lui sa raison d'être dans ce hameau. Il espère qu'un jour ce bienfaiteur anonyme se fera connaître.

— Je prenais justement connaissance de ce que raconte Raymond Boissenet. Il a une imagination débordante celui-là, s'amusa Jessy. Écoute plutôt, pour lui, ce serait un millionnaire américain propriétaire d'une chaîne de fast-foods qui, après une balade en traîneau, aurait été subjugué par la beauté du paysage.

— Et pourquoi serait-ce le fruit de son imagination ? Boissenet prétend se souvenir de lui comme si c'était hier.

— Il garderait l'anonymat ? s'étonna Jessy. C'est idiot, il pourrait au contraire utiliser son geste généreux pour se faire de la publicité.

— C'est sans doute parce qu'il était avec sa maîtresse, suggéra Mme Delmass, avec un sourire en coin.

— Moi, je penche plutôt pour l'hypothèse de Sauvignon, poursuivit son mari. Il pense que c'est un couple d'industriels japonais. Maud, tu t'en souviens ? Le *New People* avait écrit un article sur eux et leurs activités. Ils ne voulaient pas qu'on cite leur nom parce qu'ils avaient pris des congés supplémentaires et que, dans leur pays, ça ne se fait pas.

— Je me souviens. La montagne, avec tous ces noms de loup, les avait enchantés.

Le fou rire de Jessy éclata dans la pièce, les surprenant tous les trois.

— Eh bien, quoi ? Ce n'est pas plausible ?

— Si, si, tout à fait, convint-elle, tentant de maîtriser un rire inextinguible. Un Américain avec sa maîtresse, des Japonais en congés prolongés, j'ai comme l'impression qu'à Monteloup, chacun va en être de sa fable, de la plus vraisemblable à la plus rocambolesque.

— Et toi ? Qu'est-ce que tu en penses ?

— Moi ? Je n'en ai aucune idée. De toute façon, le plus important, c'est que Le Villaret soit sauvé, répondit-elle avec aplomb, réalisant qu'elle venait de passer maître dans l'art de la dissimulation.

Viviane Fourque avait laissé trois messages, et plusieurs SMS sur son portable. Jessy jugea impératif de la rappeler. Viviane décrocha à la première sonnerie et poussa un cri de joie.

— Ici, c'est la liesse générale, lui expliqua-t-elle. Les clients, les amis, les parents, tous participent à notre bonheur. Gilles n'a jamais autant débouché de bouteilles de champagne qu'en ce moment. Et les réservations pleuvent pour la semaine du nouvel An et pour tout le mois de janvier. C'est pareil pour Loïc. Il s'est résolu à embaucher une serveuse pour les fêtes de fin d'année. On ne voit plus Vincent. Il passe ses journées à guider les curieux dans la Combe-aux-Loups avant que celle-ci ne soit aménagée. Sauvignon a prévu une réunion en mairie pour expliquer le déroulement du projet. Dôme raconte qu'il a déjà prévenu les responsables des remontées mécaniques. Ça va aller très vite, maintenant que la municipalité a l'argent. Noël est toujours assez calme par ici, les gens restent en famille. Mais je prévois un nouvel An en grande pompe. Il faut que vous soyez des nôtres, Jessy. Votre absence peinerait tout le village.

— Je passe toujours les fêtes en ville, dans ma famille.

— Pourquoi ne pas amener vos parents ici, pour la Saint-Sylvestre ?

— Je vais le leur proposer.

Elle n'eut pas plus tôt raccroché qu'Amélia lui saisit le poignet.

— Il a embauché une serveuse ?

Jessy sursauta.

— Quoi ?

— Loïc… Il a embauché une serveuse ?

— Tu as écouté ma conversation ?

— J'étais tout près.

— Comment veux-tu qu'il fasse autrement ?

Amélia regarda tour à tour Jessy et ses parents, l'air décidé.

— Si vous montez là-haut pour le réveillon de fin d'année, je pars avec vous. Mieux, c'est moi qui vous emmène. Je dois défendre mon pré carré.

***

Noël en famille signifiait chez les Delmass l'invasion bienheureuse des oncles, tantes, neveux et nièces, cousins et cousines. Comme chaque année, on se serra sur les deux étages. La table s'agrandit de plusieurs rallonges, la cuisine connut le remue-ménage des grands dîners tandis que le salon retrouvait sa décoration annuelle : crèche illuminée, cadeaux enrubannés au pied du sapin, oranges et papillotes dans des corbeilles festonnées de dentelles en papier. On fit bombance le soir du réveillon en chantant les mélodies de Noël. On recommença le lendemain, plus pour faire honneur à ceux qui avaient cuisiné que par réel appétit, et on se sépara le surlendemain avec la promesse de se retrouver chez l'un ou chez l'autre pour un mariage, un baptême, un anniversaire… en tout cas, avant le Noël suivant !

Noyée dans l'effervescence de la fête, Jessy oublia provisoirement ce qui la reliait au Villaret. C'est Amélia qui la replongea dans la réalité.

— Toujours d'accord pour la montagne ?

— Bien entendu.
— Quand part-on ?
— Dès qu'on est prêt.

***

La veille de la Saint-Sylvestre, la circulation était dense sur l'autoroute qui menait aux stations. Jessy jeta un coup d'œil dans son rétroviseur, cherchant la voiture d'Amélia où s'entassaient deux valises, un équipement de ski, plusieurs cagettes de fruits et légumes, une caisse de vin, une glacière portative contenant du foie gras et quelques autres victuailles.

Assise à l'arrière, Mme Delmass se retourna.

— Je crois bien qu'on l'a perdue. Ce n'est pas grave, elle connaît la route. Quand je pense qu'elle voulait nous prendre avec elle. Je me demande où elle nous aurait mis.

— Sur le toit, probablement, ironisa son mari.

Une moto les dépassa à vive allure. Image en évoquant une autre.

— Et Mathieu ? Nous rejoindra-t-il là-haut ? Ça fait longtemps que tu ne nous as pas donné de ses nouvelles.

Jessy laissa passer un silence avant de répondre.

— Mathieu et moi, c'est fini.

— Oh, je suis désolée, compatit sa mère.

Les Delmass avaient fait la connaissance de Mathieu dans les premières semaines qui avaient suivi sa rencontre avec leur fille. À la différence de Jessy, ils n'étaient pas tombés sous son charme. Cependant, au fil des années, ils s'étaient habitués à l'idée de l'avoir pour gendre.

— Et… cette rupture est-elle définitive ou c'est une simple chamaillerie ? s'inquiéta sa mère.

— C'est définitif.

— J'espère que tu n'es pas trop triste, poursuivit-elle sans vouloir paraître trop indiscrète.

— Ça va. Je me suis consolée.

— Déjà ! se méprit M. Delmass, une pointe de réprobation dans la voix.

— Je peins, papa, elle est là, ma consolation… Je suis peintre, au cas où tu l'aurais oublié !

Et elle enchaîna très vite pour faire passer son agacement :

— Il y a deux mois, j'ai peint le plus beau tableau de ma vie.

Il y eut un silence dubitatif dans la voiture que rompit Mme Delmass.

— Et où est-il ce fameux tableau ? Amélia n'en a pas parlé.

— Je l'ai vendu. C'est pour ça que je suis allée à Monaco. Mais personne n'est au courant.

Elle regretta ses dernières paroles. C'était comme si, involontairement, elle s'installait dans le secret, se parait d'une aura de mystère dont elle ne voulait pas.

***

Jamais Le Villaret n'avait connu un soir de réveillon aussi délirant. Non seulement résidents et vacanciers fêtaient l'arrivée de la nouvelle année mais ils fêtaient aussi la renaissance du hameau. Après être passé si près de sa condamnation, Le Villaret voyait s'ouvrir devant lui une période de liesse où allaient pleuvoir les distinctions, récompenses et titres, tous plus ronflants les uns que les autres : espace protégé, plus beau village de France, site classé au patrimoine culturel et, pourquoi pas, huitième merveille du monde !

Vers vingt-trois heures, après les agapes, les ruelles s'animèrent. Entre le gîte des Fourque et le refuge du CAF, seul endroit qui pouvait ressembler à une place, des braseros furent allumés. Loïc et Gilles sortirent une énorme marmite de vin chaud qu'ils installèrent sur un réchaud. Un orchestre s'était déjà improvisé avec une guitare, un accordéon et deux timbales. Attirés par le bruit, les gens montaient du bas du hameau. Les uns apportaient des gâteaux, les autres des restes de toasts au foie gras et au saumon. Monthier faisait la promotion de son fromage en offrant des cubes de tomme de Savoie. Bien que le festin précédent fût copieux, on trouvait encore le moyen de manger et on buvait encore plus, tout en chantant, serrés les uns contre les autres pour se tenir chaud. Dans leur box, les malamutes grondaient parfois, histoire de se manifester. Vincent, lui, n'était pas de la fête, il était réquisitionné pour la traditionnelle descente aux flambeaux sur une des pistes de Monteloup.

Au milieu de la foule, Jessy chercha les siens du regard et aperçut Amélia qui se tenait aux côtés de Loïc, près de la marmite. Comme lui, elle avait une louche à la main et remplissait les verres des assoiffés. Ses yeux brillaient d'allégresse. D'où elle était, Jessy pouvait sentir les arômes de cannelle et de gingembre du vin chaud. Ses parents, en grande conversation avec Raymond Boissenet, jetaient parfois un regard dans sa direction. On parlait d'elle. Boissenet avait un sourire énigmatique plein de sous-entendus : *C'est vous, n'est-ce pas ?* semblait-il dire. *Vous et le Witzberg que vous avez trouvé au fond du mazot*. Elle détourna les yeux, souhaitant intensément faire une erreur d'interprétation. Germain Dôme s'approcha d'elle.

— Personne n'imaginait qu'on pût réussir un tel réveillon chez nous. Je regrette que Sauvignon ne soit pas monté de Monteloup pour voir ça.

— Envoyez-lui une vidéo.

— C'est fait.

On approchait de minuit, Gilles sortit son portable et commença le compte à rebours.

— Dix, neuf, huit…

Soutenus par la timbale qui faisait office de gong, les gens enchaînèrent dans un ensemble parfait.

— Cinq, quatre, trois…

Jessy sentit une présence derrière elle, songea à Viviane.

— Deux, un, zéro…

Un immense hurlement de joie s'éleva qui résonna à travers les sapins jusqu'aux sommets. Elle sentit une main l'attirer, se retourna.

— Vincent !

— Bonne année, Jessy.

Il posa ses lèvres sur les siennes avec beaucoup de tendresse.

— Mais je croyais…

— Je me suis libéré très vite après la descente. Je voulais être le premier à vous embrasser pour cette nouvelle année. Joie et succès pour votre peinture.

— Merci. Meilleurs vœux à vous aussi, Vincent, ajouta-t-elle, troublée.

— Mon vœu le plus cher a été exaucé la semaine dernière.

Déjà, ils étaient séparés, entraînés, l'un comme l'autre vers de nouvelles embrassades. Ses parents, Viviane, Gilles…

— Bonne année… Bonne santé… Joie et bonheur…

Elle aurait voulu lui demander s'il n'avait pas d'autres souhaits à formuler.

— Jessy !

C'était Amélia. Elle était fébrile et tremblait d'émotion.

— Jessy, souhaite-moi de réussir quelque chose avec Loïc.

— Je te le souhaite de tout cœur !

— Et toi ? Que veux-tu que je te souhaite ?

— De l'inspiration pour la peinture, seulement la peinture…

Pourquoi aurait-elle souhaité autre chose ?

CHAPITRE 8

Il fut un temps où Jessy aurait redouté l'isolement et son corollaire, la solitude. Désormais, cette crainte la faisait sourire. D'ailleurs, elle avouait n'être ni seule ni isolée. Ses journées étaient bien remplies et l'ennui ne la guettait jamais. La peinture occupait une grande partie de ses matinées. Elle avait plusieurs tableaux en chantier. Elle en abandonnait certains pour les reprendre plus tard, changeait de format, passait d'un outil à un autre, multipliait les expériences. Elle consacrait ses après-midi à travailler pour les musées et s'obligeait à faire régulièrement un peu d'exercice, une boucle en skis de fond avec Loïc, une marche en raquettes avec les randonneurs de passage ; il lui arrivait même de descendre à pied à Monteloup pour acheter des produits frais. Quand elle rentrait, à la nuit tombée, c'était pour une longue veillée de pur délice. Elle n'avait qu'à craquer l'allumette sous le tas de bois préparé à l'avance, elle regardait un moment les flammes danser dans la cheminée, puis elle prenait un livre, écoutait de la musique. Parfois, Galaad arrivait discrètement, signe que le traîneau était de retour. Il posait son museau contre la vitre, agitant la queue pour la saluer. Elle lui ouvrait. Il s'installait en boule devant la cheminée pour une heure ou deux. La chaleur du feu le chassait. Alors il repartait, tête basse, comme gêné de l'abandonner. Elle descendait au gîte pour bavarder ou souper avec Viviane. C'était le plus souvent le samedi quand les touristes de la semaine avaient quitté le hameau, et que les suivants n'étaient pas encore arrivés. Elle rencontrait l'un ou l'autre des Monthier quand ils apportaient leurs fromages aux Fourque ou aux Jourdan. Dôme aussi passait quelquefois, histoire de lui raconter la dernière envolée lyrique de Sauvignon ou l'une de ses colères qui faisaient trembler le conseil municipal.

Elle n'était ni seule ni isolée, elle était indépendante.

Et puis, elle avait Amélia qui ne prenait plus seulement la route pour voir comment évoluait sa peinture. Loïc l'attendait, l'emmenait pour de longues promenades à skis, la gardait tard le soir…

Avec le retour des beaux jours, commença la saison des expositions et des salons. Rennes, Anvers, Milan et bien entendu Paris. C'étaient des périodes de grande activité : réserver l'hôtel, trouver les manutentionnaires pour décharger, accrocher les toiles, contrôler les éclairages… Amélia n'était pas toujours là, alors elle demandait à ses parents de l'accompagner. Il fallait tenir le stand, discuter avec les clients, les amateurs ou simplement les badauds. Cette année-là, elle vendit beaucoup. Sa peinture plaisait. « Heureuse en affaires, malheureuse en amour », dit le proverbe. Elle ne pensait plus à Mathieu et, si Vincent venait parfois occuper son esprit, elle s'efforçait de rester détachée. Elle le croisait parfois au village ou au gîte, ils se saluaient, mais ils semblaient aussi réservés l'un que l'autre depuis le baiser échangé à la Saint-Sylvestre, comme si une gêne nouvelle s'était installée entre eux.

Viviane lui avait dit un jour que Vincent rendait parfois visite à Cynthia, pour des histoires de braconnage, de loups, de protection de la forêt. Entre deux réunions au ministère, elle faisait appel à sa connaissance de la montagne. Mais il n'y avait plus rien entre eux, supposait-elle, sinon de l'amitié. Vincent se méfiait désormais de ces femmes que la carrière et l'ambition emportaient, au-delà des rêves chimériques, vers les hautes sphères du pouvoir.

L'automne arriva avant qu'elle ne s'en rendît compte. Un matin, elle s'étonna de voir les herbes du chemin couronnées de givre, les feuillus se parant de rouge, tache flamboyante au milieu du vert des sapins. Sur les hauteurs, la neige fit son apparition. Monthier n'allait pas tarder à redescendre les bêtes à l'étable. Un an plus tôt, au cours d'une assemblée générale en mairie, Sauvignon menaçait Le Villaret de la pire catastrophe. Ce souvenir alluma un sourire sur ses lèvres. La Combe-aux-Loups avait été sécurisée et les premiers pylônes de la télécabine se dressaient désormais au milieu des rochers. Le Villaret était sauvé.

Elle étalait ses couleurs sur la palette quand elle vit les voitures arriver, l'une de la gendarmerie, l'autre de la police. Elle reconnut les gendarmes de Monteloup, l'adjudant Grignard et son collègue dont elle avait oublié le nom. Elle songea à un accident en montagne mais n'eut pas le temps de poser une question : l'un des policiers, un grand maigre à la tête carrée, lui présentait un papier en même temps que sa carte.

— Commandant Froissard et voici mon équipier Dessange. Mademoiselle Delmass, j'ai un mandat d'amener vous concernant.

— Moi ?

— Veuillez nous suivre et nous donner votre ordinateur ainsi que votre téléphone portable.

Elle regarda tour à tour les gendarmes et les policiers. Déjà, le dénommé Dessange se glissait derrière elle pour entrer. Elle ne s'interposa pas, plus surprise qu'affolée.

— Qu'est-ce que c'est que cette histoire ? Grignard, pour quelle raison devrais-je suivre ces messieurs ?

Le gendarme ôta son képi et se gratta le front d'un air embarrassé.

— Ce n'est sans doute qu'une formalité, mademoiselle Delmass.

Le commandant Froissard s'interposa.

— Le juge d'instruction souhaite vous entendre dans le cadre d'une enquête sur le financement du terrorisme. J'ai ordre de vous conduire jusqu'à lui.

Jessy en resta estomaquée.

— Je n'ai pas trouvé son téléphone, lança Dessange qui quittait La Bergerie, l'ordinateur dans les bras.

Voir son outil de travail disparaître dans la voiture la tira de son ahurissement.

— C'est une plaisanterie ! Attendez, je ne comprends pas…

Étonnés par la présence des deux véhicules devant chez Jessy, les Fourque sortirent à la rencontre du groupe.

— Que se passe-t-il ? demanda Viviane à Grignard.

Les frères Jourdan sortirent à leur tour, l'incompréhension se lisait dans leurs regards. S'ensuivit une avalanche de questions agrémentées de quelques noms d'oiseaux de la part de Gilles qui n'aimait pas plus les gendarmes que la police.

— Écartez-vous ! tonna le commandant, exaspéré par leur présence. Mademoiselle Delmass, veuillez monter dans cette voiture !

Ajoutant le geste à la parole, il posa une main autoritaire sur le bras de Jessy.

— Ôtez votre main, monsieur ! articula distinctement Jessy. Je n'ai pas l'intention de m'opposer à quoi que ce soit. Et inutile de mettre la maison sens dessus dessous, je vais vous donner mon portable.

Elle se tourna vers Viviane :

— J'espère que ce n'est qu'un aller-retour. Vous avez les clés, s'il y avait un problème, prévenez Amélia s'il vous plaît.

Et elle ajouta sur un ton plein de mépris à l'adresse de Froissard :

— Vous voulez sans doute me surveiller pendant que je me change !

Quelques minutes plus tard, elle prit place dans la voiture de police qui démarra. Elle ne se retourna pas. La voiture de la gendarmerie qui les suivait les abandonna à Monteloup. Sur la ligne droite, Dessange ouvrit son ordinateur. Un sentiment de danger commençait à s'insinuer en elle.

— Où allons-nous ? demanda Jessy.

— Au tribunal de Lyon, voir le juge.

— Et qui est ce juge qui souhaite m'interroger ?

— C'est écrit sur le mandat : Bogossian. David Bogossian. C'est le spécialiste des affaires de terrorisme.

Le visage de Ben Raffat lui revint à l'esprit. Son zèle religieux, son mépris des femmes…

Elle regarda par la fenêtre, s'absorba dans le paysage. Terroriste ou pas, elle n'avait rien à voir avec cet homme.

Enfin, si. Elle lui avait vendu son tableau.

***

Jessy était assise sur une chaise inconfortable à côté de Froissard. Depuis leur arrivée au tribunal, son collègue Dessange avait disparu avec son ordinateur. Tous les deux ne l'avaient pas quittée une minute depuis leur départ de La Bergerie. Elle avait eu le temps de réfléchir pendant le voyage et était parvenue au prix d'un effort surhumain à rétablir le calme en elle. Comme le lui avait dit l'adjudant Grignard, ce n'était sans doute qu'une formalité. Après une heure d'attente dans un couloir désert, Dessange était revenu, accompagné d'un homme en costume sur lequel il avait passé une toge noire entrouverte.

Le cabinet du juge d'instruction ressemblait à n'importe quel cabinet de juge : murs tapissés de rayonnages s'incurvant sous le poids des classeurs, bureau en bois verni encombré de documents, à l'écart, un greffier vêtu de gris devant son tableur. Le juge Bogossian, comme l'indiquait la plaque sur sa porte, moins de quarante ans, le cheveu noir, la coupe sévère, le regard incisif, prit place dans un fauteuil dos à la fenêtre.

Il n'eut pas le temps de parler que, d'une voix parfaitement maîtrisée, Jessy lui demanda :

— Monsieur le juge, puis-je connaître précisément la nature des faits qui me sont reprochés ?

Le juge tourna vers elle un regard indifférent.

— Les termes exacts sont : intelligence avec l'ennemi et financement d'un réseau de terrorisme, énonça Bogossian d'une voix sans timbre.

— Intelligence avec l'ennemi ? Permettez-moi de m'étonner. Nous ne sommes pas en guerre, que je sache.

— Si, mademoiselle Delmass. Notre pays est en guerre contre le terrorisme, peu importe le nom qu'on lui donne : Daech, État islamique, Boko Haram, djihadisme.

Il attendit une réaction qui ne vint pas et poursuivit de cette même voix détachée :

— J'enquête sur le commerce d'un tableau de grande valeur, acheté à un particulier par un homme qui dirigeait un groupe appartenant à la mouvance des Frères musulmans, il a été récemment mis en vente sur le marché de l'art, au prix exorbitant de 6 millions d'euros.

Il ouvrit un dossier, fit glisser vers elle une photographie. Elle reconnut aussitôt Ben Raffat, releva l'imparfait du verbe « diriger », mais ne dit rien. Il ne pouvait pas s'agir de *La Source*. Six millions d'euros ? Ce n'était pas possible, peut-être Ben Raffat possédait-il aussi un Picasso ou un Miró ?

— Mademoiselle Delmass, vu la teneur des présomptions qui pèsent sur vous, vous auriez intérêt à prendre un avocat.

Au même instant, la porte s'ouvrit sur un petit homme corpulent, le col blanc de travers, la toge noire plus froissée que si elle était restée des semaines au fond d'un tiroir, les paupières lourdes sur des yeux tombants. Si l'expert Aimé Doumer ressemblait à Prof, Dormeur, la barbe en moins, venait d'entrer dans la pièce.

— Maître Cafferti, avocat, marmonna-t-il sans même s'excuser d'être entré sans frapper. À partir de cet instant, j'assure la défense de mademoiselle.

Se tournant vers Jessy :

— Votre père a téléphoné au bâtonnier qui m'a appelé. Il m'a demandé de vous représenter.

Le cœur de Jessy se serra. Ainsi, ses parents étaient au courant. Viviane avait prévenu Amélia, sa famille… À moins que ce ne soit Loïc… Elle les chassa aussitôt de ses pensées.

Sans y être invité, Cafferti venait d'approcher la seule chaise restante, et s'installait pesamment, s'appuyant de tout son poids contre le dossier avec un soupir d'aise. Dans la pièce, on aurait pu entendre une mouche voler.

— Pouvons-nous poursuivre ? demanda le juge d'instruction avec aigreur.

Cafferti hocha la tête.

— Je vous en prie.

Bogossian se gratta la gorge et commença la lecture du rapport.

— Ben Raffat a été tué en Égypte au cours d'une perquisition qui a mal tourné. Il était sous la surveillance de la brigade antiterroriste depuis plusieurs mois.

Coup d'œil en direction de Froissard qui prit la parole :

— Soupçonné d'être à l'origine des dernières attaques au Maroc, au Sri Lanka et en Serbie, nous ne l'avons pas quitté des yeux. Peu de temps après sa mort, la mise en vente d'un tableau par un de ses proches nous a alertés. Six millions d'euros ! Une manne pour le groupe.

Silence dans la pièce. Bogossian en profita pour étaler plusieurs clichés sur la table, Jessy ferma les yeux comme si elle venait de recevoir un coup derrière la tête.

— Voici la toile en question : *La Source* ! Un Witzberg. Magnifique, n'est-ce pas ?

— Vous vous trompez, réagit brusquement Jessy. La cote de Witzberg a beaucoup monté ces derniers mois mais pas à ce point ! Ce tableau n'est pas près d'être vendu à 6 millions d'euros.

— Peut-être pas demain mais dans un an ou deux…

Cela lui donnait un peu de temps. Plus tard, quand cette histoire serait terminée, elle s'arrangerait pour faire savoir que c'était un faux. Il suffirait de lancer la rumeur et la toile serait retirée du marché.

Cafferti, *alias* Dormeur, sortit de sa torpeur.

— En quoi ma cliente est-elle concernée ?

— Non seulement votre cliente est concernée, maître, mais elle est surtout fortement impliquée.

D'un geste posé, le juge alluma son ordinateur qu'il tourna face à l'avocat et à Jessy, puis il lança une vidéo.

— Elle est issue de la caméra de surveillance du port de Monaco. Mlle Delmass est montée à bord du *Fairy of the Mists*. La date et l'heure sont indiquées dans l'angle. Et là, vous voyez, elle en est ressortie. L'homme derrière la vitre qui observe son départ, c'est Ben Raffat. Un des principaux dirigeants d'un réseau terroriste. Il était à Monaco probablement pour acheter des armes. Pour des raisons que nous ignorons, l'affaire a capoté et Ben Raffat a investi dans un tableau de maître. Vous êtes au courant, n'est-ce pas ? Puisque c'est vous qui le lui avez vendu, ajouta-t-il en regardant Jessy droit dans les yeux. Vos mails et vos relevés bancaires qui viennent d'être épluchés par nos experts en informatique nous en ont donné la preuve.

Bogossian parlait d'une voix neutre et tranquille, comme s'il récitait une leçon bien apprise.

— Vous avez cédé cette toile de maître pour un peu plus de 1 million d'euros. Autant dire une bouchée de pain, quand on sait qu'il en vaut trois ou quatre fois plus à ce jour et peut-être 6 millions dans un an ou deux, quand un collectionneur se décidera à l'acheter.

Jessy serra les mâchoires.

— Vous n'avez gardé que 250000 euros, poursuivit le juge, imperturbable, poussant un document vers Cafferti qui y jeta un œil. Puis-je vous demander ce qu'est devenu le million qui ne figure plus sur votre compte ?

Cette politesse excessive la mettait hors d'elle.

— Ma cliente n'est pas obligée de répondre à cette question.

Bogossian lui jeta un regard torve.

— Il serait dans son intérêt de ne pas faire obstruction à l'enquête. De toute façon, nos informaticiens ne tarderont pas à le savoir. Mademoiselle Delmass, avez-vous un compte à l'étranger ?

— Non. Et si vos experts en informatique étaient si compétents, ils le sauraient déjà. Le compte sur lequel j'ai fait virer 1 million d'euros est un compte français.

Bogossian cilla.

— Il s'agit de la mairie de Monteloup, assena-t-elle, consciente de la tempête médiatique qu'elle allait déchaîner. Et ce virement n'a aucun lien avec le terrorisme.

— C'est à moi d'en juger. En attendant, vous êtes mise en examen et allez être transférée à la maison d'arrêt pour femmes de Lyon-Corbas.

Cafferti jaillit de sa chaise tel un polichinelle de sa boîte.

— Monsieur le juge, j'exige la libération conditionnelle pour ma cliente.

— Vous n'êtes pas en mesure d'exiger quoi que ce soit, maître. Vous devriez savoir que, en matière de terrorisme, il n'y a pas de liberté conditionnelle qui tienne !

***

Jessy était en plein cauchemar. Elle ne savait plus si son cœur battait encore, ni si ses poumons lui permettaient de respirer. Tel un zombie, elle se laissa emmener. Une heure plus tard, les portes de la maison d'arrêt se refermaient sur elle. Toujours sans réaction, au fond d'une tombe où nul n'avait accès, elle suivit la femme en uniforme qui la guida à travers les méandres des formalités du greffe, reçut une trousse de toilette, une paire de draps, des sous-vêtements de rechange avant d'être poussée dans une cellule : une seule fenêtre équipée de barreaux, deux lits superposés, une table contre un mur, des étagères de bois, un paravent dissimulant les toilettes… Sur la couchette du haut, une femme paraissait dormir.

Jessy resta immobile, la porte fermée derrière elle, les écrous tirés. Des araignées tournoyaient devant ses yeux. Ses mains ne tremblaient pas ; ses jambes restaient solides, son souffle comme son pouls, plus réguliers qu'un métronome. Simplement, elle n'était pas là. Elle vivait une sorte de décorporation. Où était passée *l'autre* ? Elle allait attendre qu'*elle* revienne. Mais voudrait-*elle* seulement revenir ? À travers un brouillard opaque, elle vit la femme descendre de sa couchette, lui ôter le paquet des bras, le poser sur le matelas et la pousser sur le lit. La voix sortit de nulle part :

— Et maintenant, tu me fous la paix. Il me reste plus que deux ans à tirer. J'ai pas envie de me faire emmerder par une demeurée.

Première nuit en prison, nuit cauchemardesque. Il faisait froid. Roulée en boule sur sa couchette, telle une bête traquée, elle écouta les bruits, le pas d'une surveillante dans le couloir, le souffle lourd de la femme au-dessus d'elle, le vent sifflant sous la porte. Au matin, elle dut plonger dans un sommeil de plomb car elle n'entendit rien de ce qui se passait alentour, jusqu'à ce qu'un bras la secoue violemment.

— Votre avocat veut vous parler.

Le jour était levé et un pâle soleil d'automne se glissait entre les barreaux. Elle était seule dans la cellule. *Votre avocat*... La réalité lui sauta au visage avec les souvenirs de la veille : Cafferti, l'arrestation, le juge d'instruction, les photos... *L'autre* était enfin revenue mais elle était en piteux état.

Corridors interminables, portes, serrures, verrous, crissement des chaussures sur le sol dallé. Le parloir était meublé en tout et pour tout d'une table et de trois chaises. Fixées au mur, deux caméras ; l'une au-dessus de la porte donnant sur le hall d'entrée des visiteurs, l'autre sur celle par laquelle elle était arrivée. Cafferti lui tendit la main.

— Asseyez-vous. Je vous ai apporté du café, dit-il en tirant de son sac une bouteille Thermos. La surveillante l'a ouverte. Peut-être avait-elle peur que j'y cache une lime.

Il fut le seul à rire de sa plaisanterie.

— Bon. J'ai lu votre dossier, commença-t-il après s'être raclé la gorge. Je résume : vous êtes entrée en possession d'un tableau de Witzberg. Vous le faites expertiser à Monaco par le cabinet Doumer et vous le vendez à Ben Raffat, contre 1 250 000 euros. Pourquoi êtes-vous passée par Doumer ?

L'*autre* menaçait de repartir dans les limbes. Elle devait réagir si elle ne voulait pas finir dans un asile. Elle se força à boire une première gorgée de café, puis une seconde plus lentement, prit son temps avant de répondre. Cafferti était patient.

— Je n'étais pas certaine que ce soit un Witzberg.

— Ce tableau, *La Source*, comment vous l'êtes-vous procuré ?

Nouvelle hésitation. Elle tourna la tête vers la fenêtre, obligeant son esprit à rester éveillé.

— Je l'ai trouvé sous les combles, chez moi.

— Oui, oui, c'est ce que dit l'expert dans sa déposition. Doumer de son côté assure qu'il ne connaissait pas Ben Raffat. Il prétend vous avoir mise en contact avec un Cheikh, un certain Abdelkarim…

— C'est vrai. Et moi non plus, je ne connaissais pas ce Ben Raffat. J'ignorais surtout que c'était un terroriste.

À voir sa tête et ses manières, j'aurais pu le deviner.

— Pourquoi étiez-vous si pressée de vendre ce tableau ?

Jessy raconta d'une voix morne le projet de Monteloup, le choix entre deux sites pour la gare de la télécabine, les frais pour sécuriser la Combe-aux-Loups, son besoin irrépressible de sauver la bergerie de Witzberg, l'échéance de janvier avant le début des travaux…

L'avocat l'interrogea sur sa famille, ses proches. Il ne prenait pas de notes et hochait la tête. Il semblait connaître les réponses. À un moment du récit de sa cliente, il croisa les bras et ses paupières retombèrent inexorablement devant ses yeux. Dormeur remplaçait Cafferti.

— Bien, conclut-il après un silence, vous cherchiez un acheteur. On vous l'a présenté. Vous avez vendu sans savoir qui était l'acquéreur. C'est là-dessus que nous allons tabler notre défense : l'ignorance, l'imprudence aussi. Vous n'êtes pas censée connaître tous les terroristes du monde. Quant à l'accusation de financement du terrorisme, je vous promets qu'on va réfuter ça vite fait.

— Quand aura lieu mon procès ?

— Dès que possible. Le procureur de la République s'est empressé de vous mettre derrière les barreaux. J'espère être aussi rapide que lui pour vous en faire sortir.

Jessy sentit monter la nausée. Elle devait tenir bon. Elle s'en sentait capable mais jusqu'à quand ? Cafferti lui demanda :

— Est-ce que je peux faire quelque chose pour vous ?

Elle commença par secouer la tête quand une idée lui traversa l'esprit :

— Pourriez-vous demander que j'aie accès à mon matériel de peinture ?

— Je ne vous promets rien mais je vais faire de mon mieux. Ah, une dernière chose, ajouta-t-il en se levant, mettant fin à l'entretien, vous savez que vous pouvez avoir un téléviseur dans votre cellule. J'en ai loué un à votre intention. Surtout ne loupez pas les informations de treize heures aujourd'hui, sur la Une. Ce sont eux qui ont le scoop.

L'appareil était déjà installé quand elle retourna dans sa cellule. Sa codétenue, une sexagénaire maigrichonne, en tablier rose, moitié couchée, n'avait pas attendu son retour pour l'allumer et elle regardait, fascinée, les images se succéder sur l'écran.

— T'as du pognon, toi, lança-t-elle. En presque vingt ans de taule, j'ai jamais partagé la cellule de quelqu'un qui puisse en louer une. Quant à moi, inutile d'en parler, j'ai pas un rond.

Jessy lui tendit la télécommande.

— Regardez ce qui vous plaît. Mais à treize heures, je mets les informations sur la Une.

— À treize heures, on est au réfectoire.

— Je ne déjeunerai pas.

— C'est bien ce que je disais : t'es cinglée !

À treize heures moins cinq précisément, Jessy tira un tabouret de dessous la table et s'installa devant les publicités précédant le journal télévisé. Elle pensait rester seule, elle ne le fut pas longtemps. Le tablier rose, conduite par une gardienne, revenait déjà du réfectoire. Elle faisait une drôle de tête mais dès que la porte fut refermée, elle éclata de rire.

— J'ai dit que je m'sentais pas bien. Je veux savoir ce qui t'intéresse au point de pas manger. Je suis curieuse, moi, c'est ce qui m'a valu d'en prendre pour vingt ans…

Sur l'écran, la planète Terre éclata au son du jingle retentissant : Le J.T. Jean-Pierre Pernaut et son sourire d'entrée en scène ; la météo d'Évelyne Dhéliat, températures, vent sur plusieurs jours, les cyclones dans les Caraïbes, les masses d'air en Nouvelle-Calédonie… C'était interminable !

Retour sur le présentateur.

— Le mystère du Villaret vient enfin d'être levé…

Jessy retint son souffle.

— On connaît désormais l'identité du généreux donateur. Il s'agit de la propriétaire de La Bergerie…

Ça y était. Fini l'anonymat. Pernaut souriait et cédait la place au reportage. Le hameau apparut sur l'écran. La caméra visita les ruelles, s'arrêta sur son chalet… Jessy s'écrasait les phalanges.

— Le site protégé, sauvé *in extremis* de l'installation d'une télécabine, grâce à la vente…

La Source, en plein écran, puis une vieille photo en noir et blanc du peintre Witzberg, remplacée quelques secondes plus tard par l'intervention du juge Bogossian, sur les marches du tribunal, félicitant la brigade antiterroriste, jouant parfaitement son rôle de redresseur de torts devant une armée de journalistes brandissant leurs appareils tandis que les flashes crépitaient de toutes parts.

— Accusée de financement du terrorisme, la jeune femme a été mise en examen.

Retour sur Jean-Pierre Pernaut et sur la victoire du PSG., la veille, au Stade de France. Le reportage n'avait pas duré cinq minutes.

Jessy éteignit l'appareil. Le tablier rose ne contesta pas mais se planta entre elle et le téléviseur, les mains sur les hanches.

— Alors c'est toi ? C'est vraiment toi ? J'ai vu juste, t'es folle, t'es encore plus tarée que je croyais. Un million d'euros ! Et pourquoi ? Pour sauver ce foutu village complètement pourri, avec des maisons qui croulent et des vaches dans les prés. Pour un million, j'aurais vendu mon âme aux terroristes et je me serais barrée, n'importe où, au bout du monde, même en Sibérie. Non, pas en Sibérie… Tu vas partout avec 1 million d'euros !

Elle vociférait, postillonnant de colère et d'indignation contre Jessy toujours muette, qui sortit un mouchoir de sa poche et le passa tranquillement sur son visage avant de le tendre à la femme en mimant le geste de s'essuyer les lèvres.

— Vous ne pouvez pas comprendre, finit-elle par dire.

— Comprendre quoi ? J'suis trop conne, c'est ça ? Comprendre qu'on puisse finir en taule pour une connerie ?

— Ce n'était pas prévu…

— Qu'est-ce qui n'était pas prévu ?

— Que le tableau soit acheté par un terroriste et qu'on tente de le revendre quelques mois plus tard.

Jessy se leva, repoussa le tabouret sous la table.

— Pas plus que le matraquage médiatique que mon incarcération vient de soulever, souffla-t-elle.

— Tu voulais rester anonyme ? Pourquoi, t'as honte d'être riche ?

Jessy n'hésita pas.

— Non, par dignité.

Il y eut un silence. La femme renifla avec mépris.

— Moi, c'était prévu. Mais c'est une autre histoire. Tiens, ajouta-t-elle en sortant de sa poche un morceau de pain et une Vache qui rit dans son papier argenté. Je t'ai rapporté ça. Et au fait, je m'appelle Catherine.

— Merci, Catherine. Ça fait longtemps que je n'ai rien mangé.

Elle soupira, le temps des raclettes au gîte des Fourque lui parut appartenir à une époque depuis longtemps révolue…

***

La visite de ses parents et celle d'Amélia la bouleversèrent au plus haut point. Elle ne put s'empêcher d'éclater en sanglots quand ils la prirent dans leurs bras. Dans un état second, les yeux brouillés de larmes, elle les entendit plus qu'elle n'écouta : « incompréhensible, erreur judiciaire, rôle de l'avocat, te faire sortir d'ici… » Elle en revint plus effondrée que jamais, réalisant dans quel enfer elle s'était jetée en y entraînant les siens.

— C'est toujours comme ça, les visites, commenta Catherine sans détourner les yeux de l'écran. Parfois, vaut mieux les éviter.

Elle baissa un peu le son mais son regard resta scotché sur le téléviseur où se déroulait une scène d'amour dans un cadre champêtre.

La veille, Jessy avait reçu un bloc de papier à dessin et une boîte de crayons de couleurs aquarellables, son avocat n'avait pas pu obtenir plus mais elle était déjà consciente de sa chance. Elle connaissait désormais le moyen de sortir de la dépression avant que celle-ci ne l'engloutisse. Voyage dans un ailleurs, sans rien mesurer, ni le temps ni l'espace. Cri des couleurs, jouissance des lignes qui s'entrecroisent, élégance des circonvolutions. Là, peut-être un arbre ; ici, un animal, un loup… un ours… ou Galaad…

— Qu'est-ce que tu fais ?

— Je dessine.

— Je peux voir ?

Sans attendre la réponse, Catherine sauta de sa couchette. Le soap opera avait laissé place à une émission culturelle qui ne l'intéressait plus.

— C'est quoi ce truc ? Des taches et des gribouillis !

— Qu'est-ce que vous voyez ?

— Parce qu'y a quelque chose à voir ?

— Oui, si vous regardez bien, vous verrez quelque chose.

— Et après ?

— Ce quelque chose vous aide à peindre.

— J'vois rien, à part un barbouillage, comme ceux que faisait ma nièce quand elle était en maternelle. Maintenant elle est en terminale. Ah oui. Là, y a quelque chose…

Catherine posa son doigt sur la feuille.

— Y a comme une bouteille. Ici, le goulot et là, le fond et même l'étiquette…

Si Jessy fut surprise, elle ne le montra pas, lui tendit un crayon.

— Allez-y ! dessinez-la, telle que vous la voyez.

Lèvres serrées, sourcils froncés, Catherine s'appliqua à tracer les contours de ce qui ressemblait à une bouteille.

— Vous travailliez dans un café avant ?

— Non, j'aidais mon mari. On avait un pressing à Caluire.

— Pourtant vous avez vu une bouteille. Cet objet a dû être important dans votre vie.

Catherine se redressa d'un bond, cassa le crayon en deux plus facilement qu'une allumette et le jeta violemment par terre.

— Putain ! Vous êtes sorcière ou quoi ? Qui vous a parlé de moi ?

— Catherine, c'est votre dessin qui a parlé, pas moi, répondit Jessy d'une voix tranquille. C'est vous qui avez dessiné une bouteille. Je ne vous avais rien demandé ; je ne la voyais même pas, moi.

Catherine revint s'asseoir, l'air maussade. Du pied, elle repoussa les morceaux de crayon puis elle haussa les épaules.

— Après tout, c'était écrit dans tous les journaux. J'ai eu ma fille à dix-sept ans. Je n'avais pas quarante ans quand elle s'est mariée. Avec une brute. Ma fille ne disait rien mais je voyais bien que ça tournait pas rond, elle avait des bleus partout. Elle ne voulait pas porter plainte parce qu'il revenait toujours en pleurnichant et en jurant qu'il l'aimait. Alors j'ai fait ma petite enquête auprès des voisins. Je vous ai dit que j'étais curieuse. J'ai su qu'il la frappait avec tout ce qui lui tombait sous la main. Et puis un jour où elle travaillait dans la cuisine, il a commencé à lui cogner dessus pour une paille en croix comme on dit chez nous. Il a attrapé une bouteille qui traînait par là. Elle a fini par me l'avouer. Elle pouvait pas cacher la blessure qu'elle avait à l'épaule. J'en ai pas dormi de la nuit. Le lendemain, je prenais le fusil de mon mari – il est chasseur – j'ai mis deux cartouches, je suis allée attendre le gus à la sortie de son boulot. J'ai attendu plus de trois heures. Trois heures, hein, la préméditation ! Ça pèse dans une condamnation, ça… Dès que je l'ai vu, j'ai tiré. Deux coups. Puis j'ai jeté le fusil par terre et j'ai attendu les flics.

— Et vous avez été condamnée pour meurtre.

— J'en ai pris pour vingt ans. Ce qui m'a aidée à tenir, c'est de savoir que j'ai sauvé ma fille. Il aurait fini par la tuer, ce salaud. Elle est heureuse aujourd'hui. Elle s'est remariée l'année dernière ; je serai bientôt grand-mère…

Jessy n'ajouta rien. Le bonheur des derniers mots flottait dans la pièce. Elle prit un nouveau crayon, termina le dessin de l'arbre, esquissa le dos de l'animal dans un flou immatériel…

— Tout ne se dévoile pas au premier coup d'œil. Il faut dompter ce que vous appelez les gribouillis, entrer dans le dessin et se laisser guider. C'est l'intérieur qui se révèle. Ma forêt, mon chien, ma montagne… Une bouteille se balançait à une branche.

L'anecdote fit le tour de la maison d'arrêt, arriva jusqu'aux oreilles des gardiennes et même jusqu'à la directrice adjointe qui prit la nouvelle avec hauteur.

— La thérapie par le dessin, tout simplement. Il n'y a rien de sorcier là-dedans.

Néanmoins, elle sortit un dossier et y nota quelques mots.

***

Quatrième jour derrière les barreaux. Attente, angoisse, désespoir…

Les jours, les heures s'écoulaient. Lentement, trop lentement, rythmés par la discipline des horaires : ménage, promenade, réfectoire, toilette… Jessy subissait la curiosité des autres, parfois les quolibets agressifs, le plus souvent l'indifférence. Bien que parfois pesante, la présence de Catherine restait réconfortante.

Ce matin-là, Jessy se tenait devant la fenêtre. Aucun arbre dans son environnement, ni dans la cour ni au-dessus des toits. De sa prison, Verlaine voyait les branches d'un arbre. Ici rien. Pas le moindre rameau, pas la plus petite brindille. Du béton, rien que du béton et des grilles. La nature, le vert lui manquaient. Leur absence la rendait malade. Elle n'avait même pas envie de dessiner. Elle le savait, elle ferait n'importe quoi.

— Delmass, parloir !

L'ordre péremptoire la fit sursauter. Cafferti. Enfin. Tout en parcourant les longs couloirs, elle espérait qu'il était là pour lui annoncer la date de son procès. Qu'on en finisse, que quelque chose survienne qui la fasse sortir du marasme dans lequel elle se noyait !

La pièce était plongée dans une pénombre que dissipait difficilement la lumière du jour filtrant à travers les barreaux de l'unique fenêtre. Elle s'immobilisa sur le seuil, statufiée : Vincent. Elle l'avait chassé de ses souvenirs et il était là en chair et en os, s'avançant vers elle. Il lui prit les mains sans un mot, plongea son regard dans le sien, cherchant dans l'eau de ses yeux une étincelle de vie, d'espoir peut-être. Il dut découvrir beaucoup plus car, indifférent à la présence des deux surveillantes, il l'attira contre lui et la serra dans ses bras. Elle ferma les yeux et se laissa aller avec une confiance jusque-là inconnue. Une toux discrète derrière eux les ramena à la réalité.

— Vincent… Je…

— Alors, c'était vous !

Elle était prête à s'excuser. Lui reprochait-il ce mystère ?

— Je l'ai fait pour moi.

— Vous l'avez fait pour nous tous et vous le savez.

— C'est pour cela que vous êtes là ? Pour me remercier ?

— Faut-il vraiment trouver une raison ? J'avais simplement envie de vous voir. Je vous découvre si désemparée alors que je vous connais si forte d'habitude.

— Je ne suis pas forte. Pas en ce moment, en tout cas.

— Votre avocat est là, il est venu vous parler du procès. Je serai avec vous. Nous serons tous avec vous.

Il la serra à nouveau contre lui, caressa ses cheveux avant de s'éloigner d'un pas lourd. Le cœur ravagé, elle le regarda quitter la pièce. Un abîme s'ouvrait devant elle.

CHAPITRE 9

Le procès s'ouvrit à la mi-novembre par une froide journée pluvieuse. Sur les marches du palais, les parapluies se bousculaient. Journalistes et photographes restaient à l'abri du porche, guettant un visage connu, une agitation anormale qu'ils se seraient empressés de filmer.

Amélia traversa la foule, sa main dans celle de Loïc, passa les contrôles de sécurité, le greffe où elle donna sa citation à comparaître ainsi que l'autorisation d'assister aux premières minutes de l'audience. Ils cherchèrent des yeux une place sur les bancs déjà bien occupés. Pas trop près – Amélia savait depuis longtemps que sa haute taille indisposait ceux placés derrière elle – et sur le bord de l'allée. Maître Cafferti lui avait dit qu'elle serait rapidement appelée à témoigner. Loïc lui caressa le dessus de la main, devinant son agitation.

— Ça va ?

— Ça ira mieux quand Jessy sera libérée.

Elle ne tremblait pas mais son visage affichait une gravité qu'il ne lui connaissait pas.

— Merci d'être venu avec moi pour la soutenir, ajouta-t-elle avec un sourire forcé.

— Regarde, je ne suis pas le seul.

Tout Le Villaret avait fait le voyage, y compris Raymond Boissenet, confortablement installé à côté des Fourque, sur la seule chaise capitonnée et munie d'accoudoirs de la pièce. Il avait refusé avec indignation le fauteuil roulant qu'on lui avait proposé. Les Monthier avaient fermé la fromagerie pour la journée et confié leurs bêtes à un paysan du coin. S'ajoutaient à ces visages familiers des propriétaires de résidences secondaires, des habitants de Monteloup, des amis et des proches. Vincent était parmi eux, les traits tirés par l'inquiétude. Amélia aperçut les parents de Jessy assis au deuxième rang. Elle alla les saluer. Mme Delmass, les yeux humides, martyrisait un mouchoir entre ses mains ; son mari, la mâchoire contractée, raide dans son costume sombre, la serra contre lui sans oser la regarder. Il ne voulait pas risquer de craquer à son tour.

La salle était grande, éclairée par de larges fenêtres aux rideaux ouverts. Les bancs, l'estrade, le long bureau, tout était en bois couleur de miel, ainsi que la barre des témoins posée sur ses deux pieds de bronze. À droite de l'entrée, les trois magistrats du parquet représentant le ministère public discutaient à voix basse en feuilletant leurs dossiers. L'un d'eux était maître Jagger, l'inflexible procureur de la République dont l'éloquence en envoyait plus d'un derrière les barreaux. Les murmures s'amplifiaient au fur et à mesure que la foule arrivait. Le procès faisant la une de tous les quotidiens et les journalistes étaient nombreux à se bousculer dans le couloir. Soudain, le brouhaha cessa. Par une entrée située sur la gauche, venaient d'apparaître maître Cafferti et son adjoint, suivis de Jessy. Ils prirent place, Jessy derrière ses avocats, séparée d'eux par une table étroite. Elle portait un ensemble pantalon sombre et pour seule touche de couleur un foulard aux teintes lumineuses, cadeau de ses parents pour son dernier anniversaire. Pas de montre ni de bijoux. Elle ne regarda personne, hocha simplement la tête quand Cafferti lui murmura quelque chose à l'oreille, puis elle tourna un visage impavide vers la fenêtre, fixant un point au-delà de l'infini.

— Mesdames et messieurs, la cour !

La présidente entra la première, suivie de ses assesseurs et du greffier. Les toges rouges s'installèrent dans un silence monacal ; au centre, la juge Mathilde Vernet allait présider les débats. C'était une femme d'âge mûr, les cheveux blancs coupés très court, le maquillage discret, les lunettes en sautoir au bout d'une chaîne. Amélia ne la quittait pas des yeux et ne put s'empêcher de penser qu'elle était probablement mère de grands enfants qui devaient fréquenter les salles de concert comme le Bataclan, se mêler à la foule des supporters les soirs de foot et admirer le feu d'artifice du 14 juillet.

La présidente promena un regard sévère sur l'assemblée puis annonça d'une voix claire les raisons du procès et résuma dans un préambule concis la genèse de ce qu'on appelait désormais « le sauvetage du Villaret ». Sur l'écran dressé à gauche, apparut la photographie du tableau. Exposé ainsi en pleine lumière, même les plus ignares en matière de peinture ne pouvaient qu'éprouver une profonde émotion. S'adressant à Jessy, elle lui ordonna :

— Accusée, levez-vous !

Tous les regards se tournèrent vers Jessy qui se leva lentement, laissant le bout de ses doigts effleurer la table devant elle, dissimulant un éventuel tremblement.

— C'est bien cette toile que vous avez vendue à M. Ben Raffat pour 1 250 000 euros, mademoiselle Delmass ?

— Oui, madame la présidente.

Sans la quitter des yeux, la juge énuméra les charges pesant contre elle. Elle rappela enfin que la France était en guerre contre le terrorisme et que faire du commerce avec l'un de ses chefs était un crime contre les intérêts fondamentaux de la nation, crime d'autant plus grave qu'il pouvait permettre le financement de ce terrorisme. Le déclic d'un appareil photo lui fit froncer les sourcils.

— Je demande aux journalistes présents dans la salle de ne pas utiliser de flash afin de ne pas nuire au bon déroulement des débats, ordonna-t-elle avec fermeté. Je rappelle aussi que l'usage des téléphones est strictement interdit durant l'audience.

Elle patienta une minute, le temps que quelques étourdis éteignent leur portable, puis poursuivit :

— Mademoiselle Delmass, avez-vous quelque chose à ajouter ?

— Madame la présidente, j'ignorais qui était M. Ben Raffat quand je lui ai vendu le tableau.

C'est à peine si elle reconnaissait sa voix. Mais elle eut la satisfaction de la trouver ferme et précise.

— Le seul reproche que l'on peut me faire, c'est de n'avoir pas cherché à savoir qui il était. Je n'ai jamais voulu soutenir le terrorisme ni participer à son financement.

— Ce sera à la justice d'en décider, mademoiselle Delmass. Maître Cafferti ?

Cafferti se redressa pesamment en s'appuyant sur le dossier de sa chaise. Pour une fois, sa toge noire n'était pas trop froissée et son plastron à plis d'une grande propreté. Il commença par remercier la présidente d'avoir évoqué la menace terroriste.

— Il n'y a qu'à regarder autour de nous les dispositifs de sécurité mis en œuvre. Cependant je dois préciser que ma cliente n'a aucun rapport avec ces gens-là.

Maître Jagger bondit.

— Votre cliente a tout de même vendu cette toile à l'un de leurs responsables.

Le marteau de la présidente frappa brutalement le socle de bois.

— Maître Jagger, reprenez votre place ! Faut-il que je vous rappelle les règles ?

Jagger s'excusa platement ; intérieurement il n'était pas mécontent d'avoir lancé un premier pavé dans la mare.

— Ma cliente ne nie pas les faits, poursuivit Cafferti, nullement déstabilisé. Mais elle a agi en toute ignorance. J'ajouterai que le nœud de l'affaire, son objectif, c'était le sauvetage de sa Bergerie et du Villaret. Ma cliente n'avait pas le temps de s'interroger sur l'identité de l'acquéreur. Elle devait vendre ce tableau au plus vite. Vendre au premier qui lui offrirait la somme nécessaire avant l'échéance des travaux de la station en janvier. Et n'oubliez pas que cet argent, elle l'a aussitôt donné !

Un soupir de complaisance flotta dans la pièce.

— Le ministère public a-t-il quelque chose à ajouter ?

Maître Jagger eut un geste du bras comme pour balayer les arguments de son adversaire :

— Nous démontrerons que l'accusée a agi en toute connaissance de cause. Son altruisme n'est là que pour dissimuler des faits plus graves qu'elle ne veut pas reconnaître.

Au deuxième rang, Mme Delmass baissa la tête. Ses larmes coulaient sans qu'elle cherchât à les retenir.

— Faites entrer le commandant Froissard.

Froissard, jean et blouson sur un tee-shirt à col ouvert, ceinturon à boucle ornée d'une tête de rapace, était le parfait représentant de la brigade antiterroriste. Tour à tour interrogé par la défense et l'accusation, il résuma en quelques phrases le déroulement de l'enquête par son équipe. La mise en vente sur Internet d'une toile de maître, objet d'art incongru entre les mains d'islamistes radicaux, ainsi que la somme demandée, 6 millions d'euros, leur avaient mis la puce à l'oreille. De fil en aiguille, ils avaient remonté toute l'affaire, de la mort de Ben Raffat jusqu'à sa rencontre avec l'accusée sur le *Fairy of the Mists*.

La cour remercia le commandant et appela le témoin suivant.

Amélia s'avança à la barre. Sa haute taille, son allure faisaient toujours grande impression mais, ce jour-là, elle n'en avait cure. Elle était là pour témoigner en faveur de son amie. Elle déclina son identité d'une voix assurée.

— Jurez-vous de dire la vérité, toute la vérité, rien que la vérité ? Dites : je le jure.

— Je le jure !

Amélia répondit avec clarté aux questions de maître Cafferti. Elle n'avait d'autre but que de montrer l'indéfectible amitié qui l'unissait à Jessy et de garantir sa moralité. Après dix minutes d'interrogatoire, Cafferti la remercia et se tourna vers les magistrats du parquet.

— Le témoin est à vous.

Maître Jagger, procureur de la République, s'avança tranquillement jouant de ses manches avec élégance.

Il resta à distance respectable d'Amélia, conscient qu'elle devait le dépasser d'une tête.

— Mademoiselle Collinefort. Votre amitié avec l'accusée, sans doute bien réelle, aurait dû vous autoriser à partager quelques confidences, n'est-ce pas ? Alors dites-nous, ce tableau remarquable, un Witzberg (geste en direction de l'écran), pourquoi cette amie si fidèle ne vous en a-t-elle pas parlé ?

— Je ne sais pas, monsieur le procureur.

— Vous a-t-elle mise au courant de son voyage à Monaco ?

— Non, monsieur le procureur.

— À un moment donné, au cours de cette dernière année, l'accusée vous a-t-elle laissé entrevoir qu'elle était à l'origine du sauvetage du Villaret ?

— Jamais, monsieur le procureur.

— Un indice, un sous-entendu que vous n'auriez pas perçu ?

Amélia était consciente de tomber dans un piège. Néanmoins, elle devait répondre.

— Je n'ai rien perçu de ce genre, sinon un grand soulagement comme tout le monde.

— Donc le secret était bien gardé. Vous n'avez rien su du tableau, rien de sa vente à Monaco, rien de cette donation. Pour deux amies si proches, habituées aux confidences, vous admettrez que c'est pour le moins étrange, n'est-ce pas ? commenta le procureur en se tournant vers la cour.

Amélia garda un visage impassible, évita de croiser les yeux de Jessy. Maître Jagger poursuivit d'une voix mielleuse :

— Pourriez-vous supposer que ce mystère dissimulait un agissement, disons… coupable !

Cafferti bondit :

— Le témoin n'a pas d'opinion à formuler. Mlle Collinefort est ici en tant que témoin et seulement de témoin.

Amélia leva la main.

— Permettez-moi, maître. Si Jessy n'a pas jugé bon de me mettre au courant de cette vente et de ce don, c'est par retenue. Je connais très bien mon amie. Elle a toujours eu horreur de se mettre en avant, même quand elle a réussi sa thèse de doctorat et qu'elle est entrée à l'Académie des beaux-arts. À la différence de certains qui ont un ego surdimensionné, Jessy ne s'est jamais glorifiée de quoi que ce soit. Elle a voulu garder l'anonymat dans cette affaire et c'est tout à son honneur. Et pour répondre à votre question, monsieur le procureur, Jessy est incapable d'agissement coupable.

Quand Amélia regagna sa place, elle ne vit pas l'expression embarrassée de Jessy qui baissait les yeux en se mordant les lèvres. Elle se rapprocha de Loïc, chercha sa main. Elle était pâle, consciente que quelque chose clochait dans l'attitude de Jessy. Tandis que le témoin suivant, le maire de Monteloup, exposait la chronologie de l'affaire, Amélia s'interrogeait sur les motivations de son amie. Pourquoi ne lui avait-elle rien dit ? Pourquoi lui avoir caché la découverte du tableau sous les combles ? Qu'elle gardât l'anonymat sur la donation, elle pouvait le comprendre. Comme elle l'avait dit, c'était tout à son honneur. Mais le Witzberg ! Depuis quand l'avait-elle en sa possession ? Où avait-elle pu le dissimuler quand elle lui rendait visite ? Un malaise indéfinissable commençait à s'insinuer en elle et c'est à travers un brouillard d'incompréhension qu'elle vit arriver le témoin qui remplaçait Sauvignon à la barre.

L'homme entra dans la salle, se plaça très droit, face à la cour. Son visage affichait un bronzage Côte d'Azur et chacun put remarquer qu'il portait un costume fait sur mesure. Sa cravate luxueuse était impeccablement nouée et une large écharpe de soie flottait sur ses épaules avec une négligence parfaitement étudiée.

— Veuillez décliner votre identité.

— Aimé Doumer, Aimé-sans-e, expert en œuvres d'art, citoyen de Monaco…

Sur le ton d'un homme doté de toutes les vertus, il s'adressait directement à la cour, faisant mine d'ignorer Cafferti qui l'interrogeait sur sa rencontre avec sa cliente et sur l'expertise du tableau. À l'aise dans son domaine, il expliqua avec force détails les moyens employés par son bureau pour déjouer les faussaires, étalant avec ostentation ses compétences et n'en espérant que des louanges.

— Tout cela est fort intéressant, monsieur Doumer, coupa maître Cafferti. Néanmoins poursuivons. Mlle Delmass vous a-t-elle semblé pressée de vendre ?

Doumer leva les yeux au ciel.

— Elle a refusé d'attendre les prochaines ventes aux enchères de janvier. Mlle Delmass préférait vendre le Witzberg en dessous de sa valeur, plutôt que de patienter quelques semaines. J'ai pensé à un endettement, la menace de saisies, que sais-je ? La discrétion s'imposait. Je n'ai pas insisté.

— Monsieur Doumer, dans votre déposition, vous avez dit ne pas connaître l'hôte du Cheikh Oman Abdelkarim, Ben Raffat, un djihadiste bien connu de nos services de renseignements…

— Mais pourquoi on ne l'a pas arrêté avant ? tonna une voix dans l'assistance.

Dans un silence impressionnant, tous les yeux se tournèrent vers le vieil homme prêt à se dresser contre l'incapacité supposée des autorités ; c'était Raymond Boissenet ! Un des assesseurs se pencha vivement vers la juge Vernet pour lui murmurer quelque chose à l'oreille, tandis que, les poings serrés, elle foudroyait l'homme du regard. De son côté, Viviane tentait de faire entendre raison à son grand-père.

— Monsieur Boissenet, interpella la présidente d'une voix forte. Le courage dont vous avez fait preuve dans votre jeunesse ne vous autorise pas à interrompre le déroulement d'un procès. À la prochaine intervention de votre part ou de qui que ce soit, je fais évacuer la salle et nous reprendrons l'audience à huis clos.

Raymond Boissenet aurait bien voulu répliquer mais la main de sa petite fille posée sur son bras l'en dissuada.

— Poursuivons ! Monsieur Doumer, connaissiez-vous M. Ben Raffat ?

— Je n'ai jamais vu cet homme. Je ne savais rien de ses activités et n'ai appris son existence et sa disparition qu'au cours de l'enquête. J'ignorais qu'il était sur le yacht du Cheikh Abdelkarim et que c'était lui qui allait acheter le tableau. J'avais un rendez-vous important, je n'ai pas pu accompagner Mlle Delmass pour finaliser la transaction et nous ne nous sommes pas revus depuis.

— Donc vous n'auriez pas pu prévenir Mlle Delmass.

— Évidemment non. D'autant que c'est le Cheikh lui-même qui a payé ma commission. Il a été mon seul contact dans cette affaire.

Cafferti le remercia et retourna s'asseoir, cédant la place à Jagger.

— Une seule question, monsieur Doumer. Vous avez dit dans votre déposition avoir croisé le Cheikh au cours d'une réception, quelques jours après avoir expertisé le tableau. Vous vous connaissiez depuis longtemps avec Abdelkarim et vous avez naturellement engagé la conversation. C'est à ce moment-là que vous lui avez parlé de la toile et de sa propriétaire pressée de vendre ?

Doumer hocha la tête.

— Répondez verbalement, monsieur Doumer, intervint la présidente.

— Je connais le Cheikh depuis des années. Contrairement à ces djihadistes qui n'accordent aucune valeur à l'art et saccagent des monuments millénaires, Abdelkarim est un grand connaisseur et un collectionneur passionné. J'ai souvent traité avec lui. Je l'ai revu au cours d'une réception donnée au Grand Hôtel. C'était le samedi qui a suivi l'expertise du tableau.

— Sachant que Mlle Delmass était à la recherche d'un client, lui avez-vous parlé du tableau ? poursuivit Jagger.

— Oui, je lui en ai parlé.

— Monsieur Doumer, qui, de vous ou du Cheikh, a mentionné le tableau en premier ? Réfléchissez bien, c'est très important.

— Je n'ai pas besoin de réfléchir longtemps, monsieur le procureur, ma mémoire est excellente, répliqua Doumer avec hauteur. Au cours de notre conversation, Abdelkarim m'a demandé si je n'avais pas dans mes réserves une belle œuvre d'art à vendre. Il refaisait la décoration de sa villa à Dammam et souhaitait habiller un mur.

— Donc un tableau. C'est bien lui qui vous a abordé pour acheter un tableau. Ses paroles vous ont-elles donné à penser qu'il connaissait l'existence du Witzberg ?

— Franchement, je ne sais pas comment il aurait pu l'apprendre.

Jagger laissa passer quelques secondes avant de glisser doucement :

— Par sa propriétaire, tout simplement, Mlle Delmass.

Un souffle d'agitation passa dans l'assistance.

— La vidéo, s'il vous plaît, lança Jagger d'une voix forte.

La présidente chaussa ses lunettes. Sur l'écran apparut le *Fairy of the Mists*, le quai où il était amarré et la silhouette d'une jeune femme marchant dans sa direction. Le film ne dura que cinq secondes. Cinq secondes suffisantes pour reconnaître Jessy Delmass.

Le souffle devint murmure.

— La date est inscrite en bas de l'image, ici. Soit exactement dix jours avant la vente. Tout laisse à supposer que l'accusée a rencontré le Cheikh Abdelkarim et son hôte Ben Raffat à ce moment-là. Elle venait à Monaco pour faire expertiser la toile mais elle savait pertinemment que *La Source* était bien un Witzberg. Il ne lui manquait plus que le certificat d'authenticité.

Le procureur Jagger s'avança vers la cour, ignorant Doumer qui ne l'intéressait plus.

— L'accusée connaissait Ben Raffat et, pour des raisons connues d'elle seule, soutenait sa cause. Elle lui a appris la valeur exacte du tableau, plus de 3 millions d'euros. En le vendant le tiers de son prix, elle faisait d'une pierre deux coups : elle sauvait Le Villaret et apportait sa contribution aux terroristes, assena Jagger en redressant le menton.

Dans la salle, le souffle se transforma en tempête. Certains bondirent de leurs sièges soulevés d'indignation. Amélia, horrifiée, porta ses deux mains à sa bouche, Mme Delmass éclata en sanglots.

— Ce ne sont que des suppositions ! hurlait Cafferti au milieu de l'émeute.

— Silence ! Silence ! réclama la présidente en frappant violemment le marteau contre son socle. Silence immédiatement ou je fais évacuer la salle.

Chacun reprit sa place et le calme revint aussitôt.

— Maître Cafferti ?

— Conjectures, hypothèses, mensonges…

Cafferti ne décolérait pas.

— Avant de se lancer dans ces affabulations, il faudrait que le ministère public apporte des preuves.

— Nous le ferons, maître, nous les apporterons.

— Mademoiselle Delmass, qu'avez-vous à dire pour répondre à cette accusation ?

Dans un état de semi-inconscience, Jessy se leva. Elle donnait l'impression de se heurter à un noir total. Après plusieurs secondes de réflexion, elle parvint à prendrc la parole.

— Ce jeudi-là, je suis arrivée à Monaco un peu en avance à mon rendez-vous. J'en ai profité pour me promener dans la ville et le long des quais. Je n'ai pas prêté attention aux bateaux. Je vous le répète, je ne connaissais pas Ben Raffat, ni le Cheikh. Je ne pensais même pas vendre le tableau. Je n'avais qu'une idée en tête, le faire expertiser.

Elle ferma les yeux un court instant, concentrée sur ce qu'elle avait fait ce jour-là. Dans la salle, on aurait pu entendre une mouche voler.

— Vous avez pu le voir sur cette vidéo, je marche lentement, je ne suis pas pressée et n'ai que mon sac à l'épaule. Si j'avais eu rendez-vous avec le propriétaire du bateau ou son hôte, Ben Raffat, j'aurais, me semble-t-il, marché d'un pas plus vif et, surtout, j'aurais apporté la toile.

— Très habile, murmura Jagger.

La présidente le considéra par-dessus ses lunettes. Puis frappa le marteau sur son socle.

— La séance est levée. Le procès reprendra demain matin à neuf heures. Le ministère public a intérêt à apporter les preuves de ce qu'il avance.

***

Jessy se retrouva dans sa cellule sans avoir pris conscience de son retour. Elle ne comprenait pas ce qui lui arrivait. Accusée de commerce, de complicité avec des djihadistes, de financement du terrorisme ! C'était insensé ! Sa vie était en train de basculer dans l'horreur. La folie la guettait. Elle se revoyait debout, derrière ses avocats, face à la juge, tentant de se justifier. Son regard avait réussi à capter la présence des Fourque, d'Amélia et Loïc, de ses parents, de tous ses amis du Villaret et d'ailleurs. Et celle de Vincent, le buste en avant, les avant-bras posés sur les genoux, il ne l'avait pas quittée des yeux et elle avait senti son regard comme une onde bienfaisante qui l'apaisait jusqu'au plus profond de son être. Elle n'avait pas voulu le regarder une seule fois de peur que l'émotion n'éteigne le peu de réflexion qui lui restait.

— Ce n'est pas facile, grogna Catherine. Le procès est une véritable épreuve.

— Mais vous, vous étiez coupable.

— On est toujours coupable de quelque chose, énonça-t-elle d'une voix sentencieuse.

Jessy garda le silence. Elle se revit en train de peindre *La Source*, Galaad auprès d'elle qui lui prêtait son regard de chien. Elle chassa cette trop belle image de ses pensées. Bien sûr qu'elle était coupable, mais pas des griefs qu'on lui reprochait. Ces accusations étaient ridicules. Comment prouver qu'elle était étrangère aux activités de Ben Raffat ? Et pourquoi n'avait-il pas été arrêté plus tôt ?

« Aucune preuve, lui avait répondu Cafferti, il n'y avait aucune preuve contre lui. Ces gens-là sont très habiles ; ils se savent surveillés et ne commettent aucun impair.

— Et le Cheikh Abdelkarim ? Ne pourrait-on pas… »

Cafferti avait levé les bras au ciel.

« Son yacht est actuellement en train de croiser au large des Caraïbes. Quant à lui ? Est-il à bord ou dans l'une de ses somptueuses villas, allez savoir ! Vous me voyez, moi, en train de demander à ce magnat du pétrole, gouverneur d'une province d'Arabie Saoudite, membre de la famille royale, de venir témoigner à la barre ? Et pour l'entendre dire quoi ? Que lui non plus ne connaissait rien des activités de Ben Raffat, qu'il n'était qu'un hôte de passage, une relation parmi tant d'autres, etc. »

Anéantie, privée de raison, Jessy s'allongea sur son lit, ferma les yeux. Bientôt, ses larmes se mirent à couler silencieusement jusqu'à ce que la tension qui l'habitait ne soit plus une ennemie.

Un bruit au-dessus d'elle, une main posée sur son épaule.

— Tiens, tu devrais dessiner !

Catherine debout devant elle, dissimulant son amabilité dans le contre-jour, lui tendait son bloc et un crayon.

— Allez, dessine quelque chose de beau et montre-moi comment tu fais !

***

Deuxième jour du procès.

— Mesdames et messieurs, la cour !

Cafferti se leva distraitement avant de se laisser retomber sur son siège, dans sa position favorite, les paupières mi-closes, le menton sur le plastron.

Un premier regard lui avait permis de constater que tous les bancs de la salle étaient occupés, comme la veille. Comme la veille, les gens, à quelques exceptions près, occupaient les mêmes places. Un second regard l'avait averti de la mauvaise mine de sa cliente qui n'avait pas dû fermer l'œil de la nuit. Lui non plus et il était de mauvaise humeur. Il n'avait plus de carte à jouer, à part faire venir à la barre de nouveaux témoins de moralité qui n'ajouteraient aucun élément supplémentaire au dossier sinon le risque d'indisposer la cour à son égard pour tout ce temps perdu. Il n'espérait plus qu'une chose, une erreur de l'accusation, un vice de forme, pour sauver sa cliente. Il avait préparé une plaidoirie réclamant l'indulgence, insistant sur l'ignorance, la naïveté de la jeune femme. Elle s'était montrée imprudente, certes, mais pas complice. Et encore moins radicalisée ou sur le point de financer le terrorisme. Elle pouvait s'en tirer avec quelques années derrière les barreaux mais malheureusement sans remise de peine, il n'y en avait jamais dans ce type d'affaire. Dans cette période tourmentée, la menace d'attentat angoissait la société au même titre que le réchauffement climatique. En attendant, il allait essayer de contrer les allégations de son adversaire.

— Faites entrer le témoin !

L'homme, trente-cinq ans environ, léger embonpoint, la démarche balancée, comme s'il avançait sur un ring, les cheveux coupés ras à l'exception d'une grosse mèche arrogante sur le devant, démonstration d'un habile coiffeur, pantalon étroit et santiags résonnant sur les pavés de la salle, vint s'appuyer à la barre.

— Qu'est-ce que c'est que ça ? laissa échapper Jessy, les yeux agrandis de stupéfaction.

Elle venait de reconnaître Richard Dupuy, un membre de son équipe à l'époque où elle était responsable de projet chez Omni Rial. Elle n'avait jamais aimé Dupuy. C'était un fainéant de première classe qui s'arrangeait toujours pour laisser la plus grande part du travail aux autres. La seule chose qui l'intéressait dans la publicité, c'était de se pavaner dans les offices de tourisme, les cinémas, les grands restaurants où il se faisait offrir des repas somptueux en échange de ristournes sur des affiches publicitaires. Elle l'avait plusieurs fois convoqué dans son bureau pour lui dire ce qu'elle pensait de lui et de sa manière de rechercher des clients mais elle n'était jamais allée jusqu'à en discuter avec Émile Rial, le patron, espérant régler seule le problème. Elle n'en avait pas eu le temps. Elle avait été licenciée, alors que Dupuy était resté.

Devant elle, Cafferti grogna quelques mots avant de replonger dans son attitude préférée, celle de Dormeur.

— Monsieur Dupuy, jurez-vous de dire la vérité, toute la vérité, rien que la vérité ? Dites : je le jure !

— Je le jure.

Le procureur s'avança, sourire carnassier sur les lèvres.

— Monsieur Dupuy, quelles relations entretenez-vous avec l'accusée ?

— Plutôt bonnes. Mlle Delmass était ma chef quand elle travaillait chez Omni Rial. Sérieuse, efficace, elle définissait les objectifs de l'équipe et savait répartir le travail entre ses collaborateurs dont elle avait su s'attirer la sympathie.

Jessy haussa un sourcil, s'interrogeant sur les vrais motifs de ces louanges. À quel moment le couperet de la rancune allait-il tomber ?

— Parmi les collaborateurs de Mlle Delmass, y en avait-il un ou une avec lequel elle aurait tissé des liens plus solides qu'une simple relation de travail ?

— Oui. Incontestablement, c'était avec Fatiha Boumeur qu'elle s'entendait le mieux ; non seulement pendant les heures de travail mais aussi en dehors de la boîte.

— Vous voulez dire qu'elles se voyaient après les heures de bureau ?

— Et le week-end aussi. Elles ne s'en cachaient pas. On entendait l'une demander à l'autre de l'accompagner à un concert ou lui proposer un jogging. Elles étaient très proches. Mlle Delmass a même été invitée au mariage de Fatiha.

— Fatiha Boumeur, c'est un nom à consonance arabe, elle est algérienne ?

— Fatiha est libanaise, de confession musulmane mais elle ne portait pas le voile au bureau. Elle se conduisait comme une Occidentale imprégnée des usages de chez nous, y compris pour la nourriture puisqu'elle venait à nos cocktails, mangeait et buvait de tout, jusqu'à ce qu'elle épouse un Libanais, lui plutôt intégriste, qui s'est très vite appliqué à la remettre dans le droit chemin. Enfin, d'après sa conception de l'Islam…

Jessy se souvenait parfaitement de Fatiha, une excellente collaboratrice, ouverte, curieuse et d'une grande simplicité. Amélia avait aussi fait sa connaissance, un jour, à la galerie. Toutes les trois avaient parlé peinture, littérature, cinéma. D'ailleurs, il n'y avait qu'à regarder les doigts d'Amélia pétrir ceux de Loïc pour comprendre qu'elle aussi entrevoyait le piège dans lequel Jessy allait immanquablement être entraînée.

— Et qu'est devenue cette Fatiha Boumeur ?

— Une fois mariée, Fatiha n'est restée en France que trois mois. Trois mois pendant lesquels on l'a vue changer de style. Elle avait toujours un foulard dans son sac, qu'elle nouait sur sa tête en sortant de la boîte et elle ne participait plus à nos apéritifs festifs. Ensuite, elle a donné sa démission. On a appris par la suite qu'elle attendait un bébé et qu'elle était repartie vivre au Liban avec son mari.

— Qui vous l'a appris ?

— Mlle Delmass, qui communique peut-être encore avec elle.

Dormeur ouvrit un œil.

— Hypothèse démentie ! gronda-t-il.

— Maître Cafferti, vous interrogerez le témoin quand ce sera votre tour, fulmina la juge. Monsieur le procureur, poursuivez, s'il vous plaît.

Jagger ouvrit les bras dans un geste aussi grandiose que satisfait.

— Tout est clair. Je laisse à la cour le soin d'examiner ces informations et de les prendre en compte car elles nous donnent une idée précise de la personnalité de l'accusée.

— Mademoiselle Delmass, interpella la juge. Avez-vous quelque chose à ajouter ?

Jessy se leva. Elle ignora superbement le magistrat Jagger et Richard Dupuy mais regarda la juge avec, pour la première fois, une certaine assurance. Un sentiment commençait à naître en elle, qui n'effaçait pas la peur mais qui s'apparentait de plus en plus à de la colère.

— Madame la présidente, pensez-vous qu'une amitié avec une Libanaise musulmane vous range systématiquement dans le camp des djihadistes ? J'admets que Fatiha et moi avons partagé plusieurs sorties, nous avions des goûts communs. J'ai reçu quelques mails après son départ dont un faire-part pour la naissance de son enfant. Ensuite plus rien.

Jagger se tourna vers la juge :

— Ces pièces à conviction sont dans le dossier de Mlle Delmass. Ainsi que les courriels qui ont suivi, montrant l'insistance de l'accusée à savoir ce que devenait sa collègue de travail. Ses derniers messages sont restés sans réponse. Manifestement, Fatiha née Boumeur avait rompu tout lien avec la France.

La juge ouvrit un dossier, jeta un coup d'œil sur une page sans la lire.

— Mademoiselle Delmass, cette rupture vous a-t-elle affectée ?

— Surprise serait plus exact, madame la présidente.

— Qu'en avez-vous pensé ?

Jessy réfléchit quelques secondes.

— J'ai pensé que Fatiha avait adopté les coutumes de son mari.

— Avez-vous songé à lui venir en aide d'une manière ou d'une autre ?

La réponse fusa, catégorique.

— Non, madame la présidente. Je n'ai pas pensé qu'elle avait besoin d'aide. Fatiha a fait ce choix en toute liberté. Qu'elle l'ait fait par amour pour son mari n'y change rien et je serais bien présomptueuse si je m'étais permis d'intervenir dans sa vie.

Jessy marqua une pause.

— Madame la présidente, sous-entendre que j'aie pu vendre le tableau en dessous de sa valeur pour aider Fatiha Boumeur, sa famille et ses proches ; les faire passer pour de supposés terroristes parce qu'ils sont musulmans traditionalistes est une grossière erreur…

Elle se tourna vers le banc du ministère public et ajouta :

— Pour ne pas dire ridicule… Je l'ai dit et le répète, j'ai vendu ce tableau pour éviter l'édification d'une gare de télécabine dans le hameau où j'habite. Je l'ai vendu en dessous de sa valeur parce que j'étais pressée et que la somme proposée me suffisait. Par ailleurs, Fatiha n'a rien à voir avec le terrorisme à ce que je sache…

Un lourd silence salua sa déclaration où chacun put deviner la colère rentrée. Elle jeta un regard méprisant au témoin accroché à la barre comme à une bouée de sauvetage.

— Madame la présidente, puis-je poser une question au témoin ?

Et sans attendre la réponse, elle poursuivit :

— J'aimerais savoir qui est son chef maintenant, chez Digital.

La juge fit la grimace. Richard Dupuy se racla la gorge et répondit avant qu'on l'y invitât :

— Celui qui vous a remplacée : Georges Plainât, le beau-frère de Tardy, dit-il d'une voix embarrassée.

— Alors je le plains, jeta-t-elle en s'asseyant.

Les yeux de la juge Vernet allèrent de l'un à l'autre, mesurant l'hostilité qui les séparait. Jagger fit un geste en direction de la défense et retourna s'asseoir.

Maître Cafferti s'approcha du témoin, releva ses manches sur ses poignets, près à l'attaque.

— En dépit de vos éloges pour le travail de votre ancienne chef, j'ai cru sentir une certaine tension entre vous. Auriez-vous gardé un mauvais souvenir de votre collaboration ?

— Non, non. Mlle Delmass était sévère et exigeante mais rien que de plus naturel, se défendit Dupuy.

— Exigeante dans quels domaines ? La ponctualité, l'assiduité, les résultats... ?

— Les résultats... oui... oui... Elle exigeait des résultats après mes enquêtes quand je me rendais sur le terrain, bégaya Dupuy, mal à l'aise.

— Il lui arrivait donc de réprimander son équipe quand celle-ci n'atteignait pas les objectifs ? Et comment le faisait-elle ? En réunion ? Devant tout le monde... ?

— Mlle Delmass préférait nous convoquer dans son bureau...

— Vous a-t-elle souvent convoqué dans son bureau ?

Une soudaine rougeur envahit le visage de Dupuy.

— C'est arrivé quelquefois.

— Passons sur les raisons de ces remontrances. Dites-nous plutôt quels étaient vos sentiments à la sortie de ces tête-à-tête ombrageux ?

— Je ne comprends pas la question.

— Étiez-vous irrité, meurtri, découragé ?

Dupuy haussa les épaules avant d'avouer :

— J'étais furieux ! C'est compréhensible, non ?

Maître Cafferti s'approcha de Dupuy, se pencha à son oreille et murmura à voix basse mais suffisamment fort pour que tous l'entendent :

— En somme, votre présence ici n'a rien à voir avec l'affaire. Vous êtes venu régler vos comptes avec votre ancienne patronne.

— Maître Cafferti ! s'écria la juge.

L'avocat eut un geste apaisant, dissimulant un sourire sarcastique, et lança d'une voix claire :

— J'en ai terminé. Merci, monsieur Dupuy. Vous pouvez vous retirer.

Dupuy s'éloigna, les santiags glissant furtivement sur les dalles, sa mèche de cheveux, ayant perdu toute sa superbe, retombait mollement sur le côté.

***

— Vous ne m'aviez pas parlé de cette relation avec une de vos collègues, cette Fatiha, mademoiselle Delmass, chuchota Cafferti en regagnant sa place.

— Mon Dieu, maître ! Pourquoi vous en aurais-je parlé ? rétorqua-t-elle sèchement. Moi-même, je n'ai pas fait le rapprochement avant d'entendre Dupuy.

Elle était d'une humeur massacrante. La déposition de Dupuy l'avait exaspérée et l'inquiétude tapie au fond d'elle-même jaillissait sous la forme d'une irritation qu'elle contrôlait mal. Cette affaire tournait à la mascarade grotesque.

— Je vous remercie cependant pour votre intervention. Vous l'avez bien remis à sa place. Que va-t-il se passer maintenant ? demanda-t-elle d'une voix impatiente.

— Restez calme, nous venons de faire un grand pas. Ah, voici le nouveau témoin.

Jessy eut un sursaut de stupéfaction en reconnaissant la femme qui s'avançait maintenant à la barre, élégante dans un tailleur de style Chanel couleur crème, les cheveux relevés en un épais chignon sur la nuque, telle une jeune Simone Veil.

— Greta Blumest, de Nützen en Allemagne, se présenta-t-elle, vice-présidente de la Fondation Witzberg et déléguée culturelle auprès de la Hamburger Bahnhof, le musée de Berlin.

Elle parlait un français presque sans accent et se tourna vers Jessy qu'elle salua d'un bref signe de tête. Jessy en resta médusée. Si la comparution de Dupuy pouvait à la limite se comprendre, celle de Greta Blumest dépassait son entendement. Pourquoi l'accusation faisait-elle appel à un témoin qui l'estimait et avec lequel elle avait toujours entretenu d'excellents rapports ?

— Madame Blumest, vous connaissez l'accusée, n'est-ce pas ? Et vous savez de quoi elle est accusée ?

— Oui, madame la juge…

— Dites madame la présidente.

— Oui, madame la présidente.

— Jurez-vous de dire la vérité, toute la vérité, rien que la vérité ? Dites : je le jure !

— Je le jure.

— Monsieur le procureur, c'est à vous.

Jagger se leva, lissa sa toge en un geste théâtral et s'approcha du témoin d'une démarche tranquille, comme un acteur faisant son entrée en scène. Il commença par remercier Mme Blumest de s'être déplacée de si loin pour venir témoigner. Il échangea ensuite avec elle quelques banalités, avant de la questionner sur son travail et les responsabilités qu'elle assumait au sein des différentes associations artistiques en Allemagne. Il s'adressait à elle sur un ton courtois presque confidentiel tout en s'assurant que tous étaient suspendus à ses lèvres.

— Madame Blumest, comment avez-vous fait la connaissance de l'accusée ?

— J'ai fait la connaissance de Mlle Delmass au moment où celle-ci préparait sa thèse sur Steffen Witzberg. Elle est venue plusieurs fois à la Fondation étudier les toiles que nous exposons dans l'ancien château des Witzberg. Elle m'a invitée lors de sa soutenance de thèse et ce que j'ai entendu m'a remplie d'admiration. Quoi qu'ait pu faire Mlle Delmass, on ne peut qu'éprouver un immense respect pour son travail. Il s'agit là d'une recherche fouillée, d'observations approfondies, riches en détails, que seul un passionné de l'art pictural peut effectuer.

— Et cette peinture, *La Source* (Jagger se tourna vers l'écran où venait d'apparaître le tableau), l'aviez-vous déjà vue ?

Greta Blumest garda le silence pendant plusieurs secondes, fascinée par la toile.

— L'an dernier, une photographie a paru dans une revue spécialisée et nous avons enregistré le tableau dans notre catalogue. C'est la première fois que je le vois en grand.

Nouvelle pause avant de murmurer :

— C'est vraiment du grand Witzberg.

Jessy demeura de marbre. Devant elle, Cafferti arborait une expression profondément ennuyée.

— Et ce nom, *La Source*, alors qu'il n'y a pas une goutte d'eau sur la toile ! Étonnant, non ?

— Les chevaux galopent vers elle, crut bon d'expliquer Greta Blumest.

— Ils pourraient aussi bien courir vers un abri pour échapper à la tempête.

— Chacun interprète les tableaux de Witzberg à sa manière. C'était cela son génie : éveiller l'imagination du regardeur.

— Venons-en au fait, monsieur le procureur, intervint la juge.

— Ces remarques sur ce tableau de Witzberg ne sont pas des digressions, madame la présidente. C'est important pour comprendre l'intérêt du témoin devant cette œuvre d'art.

— J'ai bien compris, poursuivons.

Jagger se tourna à nouveau vers l'écran.

— Madame Blumest, cette toile, que nous admirons tous, a été vendue, pour ne pas dire offerte, à un djihadiste pour la somme de 1 250 000 euros.

— C'est incompréhensible !

— Pourquoi est-ce incompréhensible ?

— J'ai du mal à croire qu'une artiste comme Mlle Delmass ait pu vendre un Witzberg à des djihadistes. Eux et leurs semblables ne comprennent rien à l'art. Ils ont fracassé des mosaïques, lacéré des fresques millénaires, ont fait exploser ces gigantesques statues de Bouddha, en Afghanistan. Pourquoi leur avoir cédé cette toile ? Je ne vois qu'une seule raison : pour qu'ils la revendent au prix fort ?

Un silence accablant salua cette déclaration.

— Je vous remercie de l'avoir dit clairement : la revendre au prix fort. Nous sommes bien d'accord. Ben Raffat achète ce Witzberg pour le revendre plus tard. Si ses héritiers trouvent un acquéreur au prix demandé, ils vont réaliser un bénéfice qu'on peut qualifier de colossal. Si ce n'est pas du financement de terrorisme, je ne sais pas ce que c'est.

Cafferti posa ses deux mains à plat sur la table, prêt à se dresser. Mais il ne bougea pas. Derrière lui, Jessy sentit des picotements monter le long de ses jambes. La veille, le procureur lui était apparu imbu de lui-même, dangereux par sa façon de détourner la réalité, d'utiliser les réponses des témoins pour asseoir ses allégations et semer le doute dans l'esprit des juges. Désormais, elle n'éprouvait pour lui qu'animosité, à laquelle se mêlait une sorte de rage où l'angoisse de la condamnation n'avait plus de place.

— En décembre dernier, reprit le procureur, quand l'accusée…

Il la regarda bien en face.

— … quand l'accusée s'est rendue à Monaco pour finaliser la transaction, la Fondation Witzberg aurait-elle pu faire l'acquisition du tableau, madame Blumest ?

— Financièrement parlant, vous voulez dire ?

— Bien entendu.

Greta Blumest se redressa avec fierté.

— Je suis persuadée que la Fondation l'aurait acheté. C'est un tableau magnifique. Nous ne l'aurions pas laissé entre d'autres mains. Notre fonds de réserve est plutôt conséquent et le musée de Berlin nous aurait soutenus ainsi que le ministère de la Culture. Steffen Witzberg et toute sa famille sont considérés comme des héros en Allemagne. Ils furent parmi les premiers opposants au régime nazi et aussi ses victimes. L'État aurait, j'en suis sûre, apporté sa contribution.

— L'accusée vous a-t-elle contactée par mail, courrier ou téléphone ?

— Non, monsieur le procureur, Mlle Delmass ne nous a pas contactés.

— Elle aurait pu vous dire qu'elle avait un Witzberg en sa possession.

— Je vous le répète, Mlle Delmass ne nous a pas contactés.

— Si elle l'avait fait, lui auriez-vous proposé de l'acheter ?

— Certainement.

— Lui auriez-vous versé l'argent sur-le-champ ? Je veux dire dans les deux ou trois jours qui suivaient l'arrangement. N'oublions pas que l'accusée était pressée.

— Oui, monsieur le procureur. Devant l'urgence, nous aurions fait tout notre possible.

Jessy avait porté ses mains jointes à la hauteur de son visage et se balançait doucement d'avant en arrière comme prise dans une symphonie de tics nerveux.

— À quel prix ?

— C'est difficile à dire. Je ne sais pas précisément à combien était la cote de Witzberg à ce moment-là.

— Donnez-nous une estimation approximative, s'il vous plaît, madame Blumest.

Greta Blumest tourna les yeux vers l'écran, resta quelques secondes en contemplation avant de lancer :

— Vraisemblablement 2,5 millions d'euros, peut-être plus.

Un murmure de stupeur parcourut l'assistance. Au fond de la pièce, les journalistes n'en perdaient pas une miette. Jagger fit un pas en arrière, de sorte à se placer au centre de l'espace réservé aux auditions. Il promena son regard sur la cour, l'assemblée, les avocats, jouissant de l'émotion soulevée par cette affirmation.

— Deux millions et demi, peut-être plus, tonna-t-il d'une voix ardente après plusieurs secondes de silence. Alors, cette toile, ce Witzberg, vaut plus de 2 millions et l'accusée, qui connaît la Fondation, qui sait que celle-ci peut payer, le brade pour 1 250 000 euros ! Vous y comprenez quelque chose, vous ? Moi pas ; sinon qu'elle a choisi délibérément d'avantager un djihadiste.

Jessy, les nerfs prêts à rompre, serrait les dents à s'en bloquer les mâchoires. Réquisitoire avant le réquisitoire.

Jagger tourna son visage vers une personne de l'assistance et poursuivit :

— M. Boissenet ici présent…

L'interpellé sursauta. Viviane lui serra le bras, lui interdisant de se manifester.

— M. Boissenet a donné l'an dernier une interview à la presse. J'ai ici la photocopie de l'article.

Le procureur tira un papier de sa poche qu'il déplia tranquillement.

— M. Boissenet dit aux journalistes, je cite : « Steffen Witzberg m'a offert ce tableau pour me remercier de les guider, son ami, son épouse et lui à travers la montagne jusqu'en Suisse. » Et il ajoute : « Un musée m'en a proposé 3 millions mais j'ai refusé. Ce tableau n'a pas seulement une valeur financière, il est le symbole de la reconnaissance d'un homme que j'ai sauvé des nazis. »

Jagger brandit le papier.

— Je veux que cet article soit considéré comme une pièce à conviction. Alors, madame la présidente, mesdames et messieurs les magistrats, je suis prêt à tout entendre. Quelqu'un parmi vous peut-il me dire pourquoi l'accusée…

Il montra du doigt Jessy derrière un Cafferti prêt à rugir et s'écria d'une voix de stentor :

— … pourquoi cette femme, docteur en art plastique, membre de l'Académie des arts, liquide un Witzberg pour 1 250 000 euros, alors qu'on pouvait lui en proposer le triple ?

La réponse surgit brutalement.

— Parce que c'est un FAUX !

CHAPITRE 10

Le cri de Jessy résonna dans la salle, se répercuta de mur en mur. Une onde d'incrédulité passa sur les visages. Elle ne ressentit aucune joie, sinon un immense soulagement comme lorsqu'on vient de déposer un fardeau trop lourd. Les regards d'Amélia, de ses parents, de Vincent, la brûlaient mieux qu'une flamme. Debout, face à la cour, aux magistrats, au témoin, elle ajouta d'une voix parfaitement maîtrisée :

— C'est un faux. C'est moi qui l'ai peint.

Des oreilles plus subtiles purent discerner une légère note de fierté dans cet aveu lancé comme un défi à la face du monde.

En dépit des avertissements de la juge Vernet, un flash crépita au fond de la salle. Ce fut le signal du déclenchement d'une véritable tempête parmi les journalistes qui se levaient, se déplaçaient, s'interpellaient, certains quittèrent même la salle. Il fallut toute l'autorité de la présidente pour ramener le calme à grands coups de marteau.

— Mesdames, messieurs ! criait-elle, couvrant les brouhahas de l'assistance, regagnez votre place ou sortez !

Ignorant la confusion, Jagger s'approcha de la cour, se pencha vers la juge et lui chuchota quelque chose que personne n'entendit. Son intervention contribua à rétablir le silence dans la salle.

— Monsieur le procureur, nous vous écoutons.

Jagger toussota, attendant le calme complet avant de se tourner vers Cafferti qui n'avait pas remué un cil.

— Mademoiselle Delmass, voulez-vous répéter devant cette cour que ce tableau est un faux ?

— Oui, monsieur le procureur, c'est un faux.

— Vous prétendez l'avoir peint vous-même, dit-il, insistant sur le verbe « prétendre ».

— Oui, monsieur le procureur.

— Comment se fait-il qu'un bureau d'expertise comme celui de M. Doumer l'ait authentifié comme un véritable Witzberg ?

— Les compétences du bureau d'expertise ne sont pas mises en doute. J'avais en ma possession le matériel de Witzberg abandonné lors de sa fuite en Suisse : ses toiles, ses peintures, ses pinceaux. Même la poussière infiltrée entre les fibres est d'origine.

Sur le banc de l'accusation, quelqu'un fouillait fébrilement dans un classeur. Jagger patienta quelques secondes, le temps que son collaborateur lui tende précipitamment une feuille qu'il prit le temps de lire scrupuleusement.

— Je vois ici un extrait de votre thèse sur Steffen Witzberg. Vous écrivez, je cite : « On peut copier un Witzberg. On ne peut pas l'imiter. » Et maintenant, vous prétendez le contraire ?

Jessy fit une pause, consciente que tous les yeux étaient tournés vers elle.

— Mes années d'études m'ont amenée à connaître parfaitement les techniques de Witzberg. Sa manière de faire apparaître la lumière, de promener ses couleurs sur la toile. Je sais même ce qu'il pensait au moment où il peignait, je veux dire les sentiments qu'il éprouvait. Aussi étrange que cela paraisse, je me suis en quelque sorte immiscée dans sa personnalité pour faire ce tableau.

Le visage de Jagger se contracta dans une grimace méprisante où le doute le disputait à l'ironie. Il regarda la juge puis l'assistance.

— Quelqu'un peut-il encore croire en ces ridicules cas de possession ?

— Je n'ai jamais dit que j'étais possédée par l'esprit de Witzberg, protesta Jessy avec véhémence. J'ai dit que j'avais intégré les techniques du peintre en même temps que sa façon de penser. Je ne renie pas ce que j'ai écrit dans ma thèse. Je compléterais simplement par ces mots : Witzberg est inimitable si on ne s'approprie pas l'essence même de ses émotions.

Silence dans la salle.

Le procureur releva la tête.

— Vous auriez donc vendu un faux à Ben Raffat ?

— Oui, monsieur le procureur. C'est la raison pour laquelle je n'en ai pas parlé à mon amie.

Elle jeta un coup d'œil discret en direction d'Amélia.

— Je ne pouvais pas lui dire que j'avais peint un faux Witzberg pour sauver Le Villaret. Elle ne m'aurait jamais suivie dans cette entreprise.

— On en revient à la question : pourquoi Ben Raffat et pas la Fondation ?

— Monsieur le procureur, je n'aurais jamais vendu une contrefaçon à un musée, encore moins à la Fondation Witzberg. Cela aurait signifié tromper des milliers voire des millions de visiteurs ; alors que vendre cette peinture à un particulier n'exigeait pas de moi les mêmes scrupules. Si Ben Raffat s'était appelé Jean Dupont, le tableau serait aujourd'hui accroché au mur de son salon pour son plaisir et celui de ses proches.

— Madame Blumest ?

— J'apprécie la déontologie de Mlle Delmass. Néanmoins, vu la beauté de la toile, je déplore que ce soit un faux.

— Un faux ? Qui peut en être certain ? hasarda le procureur. Il s'agit peut-être là d'un stratagème habile pour éviter la condamnation. L'accusée pourrait-elle apporter la preuve de ses compétences en matière d'imitation ?

La présidente se caressa le menton, signe d'une profonde réflexion puis elle consulta sa montre.

— Maître Cafferti, monsieur le procureur, approchez-vous, s'il vous plaît !

Les deux magistrats s'avancèrent, le procureur, la tête haute, Cafferti prêt au combat. Le conciliabule fut de courte durée, puis la juge se leva :

— La séance est suspendue jusqu'à quatorze heures.

***

Jessy ne retourna pas à la maison d'arrêt. Elle resta enfermée dans une pièce sans fenêtre où on lui apporta un sandwich, de l'eau et un café. Cafferti était parti déjeuner après avoir hésité entre aborder une discussion normale avec sa cliente ou lui faire la démonstration d'une grosse colère. Il avait finalement biaisé avec un simple reproche :

— Y a-t-il encore beaucoup de choses que vous m'ayez cachées ?

— Rien d'autre, maître, je vous le promets.

Il lui avait jeté un regard méfiant.

— Avec vous, je dois m'attendre à tout. Je me demande si toute cette mise en scène n'a pas pour but d'attirer l'attention des médias et faire la publicité de votre propre peinture.

— Ce soupçon ne vous sera pas d'une grande utilité dans votre plaidoirie, avait-elle répondu en balayant de la main son observation. Je vous assure que ce n'est pas une mise en scène.

Il s'était redressé et avait conclu en rangeant ses dossiers :

— Si vous avez dit la vérité, ma plaidoirie sera courte.

Une fois seule, elle grignota à peine, but la moitié de la bouteille d'eau, ignora le café, repoussa assiette et gobelet au bout de la table et, croisant les bras devant elle, y enfouit son visage. Dans son esprit tourbillonnaient des pensées tumultueuses. Le procès, Cafferti, Jagger et ses collaborateurs, des avocats qui ne voyaient en elle qu'une manipulatrice ; la juge Vernet dissimulant ses impressions derrière un masque impavide… Elle se souvint avec plaisir de l'incrédulité lue sur les visages quand elle avait déclaré que c'était un faux, de la déception de Greta Blumest. Un faux Witzberg mais un vrai Delmass. Il était beau, magnifique, elle en était fière. N'avait-elle pas surpris une étincelle amusée dans le regard de Vincent à cet instant ? Quelque chose de fugace, d'insaisissable, qui s'était révélé comme un lien entre eux. Il avait tout compris et elle le savait. Épuisée mais sereine, elle finit par s'assoupir.

***

Mathilde Vernet porta machinalement deux doigts à sa tempe. Sa migraine devenait insoutenable. D'un pas rapide, elle traversa le couloir, entra dans son bureau dont elle referma la porte à clé, ouvrit le tiroir où elle rangeait son médicament. Si elle ne lésinait pas sur la dose, la souffrance se dissiperait dans trente ou quarante minutes. Elle consulta sa montre : midi et quart. L'estomac révulsé par des nausées, elle repoussa la collation qu'on avait déposée sur sa table. Son cerveau réagissait à la douleur et lui signifiait qu'il avait autre chose à faire que de gérer une digestion. Après avoir donné des ordres à l'huissier de service, griffé d'un paraphe illisible sa demande de matériel et d'installation, elle avait réduit au minimum le débat avec les assesseurs, pressée de desserrer l'étau qui emprisonnait la moitié de son crâne et d'apaiser les spasmes qui n'avaient cessé de s'amplifier depuis le matin. En dépit des étincelles de feu qui passaient devant ses yeux, elle consulta ses messages. Sa fille écrivait que Papy Étienne était passé le matin prendre son petit-fils encore fiévreux en promettant de veiller sur lui toute la journée. Mathilde Vernet connaissait par avance l'emploi du temps de son mari. Étienne installerait le bout de chou dans la serre avec lui et, pendant qu'il bichonnerait ses orchidées et ses rosiers, il écouterait avec le gamin la dernière interprétation de *Sarabande* de Haendel par l'orchestre symphonique de Londres. Le petit adorait ça : la musique, le labrador étendu à ses pieds, le ballet hypnotique des poissons rouges dans l'aquarium et la silhouette de Papy au milieu des plantes vertes. À croire qu'il s'inventait des maladies pour profiter de ces moments exceptionnels. Par acquit de conscience, elle appela son mari. De quinze ans son aîné, Étienne avait pris sa retraite depuis bientôt dix ans et jouait consciencieusement les baby-sitters et les papy-gâteaux. Rassurée de ce côté, elle s'étendit sur la méridienne, brancha l'alarme de son portable sur treize heures trente et se couvrit de sa toge rouge bordée de lapin blanc, puis elle commença le massage mental de son crâne, jusqu'à l'apaisement total.

Elle avait dormi mais n'avait pas eu besoin de l'alarme pour se réveiller. La douleur s'était évaporée comme une brume sous le soleil, laissant la place à une sorte d'euphorie qu'elle connaissait bien : le bonheur de ne plus souffrir. Elle se leva, envahie d'une énergie nouvelle, ouvrit son ordinateur. Le blog de la peintre Jacinthe Delmass. Le doigt sur la touche, elle fit défiler les images, l'une après l'autre. Il y en avait une trentaine. Malgré une évolution dans la manière de peindre, on ne pouvait que constater une continuité dans l'expression de la lumière, le choix des couleurs, les thèmes abordés. Rien, absolument rien de comparable avec ce que faisait Witzberg.

Tout au long de sa carrière, la juge Vernet s'était appliquée à rester détachée des personnes qu'elle avait à juger. Ni hostilité ni empathie. Elle examinait des faits, seulement des faits. Certes, la personnalité de l'accusé, son éducation, son histoire, les circonstances dans lesquelles s'étaient produits les actes qui l'avaient conduit à l'inculpation, tout cela entrait en ligne de compte. Mais jamais n'intervenaient ses propres ressentis. Dire qu'elle n'éprouvait rien aurait été absolument faux. Ses émotions, elle les reléguait au plus profond d'elle-même, pour plus tard, pour ses proches, son mari, ses amis. Elles n'avaient pas de place dans son verdict. Fidèle à ses principes, Mathilde Vernet repoussa jusqu'à la simple admiration pour les œuvres de Jessy Delmass, laquelle aurait pu l'entraîner vers un début de sympathie.

Après s'être fait une idée de sa peinture, elle referma l'ordinateur, encore plus circonspecte qu'auparavant. Elle mit de l'ordre dans ses cheveux, enfila sa toge. Elle le faisait chaque fois avec une certaine lenteur, presque cérémonieusement. L'heure était venue de juger.

Dans l'antichambre, elle retrouva ses collaborateurs, collègues, greffiers.

— Tout est prêt ?

— Oui.

— Alors allons-y !

— Madame la présidente ? Une minute, s'il vous plaît. Avez-vous vu les toiles de l'accusée ? lui demanda l'un des assesseurs.

— J'ai pris le temps de les regarder.

— Qu'est-ce que vous en pensez ?

— Autant demander à Michel-Ange de peindre un Picasso.

— Elle a menti ?

— J'en ai bien peur.

La présidente fut la première à entrer dans la salle d'audience dès l'injonction de l'huissier. Au centre, le matériel était en place. Le chevalet, la toile vierge de même format que le Witzberg, les tubes de couleur sur une table avec la palette, les pinceaux… Du côté du ministère public, les visages paraissaient détendus, ironiques, du genre : *Elle va tomber dans le piège !* Eux aussi avaient pris le temps de regarder le blog de l'accusée. Sur le banc de la défense, maître Cafferti gribouillait sur un calepin, faisant mine de se désintéresser de la chose. Derrière lui, Jessy Delmass ajustait la blouse, trop large pour elle, qu'on venait de lui apporter.

— Mademoiselle Delmass, vous voyez le matériel mis à votre disposition et avez compris ce qu'on attend de vous. Vous pouvez cependant vous rétracter.

— Non, madame la présidente, j'accepte le défi.

— Naturellement, vous n'aurez aucun modèle.

— Bien sûr, madame la présidente.

Mathilde Vernet vit Jessy Delmass s'avancer calmement au milieu de la pièce, échanger un regard avec un homme aux cheveux mi-longs, assis au troisième rang. Il avait un visage grave rempli de scepticisme mais l'accusée inclina la tête à son intention dans un geste qui se voulait rassurant.

— Combien de temps vous semble-t-il nécessaire pour nous faire cette démonstration ?

— En une heure, j'aurai fait une ébauche ; un peu plus et vous aurez une idée de mon travail, madame la présidente.

— Je vous accorde une heure trente, pas une minute de plus. Pendant ce temps, mesdames et messieurs les journalistes et les personnes présentes dans cette salle, vous pourrez aller et venir à la condition que vos déplacements se passent dans la plus parfaite discrétion. J'ajoute que nul n'est autorisé à s'approcher de l'accusée ni à la photographier.

Pendant le premier quart d'heure, personne ne bougea. Le silence était impressionnant. On n'entendait que le craquement des bancs, le heurt des tubes de peinture et des pinceaux sur la table pendant que Jessy constituait sa palette. Le chevalet ayant été placé perpendiculairement à la cour, personne ne voyait ce qui se passait sur la toile. Cependant, rien des gestes de l'accusée ni de son attitude n'échappait à la présidente. Le regard de la jeune femme s'était métamorphosé. Ses yeux, largement ouverts, allaient des couleurs au tableau, ignorant le monde autour d'elle. La tête un peu penchée, les épaules droites, le poignet sûr, elle promenait son pinceau sur la toile. Elle paraissait la caresser. Il y avait dans ce mouvement quelque chose de lascif, presque de sensuel. Son visage, empreint d'une grande concentration, reflétait un rêve, une errance dans un ailleurs où personne n'avait accès : ni son amie Amélia Collinefort ni l'homme aux cheveux mi-longs qui, tendu à l'extrême, ne la quittait pas des yeux.

L'abandonnant à son travail, Mathilde Vernet tira du dossier le cliché représentant *La Source*. L'œuvre avait quelque chose de fascinant dans le galop des chevaux, tout en finesse et suggestion. À travers la poussière de sable, ils ne couraient pas, ils volaient, silhouettes désincarnées, surgissant de la brume. Sans le modèle, personne d'autre que son auteur ne pourrait reproduire ce tableau, elle en était convaincue.

Plus tard, quand la présidente releva les yeux, elle vit que plusieurs personnes reprenaient leur place. Ainsi qu'elle l'avait demandé, ces mouvements s'étaient faits dans le plus grand calme. Elle fut probablement la seule, y compris l'homme aux cheveux mi-longs, à ne pas avoir quitté son siège. Elle consulta sa montre. Quinze heures dix. L'échéance approchait. Elle se leva, descendit les trois marches de l'estrade. Sa toge bruissa autour de son corps. Elle en aimait le poids sur ses épaules en même temps que l'expression de rigueur qu'elle lui conférait. L'accusée ignora sa présence tandis qu'elle s'avançait vers elle. Imperturbable, Jessy Delmass continuait à peindre.

La juge Vernet passa derrière elle et s'arrêta. Pas un muscle de son visage ne remua ; pas un seul tressaillement de paupières ne trahit sa pensée. Pourtant, une onde d'émotions la submergea. Le tableau n'était qu'une esquisse mais il exerçait déjà sur elle un pouvoir d'attraction qu'elle n'avait encore jamais connu devant une œuvre d'art. Dans le silence, elle prit conscience de tous les regards maintenant braqués sur elle, scrutant ses traits, guettant le moindre signe. Impatient, Jagger se leva. Elle l'arrêta d'un geste, ordonna au technicien de déplacer la caméra.

L'ébauche du tableau apparut sur l'écran.

Alors, d'un pas mesuré, elle regagna sa place.

Il y eut quelques secondes d'étonnement, puis comme un souffle suspendu. Le premier à réagir fut Cafferti qui frappa dans ses mains lentement, pesamment. Ses applaudissements soulevèrent un premier murmure suivi d'un autre et d'un autre encore jusqu'à devenir un brouhaha qui alla s'amplifiant. Sur le banc du ministère public, Jagger poussa un grognement inintelligible. La toile inachevée représentait bel et bien *La Source* mais d'une manière différente. Les silhouettes à peine esquissées n'étaient plus des chevaux mais des loups surgissant d'une brume ouatée et la poussière de sable s'était transformée en poussière de neige. Pour le reste, les ombres, la lumière, le soleil nappé de brouillard, tout était identique. C'était à la fois étourdissant de ressemblance et fascinant de créativité.

— Mademoiselle Delmass, veuillez regagner votre place, ordonna la présidente. Monsieur le procureur, j'attends vos commentaires.

Jagger fit jouer ses bras dans les manches de sa toge pour se donner le temps de la réflexion et commença d'une voix ferme :

— Ce que nous voyons tous sur cet écran est seulement ébauché. Cependant, les similitudes avec le tableau précédent sont indéniables. Il s'agit bien de deux œuvres du même auteur. Les médias ici présents en ont déjà pris note et, dès demain, le monde entier saura que *La Source* est un faux. Et que ce n'est pas Witzberg qui l'a signé. Je n'ai plus rien à ajouter.

— Merci, monsieur le procureur. Maître Cafferti, je suppose que vous êtes satisfait. Votre cliente a réussi à soutirer à un terroriste une somme vraisemblablement destinée à l'achat d'armement pour lui vendre un faux.

— Sans oublier que cet argent a permis à son village de rester un site classé. Je ne peux que me féliciter d'avoir pris sa défense.

— Dans ce cas, la cour se retire pour délibérer. Je rappelle à tous ici présents que sifflements, applaudissements ou toute autre manifestation sont interdits à l'annonce du verdict.

Ce ne fut pas long. Quelques minutes plus tard, la présidente proclamait d'une voix dénuée de toute hésitation :

— À l'unanimité, la cour déclare Mlle Delmass innocente de toutes les charges qui pèsent contre elle.

Elle foudroya l'assistance par-dessus ses lunettes, cherchant dans la foule qui oserait braver son interdiction. Seuls quelques soupirs et raclements de gorge saluèrent son jugement. Satisfaite, elle se tourna vers Jessy et ajouta :

— Mademoiselle Jacinthe Delmass, vous êtes libre, cependant vous resterez à la disposition de la justice. Faux et usage de faux sont punis par la loi.

— Oui, madame la présidente.

***

Jessy vécut les heures suivantes comme à travers un kaléidoscope, une suite de sensations épisodiques accompagnées de bruits, de flashes, de cris. La foule des amis, la horde des journalistes, la sympathie des uns, la curiosité des autres, embrassades, sourires, félicitations, c'était un véritable tourbillon. Après un passage rapide à la prison pour récupérer ses affaires et saluer Catherine – « Je veillerai à ce que vous ayez toujours la télévision dans votre cellule » –, elle se retrouva autour d'un verre, chez ses parents. Amélia était enfoncée dans un fauteuil en face d'elle, dégustant à petites gorgées un whisky bien tassé. Sa mère posa sur la table une assiette d'olives et des chips avant de s'asseoir près d'elle sur le canapé. Elle la serra une nouvelle fois dans ses bras, les larmes mouillant son pull.

— Maman, tout va bien, maintenant.

— Ma chérie, tu es encore sous l'accusation de faux et usage de faux.

— Ne t'inquiète pas. Je ne ferai pas de prison. Maître Cafferti me l'a assuré. Mais une amende à payer, c'est sûr !

— Pourquoi ne m'as-tu rien dit ? protesta une fois encore Amélia qui n'arrivait pas à pardonner à son amie de l'avoir tenue à l'écart de ses projets.

— Franchement, Amélia, qu'aurais-tu fait en tant que galeriste ? Tu m'aurais empêchée de le vendre, n'est-ce pas ? Je t'aurais écoutée, parce que tu es mon amie, et maintenant, il y aurait une gare devant La Bergerie. Non, c'est mieux comme ça. Je vais devoir rendre des comptes à l'Académie des beaux-arts, parce que je suis une faussaire. Ils me mettront probablement à la porte. Qu'importe ! Dans quelque temps, plus personne n'en parlera. Donne-moi plutôt des nouvelles de Loïc et de Vincent. Je les ai à peine vus à la sortie du tribunal. C'était une telle cohue. Personne n'a échappé à l'assaut des journalistes.

— Ils étaient tous tellement contents de fêter ta libération ! Loïc et les Fourque sont repartis très vite, ils attendent du monde pour le week-end. Demain, Vincent doit prendre la route avec ses chiens pour une série de randonnées dans les montagnes suisses avec des clients.

Jessy ressentit un pincement au cœur. Ainsi, elle ne le reverrait pas avant longtemps. Elle refoula sa déception au fond d'elle-même, savourant sa liberté, acceptant le bonheur d'être chez soi entourée et aimée. Le cauchemar de la prison n'était plus qu'un mauvais souvenir.

Ce soir-là, dans son ancienne chambre, elle laissa les volets ouverts, comme lorsqu'elle était adolescente. De son lit, elle apercevait la nuit, les branches des arbres dénudés, les nuages bas et sombres. Elle repoussa la couette. Il faisait trop chaud dans la pièce. Une habitude de sa mère de monter le chauffage chaque fois qu'elle passait la nuit là. Elle avait envie de fraîcheur, de neige. Les météorologues avaient prévu de grosses chutes, même en plaine. Beaucoup la redoutaient, synonyme d'embouteillages, de trafic perturbé voire de carambolages. Elle, Jessy, ne voyait que la beauté des paysages, la danse des flocons, l'épaisseur immaculée des sentiers où se lisait l'empreinte des bêtes. Quand elle en aurait fini avec la justice, Amélia la raccompagnerait chez elle. Elle avait hâte de rentrer, de retrouver La Bergerie, le hameau du Villaret, les montagnes. SES montagnes, la terre des loups. La solitude ne lui faisait pas peur. Elle en avait besoin. Pour réfléchir. Elle se sentit comblée, délivrée… heureuse.

***

La justice ne tarda pas à se manifester. La citation à comparaître arriva par lettre recommandée quelques jours plus tard. Jessy refusa d'être escortée par ses parents. Elle leur assura que tout allait bien se passer même si elle n'y croyait pas trop elle-même, appréhendant ce moment avec inquiétude. À l'heure dite, elle se retrouva devant le bureau d'accueil du tribunal. Maître Cafferti l'y attendait, la toge chiffonnée, le rabat pendant sur l'épaule.

— Vous ne serez pas dépaysée, annonça-t-il d'une voix tranquille. C'est la juge Vernet qui préside. Elle a demandé à suivre l'affaire et nous attend dans son bureau.

— Et du côté du ministère public ? Le procureur Jagger ?

— Non, il s'est désisté. Votre affaire est trop banale pour lui désormais. Il a mieux à faire. C'est un stagiaire qui le remplace.

Le cabinet de la juge était un fac-similé de celui de Bogossian, avec en plus une méridienne recouverte d'une étoffe en chintz et, face à la fenêtre, un chevalet sur lequel était posé le tableau, *Neige et loups*, qu'elle avait ébauché lors du procès. Elle le considéra avec un sourire indulgent. Bien qu'inachevé, il était beau, émouvant. La poussière de neige, les ombres sur le sol avaient besoin d'être retravaillées mais les loups étaient réussis. Le premier, le chef de meute, dépassait ses congénères d'une tête. Les yeux, deux amandes couleur de topaze cerclées de noir, avaient ce regard fier des grands seigneurs. Le regard de Galaad.

Derrière son bureau, le dos parfaitement droit, la juge leur fit signe de s'asseoir. À droite, les deux représentants du ministère public, à gauche, maître Cafferti et elle-même. L'huissier au fond de la salle resta debout, non loin de la greffière derrière sa machine.

— Mademoiselle Delmass, lança-t-elle avec sa fermeté coutumière. Nous n'allons pas reprendre le procès. Nous savons pourquoi vous êtes ici. Vous êtes accusée de faux et usage de faux.

Elle ouvrit un dossier, fit semblant d'y jeter un regard avant de rappeler quelques éléments de l'enquête préliminaire à l'adresse des deux parties.

— Mademoiselle Delmass, reconnaissez-vous les faits ?

— Oui, madame la présidente.

— J'ai pris connaissance des doléances du ministère public, représenté ici par messieurs les magistrats Bernard et Robin, ainsi que celles de maître Cafferti. Il est évident que votre geste pour la sauvegarde du site classé, je veux parler de la donation, plaide en votre faveur. Néanmoins, la contrefaçon d'une toile de Witzberg, l'imitation de sa signature et la vente de cette même toile sont passibles de sanctions, allant de l'amende à l'incarcération.

Jessy ne broncha pas, soutenant le regard de la juge mais sans témérité, prête à entendre son verdict.

— J'ai ici un courrier de l'adjointe au directeur de la prison où vous avez été internée. Vous auriez, paraît-il, quelques compétences pour aider les détenues à supporter leur sort grâce au dessin.

Jessy ouvrit de grands yeux.

— En conséquence, vous effectuerez des heures de TIG. Vous savez ce que cela veut dire ? Travail d'intérêt général. Chaque semaine, vous vous rendrez à la maison d'arrêt et vous donnerez des leçons de dessin ou de peinture. Et ceci pendant tout l'hiver. Une saison plutôt difficile pour les détenues qui sont souvent désœuvrées et ont tendance soit à s'agiter soit à déprimer.

La surprise la laissa sans voix. Elle s'attendait à tout sauf à ça.

— Mademoiselle Delmass, avez-vous bien compris ?

— Oui, madame la présidente, balbutia-t-elle.

Elle aurait voulu la remercier, exprimer quelques mots de reconnaissance mais elle en était incapable.

À son côté, Cafferti n'avait pas remué un cil.

— Messieurs les magistrats, avez-vous quelque chose à ajouter ?

— Non, madame la présidente.

— Parfait, la séance est levée.

Il y eut un court instant d'hésitation puis la juge commença de ranger ses papiers. Les chaises furent repoussées et ils se dirigèrent tous vers la porte.

— Mademoiselle Delmass ? Un instant, je vous prie.

Cafferti et Jessy s'arrêtèrent.

— Il s'agit de cette toile, reprit la juge en s'avançant vers le chevalet. Des photos ont été prises qui figureront dans votre dossier. Quant à l'original…

Elle toussota en mettant son poing devant sa bouche. Jessy s'approcha.

— Je vais le garder ici… hum… quand il sera achevé… si vous voulez bien le terminer.

— Bien sûr, madame la présidente, je le terminerai, avec joie.

Dès qu'il s'agissait de peinture, Jessy retrouvait son assurance.

— Vous signerez de votre nom suivi de la mention : « À la manière de Witzberg ».

— Oui, madame la présidente.

— Avez-vous une suggestion pour un titre ?

— Je ne sais pas, madame la présidente. Que pensez-vous de *Retour à Monteloup* ? Les loups ne reviennent-ils pas dans nos montagnes ?

— Je préférerais *La Terre des loups*.

— C'est bien, c'est un beau titre, madame la présidente.

***

La route qui montait à la station avait été déneigée. Sur les bas-côtés, s'élevait une congère d'un mètre de haut, renforçant la rambarde de sécurité. Amélia conduisait prudemment, craignant des plaques de verglas. Jusqu'à présent, elles avaient roulé sans difficulté. La ruée vers la neige ne se ferait que dans une quinzaine de jours, avec les vacances de Noël. Pour l'heure, la circulation était fluide.

— Je ne resterai pas, avait dit Amélia à Jessy en chargeant les valises dans le coffre, laissant la banquette arrière de la voiture pour le tableau inachevé que son amie emportait. J'ai trop de travail à la galerie et Corine ne peut pas tout gérer.

— C'est déjà bien que tu me ramènes. Loïc est au courant ?

— On se téléphone tous les jours. Il y a quelque chose de bon à ne pas vivre ensemble, c'est que nos retrouvailles sont chaque fois merveilleuses. Tout le monde t'attend, là-haut.

Après le dernier virage, elles aperçurent les câbles de la nouvelle remontée mécanique et le défilement des cabines telle une guirlande qu'un géant s'amuserait à tirer depuis le sommet.

— La station est ouverte, constata Amélia.

Jessy garda le silence. À mesure que la voiture approchait de Monteloup, elle sentait monter en elle une vague d'émotions. Elle avait tant attendu ce moment. En même temps, elle espérait que son retour passerait inaperçu mais elle ne pouvait oublier le matraquage médiatique que son procès avait soulevé. Submergée de doutes, elle observait sans le voir le long ruban de la route quand, soudain, l'immense banderole déployée en travers de la chaussée lui sauta aux yeux, confirmant toutes ses craintes :

MERCI AUX GÉNÉREUX DONATEURS

— Déjà, ils n'ont pas mis ton nom, lança Amélia avec un rire léger.

— Cette banderole aurait dû être accrochée l'an dernier. En la mettant maintenant, c'est comme s'ils écrivaient mon nom en caractères gras. C'est un coup de Germain Dôme.

— Regarde, il y en a une autre !

Plusieurs exemplaires se répétèrent tout au long de la traversée de Montcloup, y compris sur la place de la mairie.

— Ne me dis pas que tu es morte de honte, je ne te croirais pas.

— Non, mais je suis gênée.

— Ils ont pensé à toi et ils te remercient. Je trouve sympa de l'exprimer de cette manière.

L'accueil au Villaret fut clairement plus explicite. À l'entrée du parking, le tableau *La Source* avait été imprimé sur une large bande de tissu et se balançait entre les deux premières maisons du hameau. Dessous en grosses lettres noires :

MERCI À NOTRE PEINTRE

— Oh, Seigneur !

Amélia riait maintenant franchement.

— Tu sais quoi, ma chérie ? Tu vas le refaire, ce tableau ! Tu vas même en faire plusieurs. Des dizaines, avec, pour chacun, un petit détail différent. Ils vont se vendre comme des petits pains.

— Je m'en sens incapable.

— Bien sûr que si. Donne-toi simplement du temps.

***

Après avoir salué Loïc et les Fourque, Amélia ne s'attarda pas et reprit la route.

— N'oublie pas ce que je t'ai dit. Donne-toi du temps, mais pas trop.

Pour l'instant, il n'était pas question de peindre. Après ces semaines passées au loin, Jessy réintégrait sa maison, sa Bergerie. Une merveilleuse sensation de bien-être envahit son cœur tandis qu'elle allumait un feu dans la cheminée, mettait de l'ordre dans la cuisine, nettoyait son atelier. Les flammes dansaient joyeusement, éclairant et réchauffant la maison. Elle finissait de trier les tubes de peinture quand son téléphone sonna :

— C'est Sauvignon. Je suis chez Germain Dôme. On a vu les volets ouverts. On peut passer vous voir ?

Elle les vit monter le chemin. En habitués du froid, leurs anoraks flottaient au vent, aucune écharpe autour du cou, aucun bonnet sur la tête. Elle les fit entrer. Il y eut un moment de silence embarrassé puis, spontanément, ils s'embrassèrent avec effusion.

— Merci, Jessy, murmura Germain Dôme en la tenant à bout de bras par les épaules.

— J'ai vu les banderoles. J'aurais voulu passer sous terre en traversant Monteloup.

— On voulait vous faire savoir qu'on était reconnaissant, expliqua Sauvignon.

— L'idée venait de vous deux ?

— Et des Fourque.

— Vous n'auriez pas dû. Je suis quand même une faussaire.

— C'était pour la bonne cause. On ne pouvait pas faire moins. Vous avez mis votre talent au service de notre hameau et nous allons en avoir encore besoin.

Jessy sortit des verres et alla chercher une bouteille de crémant de Savoie dans la réserve. Ils prirent le temps de déguster le vin tout en commentant les nouveautés de la station.

— On est venu pour vous remercier mais aussi pour une autre raison, annonça Sauvignon en posant son verre. Vous savez que la commune va faire campagne auprès du ministère pour que Le Villaret soit inscrit parmi les plus beaux villages français.

— Ce n'est pas une surprise. Je me doutais qu'on y viendrait. Le Villaret est tellement unique.

— On voudrait vous associer au comité pour tout ce qui concerne la publicité. Vous étiez dans la branche, n'est-ce pas ? Nous pensons commencer par une série d'affiches. Des peintures plutôt que des photos. Les photos, c'est bien mais c'est ordinaire. Des peintures, c'est beaucoup mieux surtout si elles sont signées d'un nom célèbre…

Jessy leva la main comme pour effacer un compliment excessif, heureuse qu'on ait pensé à elle.

— Si, si, ça compte. Des tableaux représentant le vieux village, les alpages, les montagnes, la faune aussi…

— Les loups, ajouta-t-elle, en pensant au tableau qu'elle devait terminer pour la juge.

Sauvignon la regarda bizarrement comme si elle s'égarait.

— Oui, pourquoi pas, les loups, renchérit Germain Dôme.

— Germain, tu vas nous mettre à dos tous les éleveurs de la région ! s'exclama Sauvignon.

— Le loup est un bon argument pour les défenseurs de la nature.

— Pour l'instant, laissons les loups de côté, concéda Jessy sentant venir l'éternelle querelle entre la meute et le troupeau. L'idée est intéressante. Je vais y réfléchir.

Quand ils furent partis, Viviane l'appela pour qu'elle vienne manger une tartiflette avec eux.

Deux couples de fondeurs et un groupe de huit randonneurs occupaient la salle où s'élevait le brouhaha des conversations et des rires. Une délicieuse odeur de fromage fondu flottait dans l'air, mêlée parfois à celle du pin flambant sous les bûches dans la cheminée. Atmosphère chaleureuse des froides soirées d'hiver. Le gratin craquait sous la cuillère, les bulles de crème frissonnaient à la surface du plat.

— J'en ai rêvé tous les jours quand j'étais là-bas, avoua-t-elle, en soufflant sur sa fourchette.

— Ça n'a pas dû être facile, soupira Gilles, et sans vous, la machinerie des cabines nous assourdirait de bruits et grincements de toutes sortes. Bien sûr, on aurait de la clientèle. Une nouvelle clientèle même, mais ce n'est vraiment pas ce que nous recherchons. Nous voulons rester un site protégé avant tout.

— Vous êtes au courant du projet de la commune ? lui demanda-t-elle.

— Germain nous en a parlé. Il compte sur vous pour les affiches publicitaires.

— Je dois d'abord terminer le tableau ébauché pendant le procès. La juge souhaite le conserver, je lui dois bien ça ! L'idée d'Amélia devra attendre un peu.

— Quelle idée ?

Elle leur expliqua sur un ton amusé la proposition de son amie en concluant :

— Amélia n'a jamais manqué d'à-propos.

— C'est une galeriste. Il faut qu'elle fasse tourner la boutique. Vous n'allez pas manquer de travail cet hiver.

Quand elle revint à La Bergerie, elle trouva Galaad étendu sur le seuil. Les retrouvailles furent plus que chaleureuses : trémoussements, roulades, grands coups de queue fouettant l'air, autant de démonstrations de joie accompagnées des gémissements les plus expressifs. Plus émue qu'elle ne l'aurait cru, Jessy lui donna son lot de caresses. Il se coucha devant l'âtre encore tiède, bien décidé à s'installer pour longtemps puisque son maître était absent. Mais était-il encore son maître ?

Au petit matin, une pluie fine commença à tomber, recouvrant le sol de givre et de verglas. En quelques heures, routes et chemins se transformèrent en véritables patinoires. La descente sur Montcloup, jugée trop dangereuse, fut interdite à la circulation. Dans la nuit qui suivit, le froid s'intensifia et la neige remplaça enfin la pluie. Mais le mal était fait. Les câbles gainés de glace ne tardèrent pas à céder sous son poids. Le hameau, privé d'électricité, plongea dans le noir. On ressortit les bougies, les lampes à gaz et à pétrole. Les poêles à bois et les cheminées ronflèrent plus que de coutume. Gilles montra à Jessy le trou creusé à même le sol, où les occupants de La Bergerie conservaient la nourriture avant l'invention des réfrigérateurs.

Les tempêtes n'étaient pas rares en montagne et la jeune femme apprenait à vivre en autarcie comme tous ceux du Villaret.

— Les clients se rangent en trois catégories, disait Viviane. Il y a les inquiets qui se lamentent parce qu'ils sont bloqués et passent leur journée à piétiner devant les fenêtres en scrutant le ciel. Il y a ceux qui exultent, ravis d'être coupés du monde, sans télé, ni ordinateur, ni portable. Ceux-là ne pensent qu'à courir se vautrer dans la neige. Enfin il y a les fatalistes qui passent des heures à jouer aux cartes en écoutant tantôt les inquiets, tantôt les bienheureux.

— Venez recharger votre téléphone chez nous, lui proposa Loïc, nous avons un groupe électrogène. On ne s'en sert que pour le congélateur mais pour un portable, on peut bien faire une entorse.

— J'ai éteint mon appareil pour économiser la batterie. Tout le monde sait autour de moi qu'on ne peut pas communiquer.

— En Suisse, la tempête ne les a pas touchés comme ici. Vincent devrait revenir avec ses chiens par le Saut-du-Loup. Il a l'habitude.

Le mauvais temps dura trois jours. Trois jours pendant lesquels Jessy travailla à son dernier tableau, ne s'interrompant que pour faire un tour avec Galaad, garnir la cheminée ou avaler un morceau.

Au matin du quatrième jour, elle fut réveillée par un rayon de soleil filtrant à travers le volet. Il était plus de huit heures. Elle ouvrit la fenêtre et découvrit un paysage éblouissant de clarté. Comme par magie, les nuages s'étaient dissipés. Le ciel avait retrouvé un bleu profond. La neige étincelait de mille paillettes. À l'horizon, les montagnes se dressaient entre ombre et lumière, lui lançant un appel muet.

— Viens, Galaad, on part en randonnée !

Elle prépara un sac à dos, le plus gros. Avec méthode, elle y rangea matériel, vêtements, nourriture, la sienne et celle du chien. Elle s'habilla avec soin, choisissant une tenue chaude mais suffisamment ample pour laisser passer la transpiration, pantalon résistant, pull à col roulé, anorak doublé de duvet. Avant de partir, elle s'arrêta au refuge. Loïc préparait un solide déjeuner pour les fondeurs.

— Je vais monter jusqu'à la cabane du berger. J'emporte de quoi y passer la nuit.

— Seule ?

— J'emmène Galaad avec moi. J'ai aussi des fusées de détresse en cas d'accident.

— Vous connaissez l'itinéraire, c'est le chemin des vaches. Il n'y a aucune difficulté.

— Je passerai par la forêt. La couche de neige y sera moins importante.

— Et les loups ? plaisanta-t-il.

— Lesquels ? Ceux que je peins ou les vrais ?

Ils rirent ensemble.

— Vous avez de la chance. Le temps est idéal pour la rando. Je vous aurais volontiers accompagnée mais j'ai du monde. Voulez-vous charger votre téléphone avant de partir ?

— Non, ce n'est pas la peine, j'ai encore beaucoup d'autonomie.

— Alors bonne route. Prévenez-moi quand vous serez là-haut. Il y a du réseau.

Malgré l'épaisseur de neige fraîche, le chemin restait encore bien visible. Après trois jours de quasi-confinement, Galaad s'en donnait à cœur joie, gambadant joyeusement par-dessus les ornières, attrapant au vol les flocons emportés par le vent pour les gober dans un claquement sec de mâchoire. Un kilomètre après le lac, qui n'avait plus de lac que le nom, le chemin se rétrécissait pour devenir un sentier qui s'élevait doucement à travers la forêt. La passerelle qui franchissait le torrent était plus glissante qu'un toboggan et, dessous, l'eau bondissait de pierre en pierre, semant des gouttes étincelantes sur son passage. Jessy s'arrêta pour se retourner, jouir à la fois du paysage et de sa liberté.

Arrivée sur le plateau, la sueur coulait le long de son dos. Le plus difficile restait à venir. Le sentier avait totalement disparu. Même avec des raquettes, la progression devenait laborieuse. Galaad n'en continuait pas moins d'avancer, sautant presque continuellement pour éviter de s'enfoncer. Enfin, elle aperçut le toit de la maison, tassée à l'abri d'un rocher, enfouie dans la neige jusqu'à la fenêtre. Le chalet de bois n'avait rien d'une masure. Construit sur deux niveaux, accolé à une étable pour les naissances de l'été, il servait également de refuge pour accueillir les randonneurs surpris par la pluie ou désireux de s'arrêter pour la nuit.

Elle était épuisée quand elle arriva devant la porte. Elle posa son sac, se retourna. Le pâturage, vierge de toute trace hormis les siennes et celles du chien, étincelait de clarté. Le froid était vif malgré le soleil et la vapeur de son souffle s'échappait dans l'air comme la fumée d'une cigarette. Derrière l'étable, Galaad fouillait la neige à la recherche d'un quelconque rongeur en hibernation. Elle prit le temps de récupérer, attendant que les battements de son cœur s'apaisent dans sa poitrine puis, à l'aide d'une planche, commença à déblayer la remise jusqu'à ce qu'elle mît la main sur une pelle. Au bout d'une heure, elle avait dégagé la porte, pratiqué un chemin jusqu'à l'étable où elle savait trouver du bois et des bottes de paille. Tout était parfaitement en ordre à l'intérieur. Que ce soit le berger ou les randonneurs, chacun veillait à laisser l'endroit accueillant. Elle alluma le fourneau, posa une énorme marmite pleine de neige, économisant son réchaud à gaz, fit l'inventaire du garde-manger, y ajouta ses propres provisions.

— Et voilà ! Nous avons de quoi tenir un siège au moins pendant quelques jours ! Mais on sera redescendus avant, hein, mon chien ! Sinon, la vallée va nous réclamer un loyer.

Le foyer était gourmand. Elle fit provision de bois pour la nuit, mit le riz à cuire pour la gamelle de Galaad puis, après avoir vérifié l'état du réseau, envoya un SMS à Loïc afin de le rassurer.

Autour d'elle, la montagne se teintait de rose. Face aux derniers rayons du soleil couchant, immergée au sein d'une incomparable beauté, elle se sentait détendue, heureuse. Un bien-être indéfinissable s'était peu à peu emparé d'elle, tandis qu'elle s'installait, dissolvant les derniers miasmes de culpabilité, réduisant à néant le malaise de son incarcération.

— Je suis libre, se répétait-elle.

Si elle dormit cette nuit-là, ce fut en pointillé, souvent réveillée par l'impressionnant silence que seuls les ronflements de Galaad venaient interrompre. Des idées de tableaux passaient devant ses yeux, ceux de Witzberg, d'autres aussi, ceux qu'elle allait créer. Le peintre hantait ses rêves. Il était passé par là lors de sa fuite. Il avait serré Aysun dans ses bras pour la soutenir. Et aujourd'hui, c'est elle qu'il soutenait dans ses créations.

Le matin la trouva roulée en boule dans son duvet, respirant l'air glacé malgré le soleil inondant la pièce. La porte était grande ouverte.

— Galaad ?

Ce n'était pas un simple loquet de porte qui allait empêcher un malamute de sortir. Il était parti en vadrouille, peut-être à la chasse. Ses traces avaient littéralement labouré le pâturage autour du chalet. Dès qu'il la vit sur le seuil, il s'élança, s'excusant presque de revenir bredouille.

Devant elle, les crêtes sombres se découpaient dans un ciel d'une grande pureté. Au Nord, le mont Blanc, en majesté, s'habillait de bleu et d'or. Elle resta un long moment en contemplation. Puis son regard se tourna vers la pente où se dessinait le sentier parfaitement visible entre les rochers.

Là-haut, le Saut-du-Loup, le passage vers la Suisse.

— Galaad ? Et si nous allions à la rencontre de ton maître ?

REMERCIEMENTS

Je remercie mes amies professeures de français, Françoise Pardo et Anne-Marie Clausse, ainsi que ma sœur Michelle Avit, qui furent les premières à lire mon manuscrit. Je remercie tout particulièrement Hélène Bihery pour ses compétences et ses conseils.

Ma reconnaissance va également à mes amies peintres : Régine Pivier-Antolini, Sylvie Amans, Renée Favre et encore ma sœur Michelle qui m'ont apporté leur aide pour tout ce qui concernait la peinture dans ce roman.

J'ai une pensée toute particulière pour René Pailhès, peintre lui aussi, qui m'a raconté au cours d'une randonnée l'histoire de Han Van Meergeren, histoire à l'origine de ce roman.

Enfin, je suis et je reste infiniment redevable envers mes éditrices qui continuent à me faire confiance.

Jeanne-Marie

Ouvrage composé par
PCA 44400 Rezé

Imprimé en Espagne par
Liberdúplex
à Sant Llorenç d'Hortons (Barcelone)
en décembre 2021

POCKET – 92, avenue de France - 75013 Paris

S32138/01